달리기 예찬

-나를 만나는 행복한 여행-

달리기 예찬
나를 만나는 행복한 여행

발　　행 | 2019년 04월 4일
저　　자 | 김상태
펴낸이 | 한건희
펴낸곳 | 주식회사 부크크
출판사등록 | 2014.07.15.(제2014-16호)
주　　소 | 경기도 부천시 원미구 춘의동 202 춘의테크노파크2단지 202동 1306호
전　　화 | 1670-8316
이메일 | info@bookk.co.kr

ISBN | 979-11-272-6803-9

달리기
예찬

김상태 지음

차 례

제5화 더 나은 달리기를 희망하다 _ 새로운 여정

행복한 달리기 인생을 꿈꾸며

불행 끝! 행복 시작!

수년 전 라틴 댄스를 배우기 위해 클럽을 찾아간 적이 있다. 그때 댄스 지도 원장님이 반기며 했던 첫 마디가 바로 이 말이었다. 그러나 당시 댄스와 행복의 단란한 동거는 이루어지지 않았다.

현재 나는 달리기 마니아다. 마라톤 풀코스를 30여 회 뛰었고, 트레일런, 200km 이상의 울트라마라톤도 소화했다. 그렇다면 이제는 달리기를 통해 행복을 찾아 떠난 셈이다.

과연 달리기를 한 후 나는 더 행복해졌을까?
그것도 아니라면 나는 왜 달리는 것일까?

대답이 듣고 싶은가?
좋다. 그런데 대답이 그리 간단하지 않다.
그래서 나는 이 책을 쓴다.
이 책이 나 대신 좋은 답변을 해 주기를 바라면서……

세상에는 시답잖은 일이 참 많다.

배우 겸 작가인 명로진은 그의 저서 《내 책 쓰는 글쓰기》에서 책 쓰기에 대해 글을 쓰는 것만큼 허망한 것이 없다고 말했다. 그의 말이 일리가 있다. 그의 논리대로라면 음악을 하라고, 그림을 그리라고, 여행을 하라고 글을 쓰는 것 또한 어리석은 짓이다. 왜? 그냥 하면 되는 것이니까. 그런데 그 어리석은 짓을 내가 또 하려고 한다. 달리기가 좋다고, 그러니 한번 달려보라고 이렇게 책을 쓰고 있으니 말이다.

그렇다.
달리기를 하는 데 굳이 내 글을 읽을 필요는 없다.
그냥 달리면 된다.

그러나 잠깐!
너무 서두르지는 말기 바란다. 나에게도 기회를 좀 주시라.
사실 달리기는 내일 해도 큰 문제가 없다. 그러니 당장 달리려는 욕구를 잠시 누르고 내 얘기에 집중해 보면 어떨까? 책의 한 꼭지라도 읽고 달린다면 당신의 달리기가 한결 풍요로워질 것이다. 장담한다.

그렇다고 걱정까지 할 필요는 없다.
'예수천국, 불신지옥'을 부르짖는 어느 신심이 두터운 사람처럼 달리기 안 하면 큰일 난다고 위협하지는 않을 테니까.

누구나 한 번쯤 삶의 노선이 급격히 바뀌거나 한 차원 높은 단계로의 인생을 살게 된 계기가 있을 것이다. 나에게는 달리기가 그러했다. 달리기는 나의 내면을 혁명적으로 변화시켰다. 달리기 이전과 이후의 내 삶은 과장을 좀 보태면 180도 달라졌다고 할 수 있다. 어느새 달리기는 내 삶의 한자리를 꿰차고 앉았다. 달리기 때문에 이렇게 책도 쓰고 있으니 녀석에 대한 내 마음이 어떨지는 굳이 얘기하지 않아도 짐작할 것이다.

이 책은 한마디로 사람들이 왜 달리는지에 대한 대답이며, 달리기가 우리 삶에 미치는 긍정적 영향에 대한 보고서다. 나는 이 책에서 달리기의 긍정적 가치에 대해 논할 것이다. 덧붙여 나의 달리기 체험과 그 과정에서의 소소한 생각들도 나누고자 한다. 이 책을 읽는 당신이 달리기에 문외한이라면 이젠 달리기가 조금 더 친근해질 것이며, 달리기에 갓 입문한 초심자라면 앞으로 여행할 넓은 달리기 세계에 설렐 것이다. 만약 당신이 이미 열정적인 달리기 마니아라면 나의 달리기 경험과 철학에 공감하는 한편, 당신의 달리기를 돌아보는 즐거움까지 누릴 것이다.

이 책은 달리기에 관한 세세한 지식이나 어떻게 하면 좀 더 빠르게 달릴지를 알려주는 실용서가 아니다. 나는 달리기를 통해 우리의 삶을 들여다보고자 했다. 달리기를 통해 변화된 삶을 사는 사람들의 얘기를 하고자 했다. 보잘것없는 포유류의 하나인 인간이 달리기를 통해 어떻게 위대해지는지 알게 된다면 당신은 자신은 물론 모든 인간을 달리 보게 될 것이다.

그래서 나는 좀 걱정이 된다.

여러분이 이 책을 다 읽는 순간 모두 달리기를 하겠다고 몰려오면 어떡하나 하고 말이다. 그렇게만 된다면 더할 나위가 없겠지만 설사 그렇지 않더라도 괜찮다.

나의 꿈은 소박하다.

이 책을 읽는 잠시나마 여러분이 즐거웠으면 좋겠다.

끝으로 설문에 응해 준 여러 달리기 동료와 늘 함께 좋은 추억을 만들어가는 가톨릭마라톤동호회 가족들에게 감사의 인사를 올린다. 아울러 달리기를 사랑하는 모든 사람에게 이 책을 바친다.

2019년 3월
김상태

제1화

달리기에 대해 묻다 - 달리기! 그 설레는 여정

1. 힘들고 지겨운 달리기를 왜 해?
2. 변화의 구세주
3. 달릴 때 우리 몸은 혁명을 준비한다.
4. 왜 마라톤인가?
5. 우리에겐 응원이 필요하다.
6. 몸과 마음은 좋은 친구
7. 사소한 일의 위대함

1. 힘들고
지겨운 달리기를 왜 해?

초등학교 때를 생각해 보면 두려워 피하고 싶었던 순간이 두어 번 있다. 그 하나는 예방주사를 맞을 때이다. 내가 다닌 초등학교는 한 학년에 반이 한 개일 정도로 작았다. 반별 학생 수도 많아야 스무 명 남짓할 정도의 시골 초등학교였다. 당시에는 뇌염 예방 등을 위해 1년에 2~3번은 주사를 맞는 날이 있었다.

학교에 적십자 마크가 그려진 차가 등장하는 날은 으레 주사를 맞는 날이었다. 조회를 마친 시간이나 수업 중 운동장에 적십자 마크가 그려진 차를 발견하면 그때부터 긴장이 온몸을 감쌌다. 직감적으로 주사를 맞는 거사(?)가 곧 벌어질 것을 알 수 있었기 때문이다. 도저히 공부에 집중할 수가 없다. 반이 몇 개 없으니 곧 우리 반 문을 열고 간호사가 공포의 주삿바늘을 들고 들어오리라! 주사는 정말 무서운 존재였다. 막상 맞고 나면 아무것도 아니지만 맞는 순간까지의 그 공포란……

다음은 바로 달리기를 해야 할 때이다. 가을 운동회나 체력장 등으로 오래달리기를 해야 할 때. 길어야 1km 남짓한 거리지만 출발 총성이 울리는 그 순간까지는 손에 땀을 쥐어야 했다. 가을 운동회 준비를 한답시고 2~3주 전부터 무리하게 연습을 해서 운동회 당일에는 종아리에 알이 배어 제대로 달리지도 못한 경우도 많았다. 반 친구 중에 오래달리기를 특히 잘하는 아이가 있었는데, 그네 집은 형도 누나도 여동생도 모두 잘 달렸다. 나는 학업 성적으로 상을 여러 번 받기는 했지만, 이날만큼은 달리기로 상을 타는 그 친구가 부러웠다. 그때 생각으로는 달리기나 운동을 잘하는 사람은 따로 있는 것이었다. 아마도 대부분 사람들의 생각도 나와 크게 다르지 않을 것이다.

사람들은 달리기라고 하면 고개부터 설레설레 흔든다. 학창 시절의 고통이 바로 머리에 스치는 듯한 인상이다. 건강을 위해 운동을 해야 한다는 것은 알고 있지만 달리기만은 피하고 싶다. 달리기에 대한 당신의 생각은 어떤가? 혹시 힘듦, 재미없음, 무미건조함 등인가? 맞다. 그렇다. 지속적인 달리기를 경험하지 않은 보통사람인 당신이라면 이렇게 생각하는 것은 당연하다. 일상에서 당신이 경험하는 달리기란 버스나 지하철을 놓치지 않기 위해 짧은 순간 전력 질주하는 것이 고작일 것이다. 그렇게 달린 결과는 어떤가? 숨이 차올라 가슴이 답답하고 심하게는 짧은 통증까지 느낄 것이다. 그러니 일상에서 되도록 달리는 일은 만들지 말아야 한다.

그러나 정기적으로 건강달리기를 하거나 전문적으로 달리는 사람의 측면에서 보면 달리기는 절대로 재미없거나 힘들기만 한 운동이 아니다. 그리고 무미건조하지도 않다. 오히려 달리는 매 순간 변화하는 내 몸과 대화를 하는 즐거운 작업이 될 수도 있다. 주변의 경치 감상은 덤이다. 달리기에는 특별한 능력자가 따로 없다. 전문 선수가 되려는 것이 아니라면 누구나 꾸준히 노력하면 일정한 수준에 도달할 수 있다. 그만큼 정직한 운동이다. 나는 일상이나 마라톤대회 등에서 남성보다 잘 달리는 여성을 자주 만난다. 젊은이들보다 날렵한 중년 남성 주자들도 심심치 않게 본다. 그런 걸 볼 때마다 달리는 능력은 성별이나 나이에 크게 좌우되지 않는다는 것을 알게 된다.

당신이 만약 삶의 활력과 건강을 얻고자 한다면 가장 먼저 달리기를 해보라. 달리는 데는 특별한 장비나 고도의 기술이 요구되지 않는다. 그런데도 운동 효과는 다른 어떤 운동에 견줘도 절대 뒤지지 않는다. 그러나 어떤 꿀단지를 내민다고 한들 당신을 달리기의 세계로 인도하기는 쉽지 않을 것이다.

1952년 헬싱키올림픽 마라톤 우승자 에밀 자토펙은 "새는 날고 물고기는 헤엄치고 사람은 달린다."라는 멋진 말을 남겼다. 그렇다. 인간이 걷거나 달리는 것은 새가 날고 물고기가 헤엄치는 것처럼 본능에 가깝다. 현대인들이 건강의 위기를 겪는 것은 인간 본연의 움직임을 등한히 했기 때문일 것이다. 현대 도시의 환경은 우리를 점점 자연과 멀어지게 만든다. 이런 환경을 냉철히 인식한다면 건강을 유지하는 방법도 쉽게 찾을 수가 있다. 인간은 걷고 달린다는 그 원시적 기본! 살아있는 새와 물고기가 끊임없이 움직이듯 우리 인간도 살아있는 한 그 원시적 움직임을 멈춰서는 안 된다. 그리고 거기에 가장 부합하는 운동이 바로 달리기다.

흔히 '사업을 하면 처음엔 투자를 하지만 나중에는 돈을 버는 반면, 취미생활을 하면 처음엔 돈이 들어가지 않지만 갈수록 돈이 더 든다.'라는 말이 있다. 달리기를 전문적으로 한다면 물론 돈이 들 수가 있다. 그러나 그것은 다른 운동에 비하면 정말 미미한 수준이다. 달리는 데 도움을 줄 러닝화나 트레이닝복 구매비 정도일 것이다. 간혹 마라톤대회 등에 나간다면 참가비 정도가 더 들 뿐이다. 나는 종종 가정을 해 본다. '내가 병상에 누워있어서 이렇게 달릴 수가 없다면 어떨까?'하고 말이다. 건강을 잃었을 때 오는 경제적 손실과 심적 위기 등 삶의 균형 훼손을 생각한다면 달리기는 나를 지켜주는 보약과 같다.

자 어떤가? 아직도 달리기가 두렵기만 한가?

아니라면 주저하지 말고 당장 시작해 보라. 그런데 조심해야 할 것이 있다. 이 달리기란 놈은 재미를 붙이는 순간 중독성이 매우 강하다. 그리고 당신은 당신 자신의 변화에 충격을 받지 않을 대비를 해야 할 것이다. 당신 옷장엔 각종 티셔츠나 트레이닝복이 점점 더 많은 자리를 차지할 것이고, 신발장엔 구두 대신 러닝화가 넘쳐나게 될 것이다. 몸에 맞았던 치마나 청바지는 더는 입을 수 없어 허리에 맞게 줄이는 수선비가 더 들어갈 수도 있다. 몸은 홀쭉한데 매번 더 먹을 것이 없나 게걸스레 냉장고를 뒤지다 아내에게 핀잔을 들을 각오를 해야할 것이다. 당신의 시골 노모는 비쩍 마른 당신을 보며 아들을 굶긴다며 며느리를 애꿎게 혼낼 수도 있을 것이다.

이 모든 것을 감당할 자신이 있는가?
그렇다면 달리기가 당신을 구원할 것이다.

2. 변화의 구세주

달리기를 본격적으로 하기 전 나는 여러모로 심신이 지쳐있었다. 10년 동안 열정과 에너지를 쏟았던 비즈니스에서 이렇다 할 성과를 보지 못했고, 그 결과로 약간의 경제적 빚도 있었다. 그 외 잡다한 일들로 에너지는 고갈되고, 뇌는 피곤하고, 정신은 건조해져 있었다. 항상 열기가 머리 쪽으로 올라와서인지 목 뒤가 자주 뻐근했고, 가끔 편두통에도 시달렸다. 스트레스와 밥을 제대로 챙겨 먹지 않은 탓에 탈모도 진행되고 있었다. 특별히 아픈 데는 없었지만 만성 피로에 기력이 달려 심할 때는 지하철에서 눈뜨고 서 있기도 힘들었다. 그럴 때면 손잡이를 잡고 목적지에 도달할 때까지 늘 눈을 감고 있어야 했다.

어느 여름날 비즈니스 관계로 홍대 근처에서 미팅이 약속되어 있었다. 그런데 만나기로 한 사람은 두 시간을 기다려도 오지를 않는다. 상대편의 전화기가 꺼져 있으니 오는지 안 오는지도 알 수가 없다. 처음 약속했던 서점 앞에서 내리 두 시간을 서 있자니 식은땀이 흘러 도저히 견딜 수가 없었다. 명절 때 고향에 갔다 올 때도 마찬가지였다. 다를 때 같으면 쉬지 않고 한 번에 운전하여 가곤 했는데 이때에는 꼭 중간에 잠깐 눈을 붙여야 할 정도로 피곤함에 눌렸다. 특별히 아픈 곳은 없다고 하더라도 뭔가 건강의 적신호가 있음은 짐작할 수 있었다. 막상 병원에 가보자니 돈도 돈이지만 무슨 큰 병이라도 알림을 받을까 염려되어 가보지도 않았다. 돌이켜보니 나의 30대는 처음부터 끝까지 우울하고 건조한 삶의 연속이었다.

그런데 머리를 묵직하게 누르는 증상은 쉽게 가시지 않았다. 걱정스러운 마음에 인터넷을 뒤져 뇌와 관련된 처방을 잘한다는 한의원을 찾았다. 진료 예약을 해 놓고 일주일 뒤 방문했다. 한의사 왈, 에너지가 많이 방전되었단다. 일반적인 여성의 평균 에너지보다 더 떨어져 있다는 것이다. 한의사의 추천에 따라 간호사가 안내한 약은 70만 원이 넘었다. 평소 약을 즐기는 취향도 아닌지라 냉장고에 넣어둔 채 별로 먹지도 않았다. 이유는 단순했다. 한의원에 가는 날 아침부터 증상이 조금씩 완화되는 것 같았기 때문이다. 특별히 운동을 해서 그런 것도 아니었다. 그러나 이대로 계속 갈 수는 없었다. 내면에서는 뭔가 변화를 원하는 울림이 매일 매일 나 자신을 밀어붙이고 있었다.

달리기와의 만남은 우연히 이루어졌다. 당시 영어 회화 스터디 모임을 나가고 있었는데 모임을 주도하고 계시던 분이 참 괴짜였다. 관심 영역이 다방면이었는데 그분과 친구, 나 이렇게 셋이 '태평무'라는 무예를 조금씩 익히게 되었다. 신촌 연세대학교 언더우드관 앞마당이 우리의 아지트가 되었다. 매주 일요일 오전에 만나면 본격 무예 익히기에 앞서 약 2~30분을 가볍게 달렸다. 그것도 자연의 기를 받아야 한다는 취지에서 맨발로 뛰었다. 차츰 달리는 시간이 길어졌다. 간혹 학교 뒤 안산 자락을 뛰어갔다 오기도 했다. 그렇게 2년의 세월 동안 가을에는 낙엽을 밟았고, 눈 오는 겨울에는 눈 위를 맨발로 달렸다. 그러는 사이에 다시 새봄이 오고 있었다. 달리기에 익숙해지자 마라톤에 대한 생각이 스멀스멀 올라오기 시작했다.

TV로만 접하던 마라톤 현장을 직접 목격한 것은 고등학교 때였다. 아마 서울중앙마라톤대회였던 것으로 기억한다. 선수들에게 줄 음료 봉사를 하면서 나도 언젠가 꼭 한번은 마라톤 풀코스를 뛰어봐야겠다고 생각해 오고 있었던 터였다. 이제 그때가 된 것이다.

난 생각이 미치면 바로 실행하는 성격이기도 하다. 그래서 4월 초에 있을 여의도벚꽃마라톤 하프코스에 친구와 의논도 없이 친구의 것까지 참가 신청을 해 버렸다. 그러고는 그에게 당분간 한강에 나가 훈련하자고 했다. 우리는 10km, 15km, 20km를 그냥 무식하게 뛰었다. 드디어 여의도벚꽃마라톤대회가 열렸다.

그런데 아차! 시작 전부터 내리던 비가 달리는 내내 그치지를 않는다. 첫 참가에 비라니! 이를 어쩐담! 그런데 어려울 것이란 예상과 달리 비가 오니 덥지가 않아 달리기에 오히려 더 좋았다. 2시간 가까이 달린 후 골인 지점에 들어와 보니 응원 왔던 지인들은 어디로 갔는지 흔적도 없다. 몸은 급격히 떨어지는 체온에 오들오들 떨어야 했다. 나중에 그들의 얘기를 들어보니 우리가 첫 출전이라 상당히 늦게 들어올 줄 알았단다. 그래서 근처 카페에서 기다렸다는 것이다. 돌아오는 길에 지하철역 계단을 내려오는데 무릎이 시큼시큼했다.

하프를 마치고 나니 달리기가 점점 재미있어졌다. 이제 풀코스다. 가을에 풀코스 도전을 하기로 하고 여름 내내 한강에 나가 달렸다. 달리면서 바라본 한강과 서울은 너무나 아름다웠다. 잘 조성된 공원을 보며 서울시에 감사해하기도 했다. 주로 10km에서 15km 정도를 달렸는데 대회 한 달을 남겨 놓고서는 34km에 도전했다.

조선일보 춘천마라톤대회가 임박한 어느 일요일 오후!
5시에 친구와 잠실선착장에서 만나 가볍게 스트레칭을 한 후 여의도를 돌아오는 34km의 여정에 올랐다. 그동안 여러 번 뛰었던 곳이라 가는 도중에는 몸에 큰 무리가 없었다. 발걸음도 가벼웠다. 산책 나온 연인들과 가족들, 사이클 타는 사람들을 보며 달리자니 우리도 소풍 나온 기분이었다. 동작대교를 지나니 조금씩 갈증이 나기 시작했다. 그때에서야 물을 제대로 챙기지 않았음을 알았지만 어쩔 수 없었다. 여의도까지는 무난히 갔다. 그런데 17km 지점을 돌아 뛰려는 순간 갑자기 머리가 멍해지는가 싶더니 힘을 낼 수가 없었다. 몸에서는 계속 수분 보충을 원하고 있었다. 그나마 상태가 조금 더 괜찮은 친구를 먼저 가라고 해 놓고 걷는 것보다 조금 빠르다 싶은 속도로 뛰면서 물을 가진 사람이 있는지 주변을 살피기 시작했다. 이미 날은 어두워져 도무지 수분을 공급해 줄 구원자를 만날 수가 없었다. 어기적어기적하며 한참을 갔다. 급기야 어떤 아저씨가 사이클에 물병 하나를 장착하고 있는 것을 발견했다. 인정사정 볼 것 없이 다가가 물을 달라고 했다. 내 얼굴이 너무 처량해 보였는지, 그 아저씨는 어서 빨리 마시라며 친절히 물병을 건네준다. 꿀꺽꿀꺽 목을 축이고 나자 언제 그랬나 싶게 몸은 조금씩 살아났다. 평소 마른 몸이라 물을 많이 먹지 않는 편인데 그러다 보니 물을 소홀히 생각했었던 것이다. 달리기에서 물이 얼마나 중요한지 몸소 체험하는 순간이었다. 힘이 나자 다시 조금씩 속도를 높이며 친구를 쫓아갔다.

반포 한강공원쯤에 이르렀을까? 달리는 옆으로 힐긋 보니 친구가 걸어가고 있었다. 이번엔 친구가 지쳐 나보고 먼저 가란다. 앞서서 갈까 하다가 함께 쉬었다 가자며 우리는 근처 편의점에 들렀다. 시원한 냉커피를 입에 물었다. 아! 목에서부터 가슴으로 퍼지는 그 시원하고 달짝지근한 맛이란……. 그 이후로 우리는 한강에서 달리기를 마치면 종종 달콤한 커피와 컵라면, 때로는 시원한 캔맥주를 들이켜는 호사를 누리곤 했다.

마지막 4km 정도를 남겨 놓고 우리는 다시 뛰었다. 잠실선착장에 오니 어느새 시간은 밤 10시 30분이 훌쩍 넘어 있었다. '오늘처럼 이렇게 뛰어서 풀코스를 완주할 수 있을까?' 하는 염려가 밀려왔다.

그랬던 내가…….

결과는?

이렇게 마라톤 마니아가 되었다.

그동안 풀코스를 30회 남짓 뛰었으며, 현재는 100km, 200km 이상의 울트라마라톤과 트레일런으로 달리기 영역을 확장해 나가고 있다.

달리기는 이제 특별한 그 무엇이 아니라 나의 일상이 되었다. 달리지 않으면 이상할 정도로 일정 수준 이상을 늘 유지하고자 하는 내적 기제가 작동한 지 오래다. 달리기에서 얻은 육체적 쾌적함은 정신적 스트레스에서 벗어나게 해 주었으며, 매사에 여유와 자신감까지 덤으로 갖게 해 주었다.

3. 달릴 때
우리 몸은 혁명을 준비한다.

올림픽의 피날레를 장식할 만큼, 그리고 전 국민이 집중하는 엘리트 운동의 전유물로 인식되었던 마라톤을 즐기는 시민들이 최근 부쩍 늘었다. 각종 매체에서도 달리기의 효용에 대해 다루면서 많은 이들이 마라톤에 점점 더 관심을 보이고 있다. 이들이 마라톤을 통해 얻고자 하는 가장 큰 보상은 무엇일까? 물론 건강일 것이다.

그런데,

많은 이들의 호응 속에서도 우리는 연일 신문의 한쪽 지면을 통해 올라오는 달리기의 위험에 대해 다룬 의사들의 글을 접하기도 한다. 그 글들의 요지는 대략 이러하다. 지나친 달리기로 무릎관절, 발목, 허리 등의 부상을 초래할 수 있으며, 과호흡으로 폐나 심장에 무리를 주어 일찍 죽을 수도 있다. 그러면서 간혹 마라톤대회에서 벌어진 사망 등의 불상사를 거론한다. 물론 이들 전문가의 의견을 무시할 수는 없다. 어떤 운동이든지 위험은 내재되어 있고 특히, 마라톤은 자신의 한계와 싸우는 운동인 만큼 더 큰 위험이 상존하고 있다고 할 수 있다.

그러나 그들의 의견에 100% 공감하기도 어렵다. 그것은 스스로 달려보면 자신의 몸이 답을 해 줄 것이다. 아직 달리기가 익숙지 않거나 먼발치로 보면서 의구심을 갖는 이가 있을 것 같아 준비했다. 무리하지 않고 원칙에 따른 달리기를 실행했을 때 우리 몸은 어떻게 변화하고 반응하는지 좀 더 과학적으로 살펴보도록 하자.

☞ 뇌

달리기를 일정 시간 지속하면 몸 전체에 혈액이 원활하게 순환한다. 혈액은 우리 몸에 필요한 각종 영양분과 산소를 공급하는데, 달리기를 통해 뇌에 유입된 혈액은 평소보다 많은 산소를 뇌에 공급한다. 이렇게 되면 정신이 맑아지고 집중력이 높아진다. 또한, 달리기는 젖산이나 이산화탄소 같은 노폐물을 몸 밖으로 배출해 전신을 상쾌하게 해주며, 스트레스에 대한 저항력도 높여준다. 따라서 업무에 시달리는 직장인이나 집안일에 지친 주부들에게 달리기는 최상의 보약이 될 수 있다.

☞ 심장

유산소 운동인 달리기는 심장을 강화해준다. 달리기를 지속적으로 하면 심장의 펌프질이 경제적으로 되면서 평상시의 심장 박동 수가 낮아지고 빨라진 심장 박동이 정상으로 회복되는 시간도 짧아진다. 그리고 심장이 견딜 수 있는 부하도 증가하고, 혈관은 탄력성이 좋아져 적정 혈압을 유지할 수 있게 된다. 이렇게 심폐기능이 강화되면 쉽게 피로하지 않으며, 피로회복 속도 또한 빨라진다. 따라서 달리기는 심장 질환이나 순환기 질환을 예방하는 데 아주 이상적이다.

☞ 폐

달리기를 하면 더 많은 모세 혈관과 허파꽈리가 만들어지고 폐활량이 늘어난다. 운동하지 않는 보통사람의 폐활량이 2~3이라면 운동하는 사람은 6이나 된다. 폐의 활동 능력이 높아지면 자연히 동맥 전체의 산소 함유량이 증가하게 되어 전신지구력이 좋아진다.

☞ 근육

달리기는 신체의 근육 비율을 높이고 지방의 비율을 떨어뜨린다. 운동하지 않는 여성의 경우 몸의 23~30% 정도가 지방인데 비해 운동하는 여성의 지방 비율은 12~20%밖에 안 된다. 남성도 운동을 하지 않는 사람은 15~25%가 지방이라면, 운동을 많이 하는 사람은 지방이 6~13% 정도밖에 되지 않는다. 이것은 달릴 때 호흡기를 통해 유입된 산소가 체내에 축적된 지방을 태우기 때문이다. 따라서 달리기는 지방의 과다로 인한 비만을 예방하는 것뿐만 아니라 혈액 순환 촉진 및 혈관을 튼튼하게 해주어 심장병, 고혈압, 당뇨병 등 각종 성인병도 예방해 준다.

☞ 관절과 인대

달리기는 유연성이 필요한 운동이므로 반드시 적절한 스트레칭을 함께 해 주어야 한다. 스트레칭과 달리기를 병행하면 관절과 인대의 연골 부위가 강화된다.

☞ 뼈

연령대에 상관없이 활동적인 운동을 하는 사람은 비활동적인 사람보다 현저히 많은 골격량과 골밀도를 가지고 있다. 이렇듯 운동은 골격의 노화를 늦추어 준다. 특히, 등산이나 걷기, 달리기 등과 같이 체중을 싣는 운동을 하면 골밀도가 증가한다는 사실은 누구나 알고 있다. 이는 뼈에 가해지는 기계적 스트레스가 전기적 에너지로 전환되어 뼈를 만드는 조골세포를 자극해 칼슘 침착이 촉진되기 때문이다. 칼슘은 25세가 지나면 공급량이 현격히 줄기 때문에 운동을 통해 지속적으로 뼈에 자극을 주어야 한다. 중년 이후의 여성과 남성은 신체에 무리가 없는 운동을 해야 하는데 천천히 달리는 장거리 달리기는 뼈의 골밀도를 높여주어 골절상과 골다공증을 예방해 준다.

☞ 기초대사

달리기를 하면 기초대사가 원활해진다. 기초대사란 생명을 유지하는 데 필요한 최소한의 에너지 소비 활동이다. 즉, 음식이나 운동, 외부기

온 등의 영향을 받지 않고 생명을 유지해 나가는 데 필요한 최소의 생리적 활동을 말한다. 생명 유지 활동에는 혈액 순환, 내분비, 소화, 신경작용, 체온 유지, 세포 활동, 호흡 등이 포함된다. 결국, 기초대사가 잘 된다는 것은 이러한 생명 유지 활동이 원활히 이루어진다는 것을 의미한다. 실제로 똑같은 열량을 섭취하더라도 기초대사량이 많으면 소비되는 열량이 높아 살로 가는 열량이 줄어든다. 이것은 근육량과 직결된다. 달리기를 하면 체지방이 줄고 팔다리에 골고루 근육이 발달하게 되어 기초대사량이 많아진다. 그렇기에 달리기는 다이어트에도 효과 만점이다.

☞ 호르몬

달리기는 남성호르몬인 테스토스테론의 생성을 증가시키고, 스트레스 호르몬인 코르티솔의 수치를 떨어뜨린다. 따라서 달리기를 지속적으로 하는 남성은 성적 능력이 배가된다. 여기에 근력운동까지 겸하게 되면 성장호르몬 분비까지 촉진되어 더욱 효과적이다. 특히, 뇌 조직에 호르몬의 분비가 부족하면 우울증이 생기기 쉬운데 달리기는 원활한 호르몬의 분비를 이끌어 정신을 편안하게 만들어 준다.

☞ 면역 체계

달리기는 신체 고유의 방어능력을 강화한다. 너무 지나친 운동으로 무리만 하지 않으면 달리는 사람은 감기에도 잘 걸리지 않는다.

☞ 피부

달리기를 하면 신체 전반에 혈액 공급이 원활해지므로 피부의 조기 노화도 예방할 수 있다. 또 달리기할 때 흘린 땀은 몸 안의 독성 물질을 배출해 주므로 피부 건강에 매우 이롭다.

사실 달리기의 효용 가치는 위에서 언급한 것 이상이다. 마라톤을 즐기는 나는 2~3km를 줄기차게 달린 후에도 멈추면 곧바로 심장박동이 정상으로 돌아오는 경험을 한다. 이 느낌이 어떤 것인지 한번 경험해 보고 싶지 않은가? 달리기로 인한 몸의 변화는 또 있다. 무엇을 먹든지 소화가 잘되고 배변이 원활하며, 장이 편안해졌다는 것이다.

우리 몸이 어딘가 아프면 가장 먼저 나타나는 현상은 입맛이 없어지는 것이다. 그에 빗대어 보면 잘 먹고 잘 배설하는 것만으로도 건강을 짐작할 수 있다. 달리기를 한 이후 나는 실제로 몇 년 동안 감기에 한 번 걸리지 않았다. 가끔 찾아오던 편두통도 사라진 지 오래다. 더구나 믿을 수 있을는지 모르겠지만 진행되던 탈모도 멈추었다. 이것은 달리기를 통해 혈액 순환이 골고루 되었고, 달리기 위해 적절한 영양을 보충해 주었으며, 심리적 스트레스를 덜 받은 결과로 생각하고 있다.

나이가 들면 하체가 빈곤해지기 쉽다. 사실 모든 힘은 하체에서 나온다고 해도 과언이 아니다. 허벅지는 제2의 심장으로서 혈액 공급은 물론 영양분 저장소로서 건강을 책임지는 핵심 부분이다. 달리기는 자신의 체중을 실어 끊임없이 허리와 다리 근육을 사용하기 때문에 하체 단련에 최적이라고 할 수 있다. 가끔 전면 거울을 통해 미끈하게 균형이 잡힌 허벅지를 보면 스스로도 흐뭇하다.

4. 왜 마라톤인가?

달리기는 인간의 가장 원초적인 움직임이다. 사실 인간만이 아니라 다양한 포유류는 모두 달린다. 그런데도 인간의 달리기가 이들과 다른 점은 다른 어떤 동물들보다 오래 달릴 수 있다는 것이다. 이 이야기를 처음 듣는 사람들은 도저히 믿기 어려울 것이다. 물론 나도 그러했다. 그러나 달리기, 특히 마라톤을 하게 되면서 자연히 달리기에 관심이 생기게 되어 여러 자료와 문헌을 뒤지고 공부를 하다 보니 객관적 사실에 대한 관찰 기록과 함께 상당한 과학적 연구 성과가 나와 있음을 알게 되었다.

일찍이 하버드대학의 댄 리버만 등의 과학자들은 인간이 수백만 개의 땀샘을 통해 인체의 열을 조절한다는 사실을 밝혀냈다. 달릴 때 우리의 몸은 상당한 열을 낸다. 동물들도 마찬가지다. 그러나 여타의 동물들은 땀샘이 특별히 발달해 있지 않을뿐더러 털이 피부를 감싸고 있어서 열을 식혀줄 장치가 빈약하다. 그래서 짧게 달리고 멈춰 열을 식힌 후 다시 달려야 한다. 그러나 인간의 피부에는 수많은 땀샘이 있고 달리는 동안 피부 밖으로 나온 땀이 바람에 증발하면서 우리의 체온을 조절해 준다. 그렇기에 인간은 수분과 영양만 잘 공급해 주면 오래도록 달릴 수 있도록 신체가 구조화되어 있는 것이다.

1980년 이전에 태어난 사람이라면 영화 〈부시맨〉을 본 기억이 있을 것이다. 실제 부시맨인 니카우를 주인공으로 삼아 순수한 웃음을 보여주었던 영화다. 아직도 많은 이들의 기억에 부시맨 하면 이 영화가 강하게 뇌리에 남아 있을 것이다. 아프리카 부시맨들의 삶에는 우리 인간들의 원초적인 진화의 흔적이 있다. 이들의 사냥법은 독특하다. 아니 지극히 원시적이라고 해야 맞겠다. 왜냐? 그냥 여러 날을 사냥감을 추적하는 것밖에 없으니까. 인간의 추격에 진이 빠진 사냥감은 결국 무릎을 꿇는다. 그러면 그들은 활이나 창을 사용해 사냥감을 잡는다. 무지 간단하고 쉽다고? 그럴 수도 있고 아닐 수도 있다. 문제는 사냥감이 언제 쓰러질지 모른다는 것이다. 그러니 몇 날 며칠을 계속 쫓을 각오를 해야 한다.

부시맨의 사냥을 직접 체험을 통해 세상에 알린 사람이 있다. 남아프리카공화국에 살고 있는 루이스 리벤버그라는 사람이다. 그는 칼라하리 사막의 부시맨을 찾아가 4년 동안이나 그들과 실제 생활을 하고 그 체험을 《추적의 예술 ; 과학의 기원(The Art of Tracking ; The Origin of Science)》이라는 책에 담아냈다. 그와 함께한 부시맨들은 실제로 가장 무식하고 원시적인 방법으로 사냥을 하고 있었다. 정말 사냥감이 지쳐 쓰러질 때까지 계속 추적해 달려가는 것이었다. 리벤버그는 자신의 책에서 부시맨이 실제 사냥을 하는 과정을 상세히 서술하면서 인간이 장거리 달리기에 탁월한 능력이 있음을 입증해 보였을 뿐만 아니라 달리기가 결국 인간의 모든 창조 능력의 원천이었음을 강조했다.

나도 부시맨처럼 단순히 달려서 야생의 토끼나 노루를 잡아보고 싶다(물론 잡으면 풀어줄 것이다). 그들의 사냥법이 나에게도 실현될지 직접 확인해 보고 싶은 충동을 느낀다. 그러나 실제로 우리의 산에서 만나는 토끼 등은 너무 빨리 숨어버린다. 혼자 따라잡기엔 산세가 평지가 아니라 어렵다. 혹여 함께 사냥을 해 줄 여러 친구가 있으면 가능하지 않을까? 지금이라도 나요! 하고 동참할 누군가 있다면 기꺼이 해볼 용의가 있다.

부시맨의 달리기는 삶 자체다. 달리기가 이렇듯 고대인들에게는 생존의 한 수단이었다면 지금 우리에게는 건강의 첨병으로 작용한다. 많은 이들이 신체의 기능을 최적의 상태로 끌어올려 건강한 상태로 유지하기 위해 달리기를 선택한다.

2001년 전국체전 마라톤 우승과 함께 최우수 선수상을 받기도 했던 전 마라톤국가대표 이의수 선수는 그의 저서 《서브-3 마라토너의 꿈》에서 누군가 건강을 위해서 어떤 운동을 하면 좋겠냐고 묻는다면 주저하지 않고 달리기를 권할 것이라고 밝힌 바 있다. 나 또한 그러한 질문을 받는다면 똑같이 대답할 것이다. 왜냐하면, 달리기는 언제, 어디에서나 특별한 장비나 기술이 없어도 남녀노소 누구나 할 수 있는 운동이기 때문이다. 이렇게 단순한 운동이지만 그것이 가져다주는 혜택은 들어간 품에 비하면 다른 어떤 운동보다도 크기 때문이다. 지속적으로 달리기를 하면 심폐 지구력과 근력 증진은 물론 스트레스 해소에도 많은 도움이 된다. 그리고 무엇보다 자신의 수준에 맞춰 진행할 수 있으니 안전하기까지 하다.

그런데 달리기만 해도 좋은데 왜 굳이 마라톤인가? 이것은 사실 마라톤을 달려보면 바로 느낄 수 있다. 거기에는 단순한 달리기에서 느낄 수 없는 수많은 드라마가 있음을……. 나는 마라토너들을 달리는 예술가라고 표현하고 싶다. 레이스에서 그리는 그들의 작품은 실로 다양하며 또한 감동적이다. 나는 나이가 들어가면서 점점 더 예술적인 일을 하고 싶다는 생각을 한다. 또 모든 사람이 예술가가 되어야 한다고도 생각한다. 마라토너들은 가장 정직한 사람들이다. 훈련을 게을리한 선수가 대회에서 잘 뛰는 요행을 바랄 수는 없다. 이것은 달려보면 안다. 평소의 노력이 정확한 결괏값으로 매겨지는 것이 마라톤이다.

사람들은 내가 마라톤을 한다고 하면 처음엔 대단하다고 하다가 곧 왜 그렇게 힘든 운동을 하느냐고 의아해한다. 이것 또한 그들이 직접 마라톤을 경험해 본다면 필요 없을 질문이다. 혹자는 마라톤을 가장 힘든 운동으로 평가한다. 물론 마라톤은 힘든 운동이고 체계적인 준비가 없이는 42.195km를 뛸 수도 없다. 일류 선수에게조차도 이 거리는 결코 가볍게 볼 수 있는 거리가 아니다. 42.195km를 달리다 보면 포기하고 싶고, 주저앉고 싶은 순간이 끊임없이 밀려온다. 이런 유혹을 견디며 완주를 했을 때의 성취감은 도전해 보지 않은 사람은 도저히 알 수가 없다. 누구나 할 수 있지만 아무나 할 수 없는 영역이라 도전의 매력이 있는 것이다.

사람들은 곧잘 물어온다. 달리기할 때 무슨 생각을 주로 하느냐고. 글쎄, 무슨 생각을 했던가? 사실 잘 기억이 나지 않는다. 왜냐하면, 별생각을 하지 않기 때문이다. 달리기 시작 후 10분이 넘어가면 점점 더 숨이 가빠오고 모든 정신은 온전히 달리는 행위 자체에만 집중하기 때문이다. 굳이 대화를 한다면 그건 내 몸과 나누는 무언의 미묘한 신호의 주고받음일 것이다.

마라톤의 매력을 좀 더 본격적으로 얘기해 볼까 한다.

먼저, 스포츠 중에 가장 많은 사람이 함께 즐길 수 있는 게 마라톤이다. 가장 대중적인 축구나 야구를 예로 들더라도 한 게임에 참여할 수 있는 선수는 후보까지 포함해 많아야 20명 남짓이다. 그러나 마라톤은 그와는 비교할 수 없을 정도로 많은 인원이 참여해 각자의 게임을 즐길 수가 있다. 요즘 메이저 대회인 조선일보 춘천마라톤이나 동아일보 서울국제마라톤에는 2만 5천 명 이상의 마라톤 마니아들이 참여하고 있다. 형형색색의 유니폼을 입은 수많은 주자의 건강한 물결은 그야말로 장관이다.

둘째는 참가하는 모두가 승리자가 될 수 있다는 점이다. 순위 다툼을 해야 하는 프로선수를 제외한 순수 주자들은 완주하는 자체로 자신과의 싸움에서 이기는 것이 된다. 이 점에서 마라톤이 자신과의 대결이라는 것은 명확해진다. 마라톤을 즐기는 사람들은 주자가 골인 지점에 빨리 들어오든, 늦게 들어오든, 모든 이들을 아끼고 존중한다. 오히려 꼴찌에게 더 큰 환호와 응원을 보내는 것이 마라톤이다. 그래서 누구나 참여 자체로 영광의 순간을 느껴볼 수 있다. 언젠가 세계적인 마라톤 선수를 인터뷰 한 기사를 본 적이 있다. '당신은 영웅'이라는 기자의 칭찬에 그는 '나는 2시간만 뛰었지만 지금도 뛰고 있는 주로의 수많은 마라토너! 그들이 실질적인 영웅'이라는 멋진 말을 남겼다. 그것이 그의 진심이라는 것을 안다.

마라톤 풀코스를 완주하는 동안 우리는 그동안 쌓아왔던 모든 에너지를 소진한다. 탈진하듯 들어와 뜨끈한 국밥 한 그릇으로 허기를 채우면 음식의 모든 영양이 몸속 곳곳으로 빠르게 흡수됨을 느낀다. 비우는 것이 얼마나 값진 것인지 그제야 깨닫게 된다. 시간이 지나면서 그 텅 빈 육체의 공간에 새롭고 활기찬 기운이 채워지고 그 기운은 우리가 힘 있고, 바르게 살아가도록 지지해 준다.

우리는 흔히 운동하는 사람들은 무식하다고 생각하는 경향이 있는데 이건 절대적으로 옳은 생각이 아니다. 어떤 분야든 모든 운동선수는 자신의 몸의 변화에 민감하며 아주 세심하고 조심성이 많은 사람들이다. 언젠가 TV에서 전 축구국가대표였던 서정원 선수의 아내가 나와 인터뷰를 하는 것을 본 적이 있다. 서정원 선수가 집에서 어떻게 생활하느냐는 질문에 그녀는 '자기 몸을 엄청나게 챙긴다.'라는 대답을 했다. 몸에 무리가 갈 조금의 활동도, 좋지 않은 영향을 줄 것 같은 음식도 멀리한다는 것이다. 한 편으로는 얄밉지만, 다음날 있을 대회를 생각하면 이해하고 넘어간다는 것이다.

그 영상을 보면서 당시에는 '그럴 수도 있겠구나!'라며 무심하게 생각했지만, 지금은 상당히 공감이 간다. 프로에게는 몸이 재산이다. 그렇기에 모든 프로 운동선수들은 자신의 몸을 단련하고 최상의 상태를 유지하려 내적, 외적으로 끊임없이 성찰한다. 그러다 보니 일상의 잡다한 것에 찌들지 않아 오히려 일반인들보다 사고가 더 순수한 경우가 많다.

우리는 스포츠를 폭력이나 공격성의 한 배출구 정도로 생각하지만 실제로 스포츠는 한 사람의 인격을 완성하기에 더없이 좋은 도구다. 특히 젊은이들에게는 어떤 교육보다도 뛰어난 교육 효과를 발휘한다. 내가 감명 깊게 읽은 책 중에 《마지막 질주》가 있다. 이 책은 미국의 1마일과 크로스컨트리 유망주로서 1972년 뮌헨 올림픽 출전을 앞두었지만, 고환암으로 26세에 세상을 떠나야 했던 아름다운 청년 '존 베이커'의 삶을 다룬 이야기다. 주인공 '존 베이커'는 탁월한 주자였다. 그러나 그의 생애가 빛났던 것은 주자로서가 아니었다. 육상 코치로서 자신이 가르쳤던 아이들에게 바친 헌신 때문이었다. 그는 1970년 11

월 26일 사망하는 그 순간까지 자신의 아이들을 걱정하고 챙겼다. 그의 헌신에 보답이라도 하듯 그가 지도했던 클럽 '듀크시의 질주자들'의 아이들은 뉴멕시코주의 작은 도시를 넘어 AAU(미국아마추어연합) 육상대회 결승에서 우승했다. 이 책은 스포츠가, 그리고 한 사람의 열정적 가르침이 아이들의 성장에 얼마나 큰 영향을 미치는가를 여실히 보여주었다.

나는 종종 부부가 함께 손을 잡고 마라톤 풀코스를 완주하는 모습을 본다. 아빠와 딸이 또는 엄마와 아들이 함께 격려하며 뛰는 광경도 있다. 아름다움을 넘어 진한 감동을 주는 장면이 아닐 수 없다. 이들의 가정이 어느 집보다 화목할 것은 짐작이 가고도 남는다.

5. 우리에겐 응원이 필요하다.

　처음 달리기를 시작하는 사람은 혼자서 하기보다 가까운 지역, 혹은 직장의 동호회에 가입하면 많은 도움을 받을 수 있다. 당신이 실제로 달리기를 배우고자 어떤 동호회에 들어간다면 당신은 곧바로 수많은 지지자와 격려자를 갖게 될 것이다. 그런데 그러한 분위기가 다소 어색할 수도 있다. 나 또한 그랬다. 누구나 처음엔 그들의 열렬한 지지가 쑥스럽다. 왜냐하면, 우리의 일상과 너무나 다른 모습이기 때문이다. 우리의 일상은 어떠한가? 살벌한 삶의 전쟁터에서 살아남기 위해 끊임없이 경쟁하고 타인에게서 좋은 평가를 받기 위해 자신을 몰아세우지 않는가? 그런데도 잘했다는 칭찬보다는 더 잘해야 한다는 압박만 받지 않았던가?

대부분의 사람이 그러했겠지만 나 또한 성장기에 지지와 격려를 받아 본 경험이 별로 없다. 나의 부모님과 형제들은 물론 나를 아끼고 사랑해 주었지만 좋은 격려자가 되어 주지는 않았다. 나는 겉으로는 얌전하고 모범적인 학생이었지만 내면에는 일탈(?)의 그 무엇이 강했던 아이였다. 시도해보고 싶은 것도 많았고, 이루고 싶은 것도 많았다. 그런 나에게 돌아오는 말은 대부분 나를 위한다는 명분으로 둘러싸인 걱정과 염려였다.

그럴수록 나는 강한 내적 욕망의 좌절에서 오는 고통의 나날을 보내야만 했다. 그렇다고 매번 순종만 했던 것은 아니다. 어릴 적 동물을 키우고 싶은 마음이 간절했던 나는 집안에서 키우던 염소 외에도 고양이, 닭, 토끼, 강아지 등에 강한 애착을 보였다. 그러나 부모님은 반기시지 않았다. 나는 주머니에 돈이 모이기만 하면 시장에 가서 부모님 몰래 그것들을 사다 놓았다. 막상 이들을 집에 가져다 놓으면 꾸중을 하실 줄 알았던 어머니가 나중엔 더 애정을 보이며 보살펴 주시는 것이었다.

나는 수영이나 낚시를 좋아했다. 어머니는 위험하다며 물가에 가는 것을 탐탁지 않아 하셨다. 고등학교를 서울로 유학을 온 후에는 기숙사 생활을 마치고 형과 함께 봉천동 단칸방에서 자취를 했다. 사실 나는 집을 나가서 중국집에서 숙식하고 배달을 하면서도 내 삶을 헤쳐나갈 자신이 있었지만, 형은 집이 있는데 왜 나가려 하냐며 만류했다. 형으로서는 당연한 조치였다.

내가 성장기 때 지지와 격려에 목말랐던 것 이상으로 요즘의 아이들 또한 크게 달라진 것이 없는 듯하다. 학생들을 가르치다 보니 학부모와 상담하는 일이 잦다. 그들에게 내가 가장 많이 주문하는 것 또한 학생에 대한 지지와 격려다. 부부 관계가 원만한 부모들은 대체로 자식들에게도 밝은 에너지를 주며 지지와 격려를 보낸다. 이런 집안의 학생들은 자존감이 높고 매사 밝고 건강하며 적극적이다.

그러나 반대로 부모가 자녀의 일거수일투족을 믿지 못해 감시하는 듯한 가정의 학생들은 상대적으로 의욕이 낮다. 어떤 어머니는 자식들의 입맛에 따라 주스도 달리 만들어 준다며, 이렇게 잘 해 주는데 왜 부모의 마음을 모르는지 이해가 안 된다는 식의 하소연을 하곤 한다. 한국 부모들의 지극한 자식 사랑을 이해하지 못하는 것은 아니다. 그러나 부모의 지나친 욕심과 기대가 아이들을 압박하고 그르치는 것이 눈에 선명히 보여 안타까울 때가 많다.

내가 가르치던 고3 학생이 있었다. 코칭을 시작한 지 얼마 되지 않았을 때 문장완성검사(SCT)라는 것을 시행해 보았다. 이것은 일정한 구문 뒤를 비워 두고 즉흥적으로 생각나는 바를 적어 넣어 문장을 완성하는 검사다. 자신에 관한 생각이나 꿈, 교우 관계, 가족 내 갈등, 학업 등에 대해 알아보려는 목적을 갖고 있다. 여기에서 녀석은 '아버지와 나는~'이라는 구문에 '어색하다.'라고 썼다. 예상치 못한 솔직한 답변에 나는 다소 당황했지만, 충분히 이해할 수 있는 부분이었다.

녀석은 어머니가 회사 일로 지방에 있어 주말에만 오시기 때문에 평소 아버지, 동생과 함께 생활한다. 아버지와는 어색하여 대화도 별로 없고 주말에 오는 어머니는 어머니대로 밀린 집안일 등으로 지쳐 그에게 달리 신경을 쓰지 못하는 환경이었다. 녀석은 자연히 자신에 대한 자존감도 낮았다. 나는 그 애가 왜 자신을 못나게 생각하는지 면밀히 질문하면서 수시로 좋은 점을 찾아주려 노력했다. 부모님께도 녀석의 상황을 말씀드리며 지속적으로 격려와 지지를 호소했다.

그 결과 그 애는 3월 모의고사에서 6등급, 4월 5등급, 급기야 6월 모의고사에서는 3등급까지 성적의 향상을 보여주었다. 처음과 달리 좀 더 밝은 표정에다가 목소리도 경쾌해졌으며, 스스로 찾아서 공부하려는 의욕도 보여주었다.

어른들도 격려와 지지에 목말라 있기는 마찬가지다. 몇 년 전 코치 및 진로지도사 자격증을 위한 교육과정을 두 달간 이수한 적이 있다. 다소 오랜 기간 교육생들과 함께 동고동락하면서 정이 많이 쌓였다. 교육과정에 자신을 진단하는 내용이 많다 보니 나를 스스로 돌아보는 것은 물론, 동료들의 특성 또한 잘 관찰할 수 있게 된 유익한 시간이었다. 교육과정 내내 서로에게 지지와 격려를 보내는 문화가 형성되었는데 교육을 이수한 후에는 각자 돌아가며 소감을 말하는 시간이 주어졌다. 그런데 대부분 내용이 일치했다. 과정 내내 많은 칭찬과 지지, 그리고 격려를 받으니 어리둥절할 정도로 행복했다는 것이다. 나 또한 많은 사랑을 받다 보니 내가 능력 있고, 무엇이든 할 수 있을 것 같은 자신감이 충천해졌던 기억이 생생하다.

그런데 달리기의 세계에 오면 이런 지지와 격려는 전혀 낯선 풍경이 아니다. 1~2km도 달리기 버거워했던 달리기 초심자가 할 수 있다는 주위의 격려에 힘입어 10km를 뛴다. 급기야는 마라톤 풀코스를 완주하는 괴력을 보이는 사례가 비일비재하다. 지지와 격려를 받는 문화 속에서 내면의 자기 부정을 극복하고 최종적으로는 할 수 있다는 자신감으로 충만해진 결과다. 실제 대회에서는 주로에서 힘써 주는 봉사자들과 시민들의 응원이 주자들에게 큰 힘이 된다. 이들의 응원 함성이 비록 작은 것일지 몰라도 주자들에겐 포기하지 않고 앞으로 나아가게 하는 힘이 된다. 마라톤 풀코스의 고통을 느껴본 이라면 이들이 얼마나 감사한 존재인지 안다.

함께 달리기를 즐기고 있는 한 형님은 탁월한 동기부여가다. 나는 그분에게서 부정적인 얘기를 들어본 적이 거의 없다. 신규 회원이 들어오면 어떨 땐 다소 심하다 할 정도로 자신감을 불어 넣어 준다. 좀 민망한 듯하여 이건 아닌데 싶을 때도 있지만 그 형님의 말은 종종 현실이 되어 나타난다. 그렇다. 인간은 한계가 있지만 순수한 지지와 격려를 받으면 위대한 일을 해낼 수 있는 존재다. 가능성을 봐야지 현재 상황으로 평가할 일이 아니다.

그런데 가장 강력한 지지와 격려는 어떤 것일까? 바로 자기가 자신에게 보내는 지지와 격려가 아닐까? 일상의 평가와 고정관념, 주위의 시선에 나를 가두지 않는, 스스로에 대한 무한 신뢰 말이다. 그런 면에서 달리기는 나를 긍정하게 하는 가장 멋진 일 중의 하나.

6. 몸과 마음은 좋은 친구

'건강한 육체에 건전한 정신이 깃든다.'라는 말이 있다. 혹은 '마음이 바른 사람은 몸을 함부로 놀리지 않는다.'라는 말도 있다. 그렇다면 과연 건강한 육체(몸)가 먼저일까? 건전한 정신(마음)이 먼저일까?

어느 것이 앞선다는 결론이 쉽지 않다. 사람들에게 물어보면 의견이 분분하겠지만 상호보완적이라는 말에는 대부분 동의할 것이다. 가끔 이런 별 쓰답지 않은 걸 고찰하는 게 취미라면 취미이지만 그래도 정신의 유희를 가져다주니 어쩌겠는가!

그러면 몸과 마음에 대해 잠시 생각의 여행을 떠나볼까.

육체(몸)가 단지 강약이라는 세기와 관련된 요소를 갖고 있다면 정신(마음)은 강약의 세기와 함께 방향의 요소까지 포함하고 있다. 쉽게 말해 육체가 2차원적 평면이라면, 정신은 3차원적인 입체라고 할 수 있다. 육체 없이도 마음이 생겨날 수 있듯, 마음과 상관없이 육체 또한 존재할 수 있다. 쉽게 말해 존재 자체에 대해서는 서로 독립적이라는 말이다. 그러나 건강한 육체 없이는 처음 생겨난 마음을 지속하거나 더 강하게 할 수가 없고, 건전한 마음 먹기가 없으면 육체는 절대로 단련되지 않는다. 이렇듯 강인한 육체는 마음의 강도를 높이지만 새로운 시도를 모색하는 마음작용(방향)에도 관여한다. 똑같은 원리로 강인한 마음은 그것의 유지를 위해, 또는 자기가 바라는 결과의 수준에 걸맞게 육체를 단련으로 이끈다. 이런 결론은 육체와 정신이 긍정적으로 상호작용한다는 전제에서 나온 것이다.

그런데 이를 달리 생각해 보면,

강인한 육체가 있다고 해서 꼭 새로운 것을 시도할 마음이 생기는 것은 아니다. 그러나 마음은 다르다. 어떤 것을 성취하려는 마음작용이 있으면 반드시 육체를 그냥 두지 않는다. 이런 면에서 보면 마음에 조금 더 후한 점수를 주고 싶다.

마라톤의 상황을 통해 살펴보자.

전문 선수가 아닌 순수하게 마라톤을 즐기는 보통사람이 풀코스(42.195km)를 3시간 30분, 나아가서 SUB-3(3시간 이내)를 달성하기란 그리 쉬운 일이 아니다. 더구나 대다수 사람에게는 마라톤 풀코스를 뛰는 것조차도 언감생심일 테니…….

그러나 실제로는 다수의 사람이 풀코스에 도전하여 완주하는가 하면, 여러 사람이 SUB-3를 달성한다. 그러면 성취한 사람과 성취하지 못한 사람의 결과 차이는 무엇 때문일까?

육체의 차이일까. 아니면 정신의 차이일까?

결과적으로는 육체적 차이겠지만 시초가 되는 근본적 원인은 정신의 차이에 있다. 많은 사람은 자신이 마라톤 풀코스를 뛸 수 있을 것이라는 생각조차 하지 않는다. 마찬가지로 마라톤을 오랜 기간 뛴 사람 중에도 SUB-3를 할 수 있다고, 혹은 해야겠다고 생각하는 사람이 많지 않다. 마음을 먹지 않으니 몸이 향상되지 않는 것이다.

나는 아직 나의 육체적 한계가 어디까지인지 모른다. 한계라고 할 수준까지 밀어붙여 본 기억이 별로 없고 전문적으로 체크해 본 적도 없다. 그러나 현재 내가 수행할 수 있는 평균 역량이 어느 정도인지는 몸이 전해오는 느낌으로 안다. 그리고 아직 더 발전할 여지가 많음도 물론…….

달리기를 통해 여러 동호회 등 다양한 사람들을 만난다. 그들은 내 몸을 보면 흔히들 이런 말을 한다.

"상당히 잘 달리시겠어요."

"완전히 SUB-3 할 몸인데요."

가까이서 훈련하는 선배들조차

"내가 그 몸이면 예전에 벌써 SUB-3를 했겠네."

라며 핀잔인지 격려인지를 한다.

그들의 말이 어쩌면 맞을지도 모른다. 나는 아직 육체적으로도 심리적으로도 더 발전할 여지가 있으니 더 밀어붙이면 더욱 좋은 퍼포먼스를 낼 수 있을 것이다. 타고난 육체적 소질이나 예술적 감각이 필요한 일에서도 마찬가지겠지만 우리네 삶의 영역 대부분은 이렇듯 마음을 먹기 시작하면 능력은 그 마음작용에 의해 자연히 키워진다. 그래서 나의 1차 결론은 간단하다. 마음먹기가 참으로 중요하다는 것이다.

그렇다고 마라톤에서 무조건 정신력만을 강조할 일은 아니다. 정신도 육체가 받쳐주지 않으면 제대로 힘을 낼 수가 없다. 나는 트레일런 대회에서 육체적 한계에 직면한 경험이 있다. 마지막 8km를 남겨 두고 몸의 에너지가 완전히 방전되어 버린 것이다. 마지막 체크포인트(CP)를 지나 500m를 왔을까. 갑자기 현기증이 일어 뛸 수가 없었다. '잠시 걸으면 괜찮겠지.' 하며 걷다가 다시 뛰려 하니 또 현기증이 일었다. 마음은 빨리 가고 싶은데 몸은 말을 들어주지 않았다. 몸과 마음이 따로 노는 경험을 한 것이다. 이때 내가 해야 할 선택은 하나였다. 몸을 위로하고 달래는 것. 먼 거리를 달리느라 고생했다며, 얼마 남지 않았으니 조금만 힘내자며 다독이는 것. 마음의 욕심을 내려놓고 천천히라도 좋으니 다시 달릴 수 있도록만 하자며 부탁하는 것.
꽤 상당한 거리를 걸은 후 몸은 조금씩 다시 살아나 주었다. 몸의 깨어남에 마음은 응원과 격려를 보내며 레이스를 무사히 완주했다.

오래 달리다 보면 우리의 몸을 알게 된다. 몸도 생각이 있다. 가끔은 자기를 잘 챙겨 달라고 조른다. 마음은 몸이 다양한 능력을 발휘할 수 있도록 때론 돕고, 때론 이끌어야 한다. 독려하고 다독이면서, 위로와 격려도 보내주어야 한다. 몸은 마음이 잘만 위해 주면 말을 잘 듣는 착한 아이다. 이 세상에 제일 하지 말아야 할 것이 아동 학대다. 절대로 몸을 학대하지 말지어다.

7. 사소한 일의 위대함

인간이 발전시켜 온 문명은 실로 놀랍다. 지금, 이 순간에도 우리 사회는 발전하고 있고 잠에서 깨어나면 위대한 일들이 완성되어 있다. 나는 별 능력이 없는데 누가 이런 위대한 일들을 계속해내는 것인지……. 나를 제외한 다른 모든 사람은 위대한 것 같은 생각이 가끔 든다. 아니면 별 볼 일 없는 인간들 하나하나가 모이니 큰 힘을 발휘해 별 볼 일 있는 성과를 만들어 내는 것일지도…….

인간이 만들어 내는 위대한 일의 비밀이 참으로 궁금하다.
이런 생각이 자꾸 드는 것은 우리가 매일 접하는 일상이 실제로는 사소한 일투성이라는 점 때문이다. 가족들과 저녁 한 끼를 먹는 것에서부터 친구와 술 한 잔 기울이는 것, 산책하는 것, 책 읽는 것 등등 모두가 사소한 일이다. 거기에는 물론 달리기도 포함된다.

우리가 만나는 일상의 모두가 소소하다 보니 우리는 가끔 그것의 가치를 무시하거나 잊는 경향이 있다. 그런데 세상의 위대한 성과의 내면에는 늘 사소하리만치 가장 기본적인 충실함이 자리 잡고 있다. 결국, 위대함의 바탕은 기본에의 충실함이라고 할 수 있겠다. 무술 영역에서 흔히 회자되는 얘기가 있다. 정권 하나에 통달하는 것이 여러 잡다하고 화려한 기술을 연마한 것보다 더 강력하다는 것이다. 아름답게 우뚝 선 고층 건물도 규정에 맞는 철근의 사용과 목수가 박는 못 하나, 볼트 하나의 조임에 의해 완성된다. 사소함이 모이면 위대함이 탄생하는 것이다. 그러니 우리는 일상의 사소한 일들을 잘 관리해야겠다. 쉽지는 않다. 그러나 우리가 긴 여행을 하거나 피치 못할 일들로 일상과 오래 격리된 생활을 하게 되었다고 상상해 보자. 그러면 여태껏 하찮게 여겨졌던 일상의 소소함이 그제야 너무나 소중했다는 걸 알게 될 것이다.

통일 마라토너 강명구 씨는 59세에 미 대륙 5,200km를 두 발로 뛰어 횡단했다. 그는 미 서부 샌터모니카에서 동부 뉴욕까지 진행된 125일간의 대장정을 기록한 횡단기 《59세에 떠나는 아주 특별한 여행》에서 혼자서 오래 달리다 보니 가족들과 어울려 다투고 화해하고 함께 웃으며 살아가던 일상의 소소함이 무척 그리웠다고 토로한 바 있다.

"어머니와 아내가 보고 싶다. 가족들과 함께 식사하고 친구들과 어울려 막걸리를 한잔하면서 이런저런 이야기를 나누는 것은 하찮은 일들이다. 아내와 사랑을 나누고 또 사소한 일로 언성을 높이고 얼굴을 붉히고 또 아무 일도 없었다는 듯이 웃고 시시덕거리는 그런 하찮은 일들이 갑자기 못 견디게 그리워진다. 이제 집 떠나온 지 두 달이 넘었다. 지금껏 군대 생활을 하던 것 말고는 두 달 가까이 가족과 떨어져 지낸 적이 한 번도 없었다. 그렇게 하찮고 소소한 일들이 내게 얼마나 소중하고 위대하기조차 한지 이제야 알겠다."

일상의 당연한 것이 새롭고 낯설게 느껴지는 경험은 우리의 의식의 성장을 가져온다. 모든 창조의 힘 또한 당연한 것을 당연히 여기지 않는 마음에서 생겨난다. 위대한 일을 하고 싶다면 일상을 새롭게 인식하도록 자신을 끊임없이 익숙한 것으로부터 탈출을 시켜야 할 것이다. 달리기는 일상을 새롭게 보는 좋은 경험을 제공한다. 달리는 순간 우리 뇌는 소박해진다. 잘 달리는 것 외에는 그 어떤 것도 욕심내지 않는다. 긴 거리를 달리다 보면 물 한 모금, 응원 함성 하나가 그렇게 고마울 수가 없다. 많은 주자가 그 힘으로 완주를 하는 것인지도 모른다.

달리기를 하게 되면서 내 몸을 비롯한 주변의 모든 것을 세밀히 관찰하고 느끼는 버릇이 생겼다. 주위의 현상에 이전보다 분명 더 민감해졌다. 좋게 말하면 공감의식이 높아진 것이다. 세상을 종종 새롭게 보게 되었다. 그러면 내 곁에 있는 모든 것이 결코 내 것이 아니었다. 모든 것은 내가 이 세상을 살아가는 동안 잠시 빌린 것이다. 나에게

붙어 있어 당연시되는 이 육체조차도…….

　우리는 늘 행복을 바란다. 그러나 우리는 알고 있다. 삶이 늘 행복으로 구성되어 있지만은 않다는 것을. 그래서 행복하려고 더 기를 쓰는 것인지도 모르겠다. 행복을 추구하는 삶이 옳은지 그른지는 따지고 싶지 않다. 그러나 행복만을 계속 인식하며 살아가는 것은 피곤한 일이다. 건강한 사람이 건강에 연연하지 않듯 행복한 사람은 행복 그 자체를 잊고 살지 않을까?

　그냥 받아들이면 편안하다. 해병대에는 '피할 수 없는 고통이라면 차라리 즐겨라!'라는 구호가 있다. 누군가 이것을 패러디해 '피할 수 없는 고통은 차라리 피해라.'라고 했다지만 이건 전제를 무시한 말이 안 되는 소리다. 우리가 만나는 일상의 고통, 즉 가까운 누군가의 죽음일 수도 있고, 사랑하는 사람과의 이별, 혹은 경제적 빈곤이나 육체의 아픔 등은 우리의 인생에서 최소한 한 번은 만나는 것들이다. 피하고자 하면 더 고통스러울 뿐이다. 피할 수도 없다.

　마라톤을 달리는 사람들은 고통의 경험을 자주 한다. 그것도 스스로 나서서 고통 속으로 질주한다. 이들은 고통에 대한 내성이 강하다. 마라톤 42.195km를 달리는 여정에서 우리는 수많은 고통의 순간에 직면한다. 그것이 육체적 고통에만 한정된 것으로 생각하면 오산이다. 육체적 고통은 마음으로 전이된다. 주자는 멈추려는, 포기하려는, 소극적으로 달리려는 자신의 심리와 끊임없이 싸워야 한다. 쉽게 레이스를 마치려면(결코 쉽지 않다.) 자신이 느끼는 모든 고통을 그대로 받아들여야 한다. 더는 고통에 연연하지 말아야 한다. 그 고통이 가져다줄 다음 단계의 희열을 생각해야 한다.

일상적인 눈으로는 힘들게 달리는 주자를 이해할 수 없다. 더 일그러질 수 없을 정도로 고통으로 얼룩진 얼굴을 보면 힘들겠다는 생각을 피상적으로 할 뿐이다. 그래서 그가 다음에는 이런 힘든 레이스를 하지 않을 것이라는 생각도 할 것이다. 모르고 했을 수도 있으니 한 번으로 족하다고 하면서…….

그러나 틀렸다.

그들은 고통을 즐기고 있다. 그 즐거움은 함께 고통 속에 달리고 있는 동료들만이 느끼고 이해할 수 있는 것이다. 간혹 대회에 주자가 아닌 봉사자로 참가하는 때도 있다. 그때마다 매번 느끼는 것이지만 고통스레 달리는 주자들을 보고 있으면 나도 그 속으로 들어가 함께 고통을 즐기고픈 마음이 동한다.

달리는 일은 지극히 개인적인 일이다. 잘 달리고 못 달리는 것도 자신만의 문제다. 등반가가 높은 산을 오르는 것도 마찬가지다. 자기가 좋아서, 자신의 영혼이 당겨서 하는 행위일 뿐이다. 춤을 추고 노래를 부르는 것도 마찬가지다. 내가 지금 이렇게 가치가 없을지도 모르는 글을 끼적이는 것도…….

그런데 이상한 것은 우리가 이런 사소하고 개인적인 성취에 열광한다는 점이다. 왜 그럴까? 아마도 사소함이 만들어 내는 위대성을 보았기 때문이 아닐까? 우리는 사소함을 당연한 것으로 흘려버린 반면 누군가는 그것을 잘 엮어 위대한 작품으로 승화시킨다. 어떤 행위가 지극히 개인적인 일이라 하더라도 우리가 그것을 위대하게 여기는 것은 그의 활동이 우리 내면에 자리 잡고 있는 위대성에 대한 갈망을 자극했기 때문일 것이다.

사람은 누구나 위대해지고 싶어 한다. 아니 정확하게는 위대한 일을 하고 싶어 한다. 그러나 걱정하지 않아도 된다. 우리는 모두 이미 위대한 일을 하고 있다. 당신이 행하는 일상의 모든 사소한 일들에 위대성이 녹아있다. 그러니 당신이 할 일은 그 위대성을 보는 안목을 키우는 일이다. 그리고 그것을 잘 엮는 일이다.

제2화

달리기에 대해 말하다 _ 내 영혼의 자유를 위하여

1. 달리기!
나를 만나는 여행

20대 초반에 나는 내 인생의 화두를 정했다. 아니 어쩌면 10대 이전부터 결정했던 것인지도 모르겠다. 그것은 자유다! 신체의 물리적 한계를 지닌 인간이 어떻게 완벽히 자유로울 수 있겠는가마는 정신이 맑고 몸이 건강하면 육체의 굴레는 큰 문제가 아닐 것으로 생각한다. 살면서 보니 나를 억압하고 자유롭지 못하게 했던 것은 실제로는 육체보다 정신에 기인한 경우가 훨씬 더 많았다. 내가 마음먹은 대로 살아갈 수 있다는 자신감과 확신을 갖기 위해서는 용기가 필요했다. 자유를 위해 사회가 요구하는 각종 규범, 제도, 관습, 통념 등에 얽매이지 않을 용기 말이다. 그런데 사실 용기만으로는 부족했다. 투쟁의 의지가 있어야 했다.

천재 시인 김수영은 《푸른 하늘을》이란 시에서 자유는 희생의 산물이고, 자유를 얻기 위해서는 고독한 투쟁을 해야 한다고 노래했다. 시인은 4·19혁명의 좌절로 인해 사라질 위기에 처한 우리 사회의 자유에 대한 간절한 열망을 노래하면서 자유는 타인이나 외부로부터 주어지는 수동적이고 소극적 개념이 아니라, '피의 냄새'라는 구체적이고도 실천적인 투쟁과 노력으로써 얻어야 하는 개념임을 역설했다. 상황은 좀 다르지만, 자유를 갈망하는 나의 마음은 시인의 마음과 크게 다르지 않았다. 그래서 나 역시 투쟁을 통해 자유를 쟁취하기로 마음먹었다.

나는 어떤 사상이나 행동의 자유를 억압하는 조직 생활을 병적으로 싫어한다. 그래서인지 특정 회사나 조직에 오래 몸담은 적이 별로 없다. 그렇다고 함께 일하자며 손을 내미는 사람들이 없었던 것은 아니다. 좋은 가치라기에 참여하기도 했고, 창업 멤버가 되어 회사를 일으키기 위해 노력도 했다. 오지랖이 넓어 거절을 하지 못하고 이것저것 도와줄 때가 있었지만 본궤도로 돌아가는 느낌이 들면 나는 더는 그곳에 있고 싶지 않았다. 왜냐하면, 회사가 성장하면 할수록 일은 끝이 없고 자유는 점점 멀어지고 말 테니까. 그러나 그것보다 더 큰 이유는 내가 원하는 가치에서 벗어나는 경우가 많았기 때문이다.

나는 늘 방황 속에 있지만, 그 방황이라는 것이 사실은 내가 가야 할 올바른 길을 찾는 지렛대 역할을 한다. 나만의 길을 찾기 위해서는 나에 대해 아는 작업이 선행되어야 한다. 그래서 방황이 필요하다. 내가 하는 모든 행위는 나를 발견하는 행위, 그 자체다. 달리기도 물론 그 연장선에 있다.

달리는 동안 나는 내 몸의 변화를 느끼고, 한계는 어디까지인지 관찰하고 실험한다. 달리기의 1차적 목표는 물론 완주다. 그러나 진짜 목표는 따로 있다. 나는 달리는 여정에서 벌어지는 다양한 만남이 더 좋다. 길가의 이름 모를 풀과 꽃들, 얼굴을 스치는 살가운 바람, 개구리 울음소리, 각종 산새 소리, 나무와 평화로운 농촌의 집들, 그리고 사람들까지……. 이 모든 것이 달리는 순간 내 안으로 들어와 나를 충만케 한다. 이들과 함께 하는 나의 달리기는 그래서 늘 활력이 넘친다. 그리고 사물과 하나 된 나의 시선은 결국 나의 내면으로 향한다.

오늘도 나는 달린다. 가쁜 숨을 내쉬며 나에 대해 한 단계 더 알아갔다는 데 기쁨을 느낀다. 나는 늘 나의 존재 이유와 가치에 대해 알고자 한다. 나뿐만이 아닐 것이다. 역사 이래 수많은 철학자 역시 화두로 삼았던 주제. 사실 누구도 명쾌한 답을 내놓지는 못하고 있다. 그런데도 우리는 왜 포기하지 않는 것일까? 왜냐하면, 우리네 인생 자체가 '나는 누구인가?'란 물음에 대한 해답을 찾아가는 여행이기 때문이어서가 아닐까?

나를 잘 아는 것은 곧 주체적 삶으로 이어진다. 고대 철학자 소크라테스가 역설했던 '너 자신을 알라.'라는 말은 수많은 시대를 관통하는, 그리고 누구에게나 해당되는 말이지만 과연 우리는 우리 자신에 대해 무엇을, 얼마나 알고 있을까? 나를 모르고서는 내 삶의 주인이 된다는 것은 요원한 일이다.

그러면 어떻게 하면 나에 대해 알 수 있을까? 내가 자주 쓰는 방법은 이렇다. 먼저 내가 나를 모른다고 인정한다. 내가 나를 모른다는 것을 인정하고 나면 나를 객관화할 수 있다. 객관화는 나 자신을 온전히 이해하기 위한 기초 준비다. 여기서 '나'란 나의 육체, 정신, 행동양식, 내가 가진 꿈, 재능 등을 가리킨다. 나와 나누는 대화는 주로 다음의 질문 형태로 이루어진다. 나는 도대체 누구인가? 나를 구성하고 있는 것은 무엇인가? 육체인가, 정신인가? 어디까지를 나란 인간으로 규정할 수 있을까? 나의 성격인가? 내가 추구하는 꿈인가? 이런 물음이 한 번에 명쾌한 답을 주는 것은 아니다. 그러나 반복하다 보면 내가 겪는 수많은 일의 의미를 알게 되고, 나아가 내가 가야 할 삶의 방향까지도 헤아리는 지혜가 생긴다. 그리고 그 과정에서 전혀 모르고 있었던 나를 발견할 때도 있다. 그때 느끼는 감정은 대체로 실망, 놀람, 기쁨, 감탄 등이다.

혹자는 이런 습관이 어렵다거나 혹은 사치라고 생각할 수도 있겠다. 그러나 나에 대해 흥미와 관심, 애정을 가져야 할 사람은 바로 나란 사실을 인식한다면 이 작업은 가장 즐거운 일이 될 것이다. 특히, 다양한 활동과 움직임을 통해서 자신의 내면과 대화를 시도하는 사람은 그것이 치열하면 치열할수록 자신을 향해 가는 길이 쉽게 열린다. 내가 원하는 것, 나의 현재 능력, 내가 살고자 하는 삶의 모습 등이 점점 더 선명해진다. 사실 일상에 바쁜 현대인들은 좀처럼 자신을 돌아볼 마음의 여유를 갖지 못한다. 그럼에도 불구하고 애써 시간을 만드는 사람들이 있다. 그들 중 누구는 종교에 귀의하고, 또 어떤 이는 명상을 하기도 한다. 여행을 하는가 하면 누군가는 운동을 한다. 그런데 이들의 추구하는 목표가 단순한 마음의 안정이나 평화일 때가 많다. 이렇게 되면 자신에 대한 피상적 관찰에 머무를 뿐 내면 깊이까지는 파고 들어가지 못한다. 결국, 애써 얻은 소중한 시간을 허무하게 날려 버리고 만다. 이러한 경우를 여러 번 반복하다 보면 내 삶의 주인은 내가 아니게 된다. 타인이 만들어 놓은 울타리 속에서, 타인이 주는 음식을 받아먹는 껍데기의 삶을 살게 된다.

나에 대해 아는 것에는 '내가 보는 나와 타인이 보는 나' 모두 소중하다. 이들 정보를 종합하면 나에 대해 더 많이 알 수 있다. 지금까지 파악한 나에 대한 정보는 이렇다. 우선 직업적인 기질로는 이윤추구를 기본으로 하는 기업의 생리에 잘 맞지 않는다. 오히려 자유로운 가운데 창의성을 발휘하는 프로젝트 단위의 일이나 1인기업가 형태가 잘 맞는다. 재능적인 측면에서는 언어로 표현하는 일에 꽤 능하다. 말과 글을 통해 통합적이고 논리적으로 의견을 제시할 수 있다. 새로움을 추구하는 편이며, 몸으로 직접 부딪쳐 느끼는 것을 좋아한다. 끈기가 있다 보니 한번 시작한 일은 미련하다 할 정도로 포기할 줄을 모르는 면이 있다. 어수선하지 않고 집중력만 발휘한다면 꽤 창의적인 결과물을 만들어 낼 수도 있다. 나 자신에게는 엄한 편이지만 마음이 여려 타인에게 부탁이나 모진 말을 잘 못 한다. 다방면에 호기심이 많고 단체나 조직에서는 힘들어하면서도 리더의 역할을 자처하는 면이 있다.

달리기를 한 이후로 나는 또 다른 차원에서 나를 바라보게 되었다. 근본적으로는 나에 대한 신뢰가 더 높아졌다는 점을 말해두고 싶다.

매사에 자신감이 생겼고, 은행 잔고가 비어도 언제든 벌면 된다는 생각을 하게 되었다. 기본 재능이 있고 몸까지 건강하니 못할 이유가 없다. 그리고 나의 몸을 아끼게 되었다. 내 몸이 하는 얘기에 귀를 기울인다. 몸이 힘들고 아파하면, 또는 먹고 싶어 하는 것이 있으면 참으라고 하지 않고 기꺼이 해 주려 노력한다. 그리고 매사 조금 더 여유로운 마음을 갖게 되었다. 스트레스에 대한 천연 항생제를 보유하게 되었다고 할까? 주변의 잡다한 일들에 일희일비하지 않을 만큼 대범해진 것이다. 그리고 이것은 가장 중요한 것인데 바로 있는 그대로의 나를 사랑하게 되었다는 것이다. 부족하면 부족한 대로, 현재의 나를, 더 나아가 내 운명을 사랑하게 되었다. 니체가 말한 'amor fati-네 운명을 사랑하라.'라는 경구가 달리기를 통해 나에게 실현된 것이다.

달리기를 통해 몸에 대해 알아가는 정보는 경이로움 그 자체다. 육체의 강화를 위해 훈련은 어떻게 하고, 음식은 무엇을 먹어야 할 것이며, 휴식은 어떻게 취해야 하는지에 대해 전문가에 준할 만큼 터득하게 된다. 방법은 간단하다. 자신의 몸에 귀를 기울이면 된다. 결국, 주자들은 매 순간 자신의 육체적 정체성에 조금 더 다가간 삶을 살고 있다고 할 수 있겠다.

달리는 당신은 늘 여행 중이다. 그것도 나를 만나러 가는 가장 신나는 여행 말이다. 여행은 목적지에 도착했을 때보다 그 여행을 상상하며 계획하고 준비할 때가 더 신나는 법이다. 한마디로 과정이 더 즐겁다. 나만 그런가?

2. 내 안의 욕망, 그리고 변화

초등학교 시절 나는 종종 해 질 녘이면 어두컴컴해진 방안에 혼자 누워 공상의 나래를 펴곤 했다. 많은 것이 기억나지는 않지만 대개 죽음을 상상해 보거나 앞으로 어떤 삶을 살지 막연하게나마 그려보곤 했었던 것 같다. 나는 아버지가 예순 나이에 얻은 9남매의 막둥이였다. 때문에 나는 종종 '내가 어릴 때 아버지가 돌아가시면 어떡하지?' 하는 생각을 자주 했다. 또는 죽어서 관 속에 누워 답답함을 느끼는 내 모습을 연상해 보기도 했고, '어른이 되면 기계가 아닌 인간의 영역을 다루는 일이 더 재미있지 않을까?' 하는 생각을 하기도 했다.

어릴 때는 누구나 세상이 나를 위해 존재하는 것 같은 생각을 한다. 그것이 착각이었음을 어른이 된 지금에 느낀다고 하더라도 난 그러한 생각이 틀리지 않았음을 믿고 싶다. 아울러 그것이 나에게 진리이듯 나를 확장한 타인들에게도 진리가 된다. 고로 그들의 처지에서는 세상이 그들을 중심으로 돌아가는 것이다.

인간은 기본적으로 자기중심적이고 이기적이다. 나는 신은 특별한 곳에 존재하는 것이 아니라 인간 모두의 마음에 깃들어 있다고 생각한다. 그러므로 자신의 내면에 집중하는 것은 곧 신을 만나는 일이 된다. 그런 의미에서 보면 신앙은 가장 이기적인 행위이자 가장 주체적인 행동인 것이다. 자신을 소외시키지 않고 주체로 인정하면 타인 또한 또 다른 주체로 인정해 줄 수 있다. 이럴 때 인간은 지극히 이타적인 존재로 거듭나게 된다.

우리 인간에게는 다양한 내적 욕망이 있다. 그 욕망이 우리를 살리기도 하지만 때론 욕망의 노예가 되어 비참한 생을 마감하게도 한다. 일상의 삶이 복잡한 것은 세상이 복잡해서가 아니라 끊임없이 올라오는 나의 내적 욕망 때문이다. 웬만한 명상이나 종교적 가르침을 동원하지 않고서는 이 욕망을 제어하기는 어렵다.

그런데 이 욕망이 잠시 숨을 고를 때가 있다. 바로 달릴 때다. 특히, 장거리를 달릴 때 우리의 욕망은 소박해진다. 달릴 때 비로소 욕망이 잠자는 순간을 만나게 된다. 깨어 있는 욕망이라야 겨우 잘 달리자는 것밖에 없다. 목마름을 달래 줄 물 한 잔이면 족하다. 어떤 면에서 보면 달리는 행위는 그 자체로 구도의 그것과 같다. 달리는 행위를 반복하면서 우리는 우리 자신을 조금씩 알아간다. 이렇듯 달리기의 위대성은 자기 발견에 있다. 달리기할 때 모든 주자는 자신에 집중한다. 자신의 모든 감각을 깨워 몸의 미세한 신호와 온갖 영적 교감을 놓치지 않으려 한다. 한마디로 탐험가가 되는 것이다. 탐험가는 종종 자신의 존재 가치를 깨닫는 지점까지 이르기도 한다. 그 지점에 이르면 큰 희열이 다가온다. 기본적으로 자신의 존재에 대한 긍정이 샘솟는다. 이때에서야 자신의 내면을 향했던 눈은 타인과 세상을 향하게 된다. 자신을 긍정했던 것과 같은 마음으로 타인과 세상 또한 밝게 바라보게 된다. 세상의 모든 존재물은 그들 자신을 위해 존재하며 그 존재 자체가 곧 다른 사물들을 이롭게 하는 것이다. 나의 달리기는 이렇게 정신적 유희를 즐기는 좋은 수단이 된다.

나의 내면으로 좀 더 들어가 보자.

내 안에는 남과 다른, 한 차원 높은 인간이 되고자 하는 욕망이 내재하여 있다. 일명 초인이라고 해야 할까? 그러나 인간의 영역을 완전히 벗어나고 싶지는 않다. 그럴 수도 없겠지만……. 단지 육체적, 정신적으로 좀 더 단련되고 성숙한 인간이 되면 족하다. 나의 달리기는 좀 더 나은 내가 되기 위한 한 방편이다.

대회가 임박한 때가 아닌 평소의 달리기라면 나는 그 순간순간을 즐길 여유를 가진다. 마음을 풀어놓고 어디에도 얽매이지 않는 자유를 만끽한다. 앞에서도 얘기했듯이 자유는 내 인생 최대의 화두다. 나만 자유로울 것이 아니라 주변 모든 사람이 자유롭도록 돕는 것이 내 삶의 비전이고 사명이다. 자유를 얻기 위해서는 밖으로 향한 나의 시선을 내 안으로 끌고 들어와야 한다. 달리기는 시선을 내 안으로 모으는 좋은 훈련이 되어 준다. 그러나 달리기를 알기 전에는 타인의 기대에 부응하지 못할까 걱정도 했고, 어떤 목표에 도달하려는 조바심으로 자신을 갉아먹기도 했다. 달리기를 한 후 나는 나의 속도를 알았고 나의 시선으로 살아갈 용기와 힘을 얻었다.

나는 어떤 것에도 길들기를 거부한다. 특정 사람이나 어떤 논리, 사상에 쉽게 고개 숙이고 싶지 않다. 익숙해짐은 편안하기는 하지만 고인 물처럼 나를 썩게 만든다. 익숙함에 연연하면 당당할 수 없게 되고, 당당하지 못하면 자유는 멀어진다.

아래 시는 필자의 《더 좋은 날》이라는 시다.

좋은 날은 가고
더 좋은 날은 오지 않았다.

나는,

푸른 초원을 무한 질주하는
야생마요,

세찬 바닷바람에
머릿결 흩날리며 저항하는 갈대요,

내 손길에 쉬이 잡히지 않는
새침데기 그녀다.

길들기로 시작한
나의 매일의 과업은

결코, 길들 수 없음을
확인하는 제자리걸음

아!
좋은 날은 가고
더 좋은 날이 곧 온다.

우리는 누구나 쉽게 얻을 수 없는, 익숙하지 않은 그 무엇에 매력을
느낀다. 그러면서도 끊임없이 일상의 시스템에 적응하고, 끼워 맞춰진
삶을 살려 아등바등한다. 나 또한 그러했으나 내가 발견한 것은 아무
리 노력해도 절대 길든 삶을 살 수 없다는 것이었다. 결국, 나의 오늘
은 길들지 않기 위해 세상과 싸우고, 길들지 않았음을 확인하는 것으
로 늘 마무리되는 것이다.

당신은 자신의 욕망을 들여다본 적이 있는가? 요즘 당신이 주위로
부터 자주 듣는 얘기는 무엇인가? 나의 경우에는 욕심이 많은 사람이
란 평을 자주 듣는다. 처음 그 말을 들었을 때는 '욕심'이라는 단어가

주는 부정적 느낌 때문에 인정하고 싶지 않았다. 그러나 지금은 그 말에 동의한다. 그리고 그것이 칭찬이라는 것도 안다.

나는 욕심이 많은 사람이다. 아니 욕구가 높은 사람이라는 말이 더 맞을 것 같다. 그 말이 그 말 아니냐고 따지지 마시라. 난 사소한 일로 다투는 것을 제일 싫어한다. 내가 강조하고 싶은 것은 그 욕심이라는 게 물질에 대한 소유욕에 국한된 것은 아니라는 것이다. 나의 욕구는 대체로 움직이고 활동하는 것에 대한 것이다. 살아있는 동안 도전해 보고 싶은 것이 많다. 삶을 물질적 부를 모으는 데에만 허비하고 싶지는 않다. 지난 10여 년을 토요일, 일요일도 없이 돈을 벌기 위해 허둥대며 살아왔다. 내면의 다른 욕구가 있음을 알면서도 애써 외면해 버렸다. 돈이 채워지면 내가 원하는 인생을 더 빨리 살 수 있을 것이라 자위하며 인생을 더 풍요롭게 만들 기회를 찾는 눈을 스스로 감아 버렸던 것이다. 결코 행복하지도 않았고, 건강은 나빠졌으며, 그렇다고 은행 잔고를 배불리지도 못했다.

그러나 달리기를 한 후 나는 달라졌다. 목표를 위해 일상의 재미까지 저당 잡히는 어리석음에서 벗어나게 되었다. 여러 곳에 분산되었던 에너지도 한 곳으로 모을 수 있는 집중력이 생겼다. 가치가 중요하긴 하지만 그것이 내가 정말 바라는 가치인가를 면밀히 따지게 되었다. 남의 시선이 아닌 나의 내면이 바라는 목표인 것이 중요했다. 막연한 집착이 아닌 꿈을 설정하고 비전화해 나가는 일의 즐거움을 알게 되었다.

달리기가 가져다준 가치는 그런 것이다. 나의 욕망을 더욱 선명하게 느끼게 해 주었고, 일상의 복잡함을 달리는 행위만큼이나 단순화시켜 주었다. 삶이 단순해진 만큼 선택과 집중은 살아났다. 나를 위한 시간도 더 많이 생겼다. 꿈을 갖는 것이 더는 부담이 되지 않았고 건전한 욕망을 꿈꾸고, 그것의 성취를 위해 노력하는 과정에서 오히려 희열을 얻었다. 내 영혼에 충실한 삶은 내가 내 시간과 인생을 소유하는 것, 선택의 주도권을 놓치지 않는 것이다, 이것이 바로 신이 부여한 나의 바른 삶이란 생각을 한다.

현대인에게 절실한 것은 자기를 향한 공부이다. 세상의 잣대에 부합할 지식이 아니다. 자기 공부는 몸이 내는 내면의 소리, 자신만의 호흡과 리듬, 속도에 집중하는 것에서 시작된다. 나아가 정신적 여유를 확장하고 담대한 에너지를 키워가야 한다. 이렇게 함으로써 결국 자신의 한계를 아는 동시에 그 한계를 뛰어넘을 수 있게 된다.

3. 고통과 자유의 역설

삶에서 우리는 크고 작은 고통을 만난다. 고통에도 종류가 있다. 인생에서 겪는 수많은 고통은 크게 뇌의 훼손을 가져오는 경우와 희열과 자유를 가져오는 경우, 이 두 가지로 나눌 수 있겠다. 가난이나 건강의 악화로 인한 것이 전자라면 더 나아지려 노력하는 학습이나 재능 연마, 육체적 단련 등으로 인한 고통은 후자에 속할 것이다. 그런데 사람들은 고통의 속성을 잊어버리고 고통이라면 일단 피하고 보려 한다.

삶은 우리를 매번 선택의 순간에 맞닥뜨리게 한다. 선택을 잘하는 것은 무척이나 중요하다. 왜냐하면, 순간의 선택이 우리 삶의 방향을 결정짓고 삶의 다양한 모습까지 연출하기 때문이다. '지금의 나의 모

습은 과거 내 선택의 결과'라는 말을 당신도 심심치 않게 들었을 것이
다. 그렇다면 고통이 올 것을 뻔히 알면서도 그것을 선택할 사람은 과
연 얼마나 될까? 그리고 고통을 기꺼이 받아들이는 사람들의 심리는
어떻게 이해해야 할까?

예를 들어보자.

당신 혹은 당신의 아내가 임신한 상태다. 오늘 병원에 갔더니 배 속
의 아기가 좀 이상하단다. 이대로 출산하면 기형아가 되거나 뇌성마비
등 심한 장애아가 될 확률이 높다는 것이다. 더구나 출산 시 산모의
생명도 온전히 담보할 수 없단다. 낳을지 말지 하루빨리 결정하란다.
자, 이럴 때 당신은 어떤 선택을 할 것인가? 예가 너무 가혹한가? 적
절하지 않은 예라도 너그러이 봐 주기 바란다. 그러나 실제로 이런 사
례는 우리 주변에 많다. 나는 실제로 장애아를 낳아 기르는 여러 부모
를 알고 있다. 그들이 자녀의 양육과정에서 겪었을 고통을 몇 줄의 문
장으로 표현하는 것은 불가능할 것이다. 그렇게 하는 것이 그분들에
대한 예의는 더더욱 아니다. 그렇다고 그분들이 고통만을 느낀 것은
아닐 것이다. 자녀를 키우며 고통에 준하는, 혹은 그 이상의 기쁨도
얻었을 것이다.

그러나 기쁨은 차치하고 그들은 장애아 출산이라는 뻔한 사실 앞에
서 왜 그 고통을 선택한 것일까? 그들 중 누구는 종교적 신념에 의해
서라고 했고, 누구는 생명의 존중, 누구는 자식에 대한 부모의 사랑,
혹은 부모로서 책임감을 들기도 했다. 이유야 어찌 되었든 그들은 고

통을 받아들인 것이다.

고통이 닥칠 것을 아는 사람, 혹은 고통을 맞이하기로 한 사람은 고통을 견딜 의지를 미리 내면에 가진다. 우리 몸은 외부에서 오는 타격을 몰랐을 때와 알아차렸을 때의 근육의 움직임이 확연히 다르다. 고통을 인지한 뇌는 고통을 최소화하도록 신체 각 부위에 명령을 내린다. 결국, 고통은 내가 어떻게 대비하고 느끼느냐에 따라 그 강도가 달라진다.

달리기에서 오는 고통은 위의 사례처럼 삶에서 오는 고통보다 심하지 않을지도 모른다. 그러나 나는 여기에서 고통의 강도를 단순히 비교하려는 게 아니다. 그렇다고 고통을 선택하는 행위의 옳고 그르냐를 얘기하고 싶지도 않다. 모든 선택은 개인의 몫이다. 다만 우리가 피하고 싶어 하는 고통의 가치에 관해 얘기하고 싶을 뿐이다.

이 세상의 모든 고통은 그 나름의 가치를 지니고 있다. 고통을 겪고 난 후 가치를 느낄 수도 있고, 직접 겪지 않아도 여러 현상에 빗대어 간접적으로 유추할 수도 있다. 고통을 통해 가치를 보게 되었다면 고통을 선택한 그의 행위는 옳은 것이다. 이럴 때 고통은 그에게 자신의 새로운, 혹은 온전한 존재감을 느낄 기회를 제공하리라. 이제 더는 고통이 그의 발목을 잡을 수 없을 것이다. 오히려 그는 고통을 즐기게 될 것이다. 고통을 잘 다루는 사람은 즐거웠던 과거의 기억에 미련을 두지 않듯, 오지 않은 화려한 미래의 약속에 연연하지도 않는다. 그는 다만 지금 있는 이곳에서 천국을 발견하리라.

달리기, 특히 마라톤을 하면서 나는 좀 더 자유로워졌다. 타인의 평가에 연연하지 않게 되었고, 기록이나 과도한 목표로 나를 혹사하지도 않는다. 그렇다고 기록 향상에 전혀 관심이 없는 것은 아니지만 되도록 현재의 순간과 상황을 즐기려 한다. 내가 원하는 것은 지금보다 더 나은 내가 되는 것뿐이다.

사람들은 육체적인 노동이나 활동이 정신을 둔화시킨다고 생각하지만 실제로는 그렇지 않다. 나는 육체적 움직임이 더욱 지적이고 영적인 삶을 영위하도록 도와준다는 것을 경험으로 알게 되었다. 장거리 달리기에서 적당히 힘들고 나면 그 단계를 뛰어넘는 희열이 있다. 자연히 다음에는 더 높은 단계를 꿈꾸게 된다. 내가 어느 정도에 이르러야 고통을 느끼는지, 그 고통을 얼마나 참을 수 있는지, 내 심신이 어느 정도까지 훈련이 되어 있는지를 확인하고 싶어진다. 이런 체험은 일상에서는 쉽게 얻을 수 없는 것이다. 한마디로 경이롭고 기분 좋은 체험이다.

골인 지점에 근접한 마라토너의 얼굴을 본 적이 있는가!
이 세상의 고통이란 고통은 모두 떠안은 듯한 얼굴이다. 고통으로 일그러진 그들의 얼굴이 난 참으로 아름답다고 생각한다. 수고했다는 말로도 부족한 더 큰 무언가로 위로를 해 주고 싶다. 그러나 이것은 잘못되었다. 그들은 위로를 원하지 않을 것이다. 그 고통이라는 것은 실상 그들을 다치게 하지 않는다. 그것은 일명 기분 좋은 영광과 환희의 고통인 것이다.

그들에게는 어떠한 위로도 필요 없다.

지나온 40여 km 동안 그들은 충분히 자신의 몸과 마음을 만났고, 그것은 이 세상 어떤 만남보다 즐거운 시간을 제공했을 것이다. 그 만남이 그리워 그들은 또다시 주로에 나설 것이다.

4. 모두가 축제의 주인공

마라톤대회는 단지 달리는 이들만의 행사가 아니다. 참가자와 가족, 시민들이 함께하는 하나의 거대한 축제다. 마라톤대회가 한 번 열릴 때마다 주최 도시는 홍보가 되고, 자연히 그 지역경제도 활성화된다. 국내 메이저 대회 중 하나인 조선일보 춘천마라톤대회는 공지천을 출발하여 의암호를 끼고 돌아오는 코스로 가을의 멋진 풍광을 즐길 수 있는 명품대회로 자리 잡은 지 오래다. 언제부터인가 '가을의 전설'이라는 닉네임까지 얻었다.

춘천마라톤을 달리는 주자들은 아름다운 가을 풍경뿐만 아니라 시민들의 다양한 응원에 신이 난다. 춘천지역의 여러 학교 학생들은 물론, 북과 장구, 꽹과리를 동원한 농악패들의 흥겨운 응원, 군부대 장병들까지 나와 힘찬 파이팅을 외쳐준다. 지역 경찰들은 각종 사고방지를 위한 교통 통제와 안전을 책임져 준다. 이렇게 지역 전체가 나서서 주자들을 환영하고 대회가 성공적으로 마칠 수 있도록 힘을 모은다. 참가자와 시민들의 많은 참여는 대회 주최 측의 노력에 좌우된다. 주최 측은 다른 대회와 다른 특별함을 더하는 대회가 되도록 매 대회를 조직, 운영할 필요가 있다.

역사와 전통을 자랑하는 세계 5대 메이저 마라톤대회인 보스턴, 뉴욕, 런던, 베를린, 시카고 대회는 마라톤을 뛰는 모든 사람의 로망이다. 특히, 뉴욕시민마라톤은 마라톤 마니아들이 가장 사랑하는 대회로 참가자만 4만여 명이다. 이 중 2만 5천 명은 해외 참가자를 받고 있다. 응원하는 시민만 무려 200만 명으로 세계 최대를 자랑한다. 이런 큰 규모의 축제가 치러지고 난 후의 경제적 효과는 어떨까? 실제로 뉴욕마라톤 주최 측은 2010년 대회에서 3억 4천만 달러의 관광 흑자를 얻었다고 발표한 바 있다.

그런데 국내 현실을 돌아보면 다소 아쉬운 감이 없지 않다. 우리는 서울시가 나서서 주최하는 국제대회가 아직 없다. 현재 국내 3대 메이저 대회라고 하는 서울국제(동아), JTBC(전 서울중앙), 춘천마라톤은 모두가 주요 언론사에서 주최하는 대회다. 그러다 보니 대회 진행이나 규모, 시민들의 지지 등에서 아쉬움이 많은 게 사실이다. 대회에 나가 선수로 달리다 보면 길을 가로막은 경찰과 지나가려는 시민들 혹은 차량 운전자가 실랑이를 벌이는 장면을 심심치 않게 목격한다. 특히 서울국제마라톤의 경우 40km 지점 가까이에서 풀코스 주자와 10km

주자들의 동선이 겹쳐 혼선이 빚어진 게 한두 번이 아니다. 주로를 이리저리 왔다 갔다 하며 천진난만하게 달리는 10km 주자들에 의해 풀코스 주자들이 방해를 받는 경우가 많아 몇 년째 원성이 자자하다. 주최 측이 참가비만 벌어들이려 한다는 오해를 받는 게 당연하다.

개인적으로는 강남구와 미8군에서 함께 주최하는 국제평화마라톤도 코스가 아쉽다. 강남구가 좀 더 적극적으로 나서서 돌아오는 구간만이라도 강남대로를 거쳐 코엑스 앞으로 오게 하면 얼마나 좋을까? 그렇게 되면 강남 시민들의 참여와 자부심 고취는 물론, 강남구 홍보에도 도움이 될 텐데……. 그리고 시민들의 환호를 받으며 달리는 주자들에게도 더없이 좋은 대회로 자리매김할 수 있을 텐데……. 많이 아쉬운 부분이다.

마라톤대회 주최 측이나 운영진은 참가 선수들의 의견이나 건의 사항에 좀 더 세심하게 귀를 기울여 주기를 바란다. 그래서 참가자와 시민 모두에게 사랑받는 대회가 많이 생겨났으면 좋겠다.

자 이제 축제를 즐기는 당신 개인으로 돌아와 보자.

마라톤에 참가하는 당신은 어떤 마음인가? 이기는 것이 목표인가 아니면 대회 참가 자체에 의의를 두고 있는 것인가?

나는 어떤 대회든지 대회가 임박해오면 설렌다. 달리기 초창기에는 너무 설레어 전날 잠을 잘 수 없을 정도였다. 빨리 주로에 달려가고픈 마음에 잠을 설치고 나간 적도 많았다. 나에게 마라톤대회는 그야말로 축제의 장이었다. 그것도 세계 일류선수들과 같은 공간에서 같은 코스를 달린다는, 달리는 능력의 차이는 있을지언정 그들과 똑같은 행위를 한다는 그 사실이 나를 흥분케 했다. 그러다 보니 마라톤대회는 늘 흥겨운 잔치로 내게 다가왔다.

프레드 로에는 그의 책 《달리기의 선(The Zen of Running)》에서 다음과 같이 말했다. "당신은 달리기라는 춤을 추는 동안 살고 있다는 즐거움이 없으면 승리는 없다. 미래의 어떤 보상을 위해서 달리고 있는 것이 아니다. 그 실질적인 보상은 지금이다."

그렇다. 때론 3~4시간의 레이스가 끝나고 나면 나는 가끔 아쉬움에 사로잡힌다. 축제가 끝나버린 것이다. 함께 뛴 사람들과 막걸리 한 사발을 들이켜며 무용담(?)을 나누는 시간이 행복하긴 하지만 나의 진정한 축제는 달리는 그 순간이었다. 비록 달릴 때는 고통스러워 빨리 골인했으면 좋겠다는 마음이 끊임없이 올라오지만 지나고 나면 벌써 그 순간이 그리워진다. 내가 울트라마라톤에 매력을 느낀 것도 그런 이유에서인지 모른다. 100km를 달리려면 최소 10시간 이상은 달려야 하니 긴 시간 동안 마음껏 나의 축제를 즐길 수 있기 때문이다.

우리 사회에는 청년들에게도 물론이지만, 중년을 위한 마땅한 놀이가 없다. 신체는 갈수록 약해지는데 역할이나 의무감의 무게는 가중된다. 고작 마음을 풀고 즐긴다는 것이 술이다. 그러나 술은 절제하기 어렵다. 과도한 술은 오히려 몸과 마음은 물론 경제적인 부분까지 힘들게 한다. 조금 건전한 활동이라면 등산을 하는 정도이다.

달리기를 즐기는 사람들에게는 일 년 내내 크고 작은 축제가 기다리고 있다. 준비만 잘 되어 있다면 맘껏 축제를 즐기고 또 주인공이 될 수 있다. 망설이지 말고 여러 대회에 신청하라. 훈련 때보다 대회에 참가했을 때 당신의 흥분지수는 급격히 올라갈 것이다. 큰 대회일수록 더욱 그렇다. 대회 며칠 전부터 마음이 설레면서 내면이 용솟음칠 것이다. 나의 경우 달리기 횟수가 늘어나면서 조금 강도가 약해지긴 했지만 그래도 설렘이 없지는 않다. 목표 시간대를 계산하며 어떻게 달릴지, 코스맵을 보며 이미지 트레이닝을 해보는 것도 즐거움의 하나다. 대회 준비를 위한 훈련을 착실히 했을수록 대회에 임하는 행복감은 배가된다.

축제에서는 자기만의 방식으로 즐기면 된다. 타인을 이겨야 한다는 강박관념도 필요 없고, 늦게 뛴다고 누가 뭐라고 할 사람도 없다. 똑 내 수준에 맞게, 현재 나의 모습 그대로를 표출하면 된다. 아마 순위에 집착하는 사람이라면 이런 희열은 느낄 수가 없을 것이다.

축제에서의 또 다른 즐거움은 나와 같이 축제를 즐기는 다른 사람들의 흥겨운 얼굴을 접하는 것이다. 사심 없이 서로 격려하고 때론 자신의 레이스에 진지하게 집중하는 그들의 모습에서 어떤 경건함을 느낌과 동시에 존경심까지 갖게 된다.

대회를 마쳐도 축제의 열기는 쉽게 사그라지지 않는다. 조용히 집으로 돌아가는 사람이 있지만, 대다수는 동료들과 몇 시간 전의 사투를 안주 삼아 한 잔 들이켜는 재미를 놓치지 않는다. 잘 달린 사람이나 못 달린 사람이나, 심지어 중도에 포기를 한 사람도 이 순간만큼은 구별이 없다. 우리에게 달릴 곳은 여전히 많고, 시간도 충분하기 때문이다. 서로가 하나 되어 칭찬하고 격려, 지지하는 모습 속에서 우리는 모두 축제의 진정한 주인공이 된다.

5. 설렘, 고통, 희열의 3박자

달리기, 특히 마라톤을 생각할 때면 언제나 속에서 뭔가 불끈한 게 올라온다. 그것은 일종의 설렘이고 희열이다. 책상에 앉아 그동안 달렸던 주요 대회의 코스를 조용히 떠 올려보면 힘들었던 순간까지도 아름다운 영상으로 채색되어 뇌리에 남는다.

달리기의 꽃이라고 할 수 있는 마라톤의 완주는 훈련의 설렘으로부터 시작된다. 피하고만 싶었던 달리기, 나와는 거리가 멀게 느껴졌던 달리기를 일주일에 최소 2번, 한 번에 30분 이상을 정기적으로 1달만 달려보라. 당신은 몸이 점점 건강해지는 느낌과 함께 달리기를 좋아하게 될 것이다. 그러나 아직은 진정한 주자라고 할 수는 없다. 누군가의 이끌림 없이 스스로 이부자리를 박차고 주로에 나서기는 쉽지 않을 것이다. 이럴 때 함께 하는 동료가 있거나 가까운 동호회에 가입하면

초기의 어려움을 넘어설 수 있다. 일반인에서 주자로 변신하는 데 가장 큰 방해요소는 다름 아닌 자신의 주저앉으려는 마음이다.

아직은 취미로 달리는 수준인 당신에게 본격적인 훈련을 받아들이는 동기를 주는 가장 좋은 방법이 있다. 바로 대회에 참가 신청하는 것이다. 10km든 하프든 상관없다. 일정한 여유 기간을 두고 참가 신청을 해 놓게 되면 이제 훈련에의 의지가 생긴다. 다소 의무감에 젖어 있던 마음은 약간의 두려움을 동반한 설렘과 기대로 바뀐다. 드디어 달리기가 재미있어지고 훈련에는 탄력이 붙기 시작한다.

열심히 하는 당신을 보고 동료들은 잘한다며, 할 수 있다며, 격려를 무한정 날려 줄 것이다. 기분 좋아지라고 하는 빈말인 것 같아 쑥스럽지만, 당신의 기분은 나쁘지 않다. 그러나 그것은 절대 빈말이 아니다. 베테랑 선배들은 당신이 마라톤을 완주할 수 있음을 이전의 수많은 경험으로 이미 알고 있다. 누구에게나 가능한 것이 마라톤 완주이며, 이것은 정말 사실이다.

대회 날이 가까워질수록 당신의 아드레날린 수치는 높아진다. 기분 좋은 흥분상태가 지속될 것이다. 이것은 몸과 마음을 달리기 훈련에 집중할 수 있게 하는 긍정적 요소로 작용한다. 드디어 대회 배번이 도착했다. '내가 이것을 달고 달린다니!' 믿어지지 않는다. 대회에 잘 뛰기 위해 잠을 자 두어야 하는데 설렘으로 잠도 잘 오지 않는다. 첫 대회를 나가는 모든 주자는 너나 할 것 없이 잠을 설친다. 이 설렘은 대회 날 아침 출발 직전에 최고조에 이른다. 수많은 인파를 보니 흥분이 더 배가된다.

드디어 출발 공이 울렸다.

형형색색의 유니폼을 입은 주자들이 앞으로 쏜살같이 나아간다. 그틈에 끼어 함께 소리를 지르며 달려나간다. 어느 속도로 어떻게 달려야 하는지 잘 모르지만, 인파를 물결 삼아 함께 미끄러져 간다. 주변 사람들은 동료들과 정겹게 얘기도 하며 모두 여유로운 모습이다.

벌써 5km를 지났다. 훈련할 때보다 힘이 덜 느껴진다. 기분이 좋아서인지 몸이 앞으로 잘 나아간다. 2.5km마다 다른 주자들처럼 급수대물도 마신다. 어느덧 10km를 지났다. 앞으로 남은 거리를 생각해 본다. 아직 3/4이 남았다. 그래도 10km를 잘 달려온 내가 대견하다. 10km를 지나자 주자들의 거리가 벌어지기 시작한다. 도로가 한결 넓어진 느낌이다. 서서히 열기가 올라와 몸은 달리던 타성에 의해 앞으로 나아가는 듯하다. 이 속도로만 가면 40km가 아니라 지구 끝까지라도 갈 수 있을 듯하다. 어느덧 20km를 지나 하프를 알리는 팻말이 보인다. 아까보다. 약간 몸이 무거운 듯하지만 아직은 괜찮다.

땀이 흘러 눈으로 들어가 따갑긴 하지만 이것쯤이야……

25km를 넘어섰다. 하프를 넘어서면서 숨은 괜찮으나 발이 서서히 묵직해져 옴을 느낀다. 주변을 보니 모두 잘 달린다. '세상에, 이렇게 달리기를 잘하는 사람이 많았단 말인가! 아직 10여 km나 남았다. 그래도 반은 넘어섰으니 조금씩 줄이면 되겠지!'

30km는 좀처럼 다가오지 않는다. 서서히 조바심이 나기 시작한다. 다리의 피로가 조금씩 쌓이는 느낌이 난다. 겨우 30km를 넘어섰다. 이제 남은 거리는 10km 남짓. 평소 훈련하던 거리만큼만 더 뛰면 내 생애 첫 마라톤 완주가 탄생하는 것이다.

아 그런데 웬걸!

숨은 더욱 거칠어지고 온몸이 아픈 듯하고 다리를 드는 것조차 힘들다. 도로바닥에서 떨어지지 말라고 접착제를 바른 것 같다. 기분 좋게 달리고 싶은데 몸을 앞으로 밀고 나가는 것조차 힘에 겹다. '아, 이대로 포기란 말인가! 멈춰서고 싶다. 그러나 그럴 수는 없다. 오늘을 위해 지난 수개월을 준비해 오지 않았던가!' 나는 할 수 있다. 스스로 힘을 불어넣어 본다. 조금만 더 가자, 조금만 더.

거리를 알려주는 팻말이 점점 더 느리게 다가온다.
'1km가 이렇게 길었단 말인가!'

어떻게 35km를 지났다. 조금만 더, 조금만 더…….
아 이제 더는 가기가 힘들다. 앞엔 투명한 벽이 가로 놓여 있고 뒤에서는 누가 잡아당기는 듯하다. 다 왔다며 힘내라는 시민들의 응원도 귀에 들어오지 않는다. '아, 너무 힘들다. 내가 왜 이런 짓을 선택했단 말인가! 이건 달리기도 아니고 무거운 몸뚱이를 겨우 끌고 가는 수준이 아닌가!'

'얼마를 더 가야 한단 말인가! 정말 생전 느껴보지 못한 고통이다. 이대로 바닥에 드러누웠으면 좋으련만…….'

콜라 한 잔이 간절하다. 달짝지근한 그 무엇이 먹고 싶다. 사람들이 하나둘 나를 추월해 간다. '저들의 에너지는 어디에서 나오는 것인가! 참으로 경이롭기까지 하다.' 주변에서는 끊임없이 힘내라며 파이팅을 외쳐준다. 알지도 못하는 주자들을 위해 응원을 아끼지 않는 저들의 성의가 참 고맙다.

아! 40km 팻말이 보인다. 조금만 더 조금만 더~
이제는 물러설 수가 없다. 어떻게든 몸을 이끌고 가야 한다.
하나둘! 하나둘!
제발 잘 견뎌주기를 내 몸에 간절히 부탁한다. '이렇게 힘든 줄 알았으면 시도조차 하지 않았을 텐데…….'
고통으로 얼굴은 자연히 일그러진다. 표정 관리할 계제가 아니다.

이제 마지막 1km가 남았다. 영차, 영차!
'그래! 마지막 힘을 짜내보자.' 속에서 울컥하고 뭔가 올라온다. 눈물이 찔끔 난다. 순간 힘이 솟기 시작한다. 속도는 걷는 것과 별반 차이가 없다. 저 멀리 골인 지점이 보인다. 아! 다 왔다. 함께 훈련한 동료들이 손을 흔들며 어서 들어오란다.
드디어 골인!

'아! 끝났다. 이제 안 달려도 된다. 휴~'

동료들이 뛰어와 잘했다며 안아준다. 눈물이 또 난다. '아, 내가 마라톤 완주를 하다니!' 쪼그리고 앉는다. 얼굴이 화끈거리며 열기가 훅 올라온다. 가슴은 콩닥콩닥 여전히 뛰고 있다. 지나온 몇 시간이 너무나 길게 느껴진다. 마치 큰 폭풍이 훅 지나간 뒤 고요가 밀려온 듯하다.

그런데 이상하다.

완주 메달과 기록증을 받고 보니 조금 전의 고통은 어느새 해냈다는 희열로 바뀐다. '내가 해냈다니!' 그 먼 거리를 아무 탈 없이 견뎌준 몸에 감사하다. 동료들은 장하다며, 해낼 줄 알았다며, 추켜세워 준다. 다음엔 더 잘할 거란다. '아니 또 달리란 말인가! 이번 한 번으로 족하다. 다시는 이런 고통을 느끼고 싶지 않다.'

그래도 오늘 기분은 최고다.

마라톤 완주는 이렇게 설렘에서 시작하여 고통의 벽을 넘고, 희열로 마무리되는 한 편의 드라마다. 멋진 드라마를 성공적으로 연출하기 위해서는 충실한 준비과정이 있어야 한다. 실제 레이스에서는 육체의 다양한 변화를 감내하며 온갖 감정의 편차를 끌어안게 된다. 고통이 거세면 거셀수록 완주의 희열은 배가된다. 이제 어떠한 일도 거뜬히 할 수 있을 것 같은 자신감이 밀려온다. 아울러 모든 완주자는 그동안 가볍게 봐 왔던 자신의 육체에 대해 경의를 표할 수밖에 없다.

6. 마라톤 완주 메커니즘

평범한 능력을 가진 인간이 42.195km를, 혹은 그 이상의 100km, 200km를 완주하는 힘은 어디에서 오는 것일까? 실제로 마라톤 완주 후 내가 뛰어온 거리를 되돌아보면 나 자신도 그 숫자에 놀랄 때가 있다. 고통의 순간을 견디며 지속해 나가는 정신과 육체의 조화가 아니면 불가능한 일이다. 그래서 마라톤은 특별하다. 힘든 줄 알면서도 해마다 마라톤에 도전하는 사람들은 늘고 있다. 그리고 그들은 레이스 내내 이제까지 경험해 보지 못한 새로운 세계를 만난다. 그 세계가 어떤지 마라톤을 뛰어본 사람들은 알 것이다. 그 느낌은 조용한 걷기로 신체적 한계에 도달해 보지 않거나 순간적인 달리기로 숨을 헐떡거리는 정도로는 경험하지 못하는 경이로움 그 자체다.

그 느낌을 한번 만나고 나면 대개는 마라톤을 멈출 수 없게 된다. 너무 힘들어 다시는 거들떠보고 싶지 않지만, 시간이 지날수록 고통의 기억은 옅어진다. 고통이 사라진 자리에는 달리면서 보았던 풍경이, 자신의 내면을 울렸던 진한 그 무엇을 다시 느껴보고 싶은 욕구가 자리하게 된다. 서서히 마라톤에 중독되어 가는 것이다. 그런데 이런 중독은 아무리 많아도 좋다. 인간은 자신의 한계가 인식되어도 거기에 굴하지 않고 정신력을 발휘해 그것을 넘었을 때, 그 성취감의 기억으로 새로운 도전을 다시 준비하고 시도하는 존재인지도 모른다. 그래서 그는 다시 주로에 나설 것이다. 왜? 마라톤을 안 하기는 쉬워도, 한 번만 하고 그치기는 너무나 어려울 테니까.

그러면 이런 긴 거리를 보통사람이 완주하는 비밀은 무엇일까? 먼저 준비 단계부터 얘기해 볼까 한다. 사실 마라톤 풀코스를 뛰기 위해서는 상당한 준비와 노력이 필요하다. 시간도 꽤 걸린다. 당신이 일정하게, 그리고 충실히 훈련한다는 가정하에서도 말이다. 준비 단계에서는 다음의 세 가지를 말하고 싶다.

첫째는 역시 신체의 단련이다. 마라톤을 달리기 위해서는 거기에 맞는 지구력과 오랜 시간의 피로도를 견딜 수 있는 강한 신체적 균형이 갖추어져야 한다. 근육이 장거리 달리기에 적절한 능력을 발휘하기 위해서는 지속적인 에너지 공급이 필요하다. 장거리 달리기에 필요한 에너지는 산소를 이용한 탄수화물과 지방의 분해로 만들어진다. 그런데 탄수화물에 녹아있는 글리코겐은 저장량에 한계가 있다. 근육의 글리코겐 고갈은 탈진 상태에 이르게 한다. 따라서 마라톤을 할 때는 글리코겐의 소모를 최대한 줄이면서 달리는 것이 관건이다. 평소 훈련 때 장거리를 달리면서 근육의 글리코겐 저장 능력을 높여야 한다. 그리고 에너지 생산을 위한 지방질의 이용 능력 또한 증가시킬 필요가 있다.

실제로 엘리트 마라톤 선수들의 다리 근육은 일반인보다 지방의 산화 능력이 7배 이상 높다고 한다. 아마추어 주자들도 꾸준히 훈련한 사람의 경우 일반인들의 4~5배에 달한다. 이것은 특별한 사람에게만 해당하는 수치가 아니다. 오랜 시간 꾸준히 달린 사람이면 누구나 가능한, 보편적인 수치다. 결국, 지방질의 산화 능력을 유지, 향상하기 위해서는 꾸준히 달리는 것 외에는 특별한 방법이 없다는 결론이 나온다. 천하의 이봉주 선수라고 해도 오랫동안 달리기를 멈추게 되면 그 능력은 감쇠한다.

둘째는 고통을 견뎌내는 강인한 정신력이 갖추어져야 한다. 마라톤에서 정신력은 아무리 강조해도 지나치지 않다. 정신력이 육체적, 심리적 극한 상황을 극복할 수 있게 하기 때문이다. 마라톤에서는 육체적 고통과 함께 끊임없이 멈추고 싶고, 걷고 싶고, 포기하고 싶은 마음이 자신을 괴롭힌다. 앞으로 달려가야 할 거리를 생각하면 막막한 낭패감이 수도 없이 올라온다. 처음 대회에서 그런 심리적 장벽에 맞닥뜨리면 상당히 당황스럽고 어떤 판단을 내려야 할지 어리둥절하기 십상이다.

그러나 이런 어려움도 여러 번의 훈련 과정에서 고통에 노출되는 충분한 경험을 통해 내성을 키울 수가 있다. 인간의 의지라는 것이 훈련 여하에 따라 얼마나 확장되는지 경험을 하게 되면 놀라움을 금치 못할 것이다. 자신의 한계에 도달했을 때 정신력이 강한 주자가 더 큰 힘을 발휘할 수 있는 것이다. 그러나 우리가 흔히 말하듯이 정신력만 강조하게 되면 자신의 몸을 혹사하는 우를 범하게 된다. 강한 정신력도 육체적 환경이 받쳐 줄 때라야 제대로 발휘될 수 있는 것이다.

셋째는 적절한 영양의 섭취와 휴식이다. 아무리 훈련을 충분히 해서 육체적, 정신적 능력을 끌어올려 놓았다고 해도 평소 그것을 발휘하게 끔 영양을 공급하지 않으면 목표한 바를 이루기는 쉽지 않다. 나는 달리기를 하기 전 수년간 식사를 제대로 챙겨 먹지 않았었다. 그러다 보니 늘 에너지가 떨어진 듯한 하루하루를 보냈다. 그러나 달리기를 하고부터는 무엇이든 잘 먹는다. 평소 비빔밥 등의 야채를 좋아하지만, 훈련 후나 대회를 마친 다음에는 될 수 있으면 고기 음식을 먹는다. 몸이 원하기 때문이다.

장거리를 달린 후에 적절한 휴식도 중요하다. 특히 편안한 수면은 몸의 피로를 씻어주어 새로운 도전에의 의지를 불러온다. 마라토너 중에는 훈련에는 철두철미하면서 휴식에는 인색한 사람이 상당수 있다. 그들은 더욱 치열하게 자신을 밀어붙이면 더 좋은 기록이 나오리라 생각한다. 자신의 실력 부족이 훈련의 부족에서 기인한 것이라 믿는다. 그래서 이미 상당한 수준의 훈련량을 소화했음에도 불구하고 몸을 정말 지칠 때까지 혹사한다. 이런 경우는 대체로 실제 대회에서 제 실력을 발휘하지 못한다. 대회가 임박했을 때 훈련량을 줄이는 것도 몸의 휴식을 적절히 주기 위함이다. 휴식이 곧 훈련이라는 생각을 명심할 필요가 있다.

자 그럼 이제 대회에 나가서는 어떻게 해야 할까? 사실 평소 훈련을 충실히 해 왔다면 대회에서는 크게 염려하지 않아도 된다. 훈련에서 다양한 상황을 실험하고 점검해 보았기 때문이다. 간혹 훈련은 부실하게 하고 대회 때 오히려 실험을 감행하는 주자들이 있다. 이들은 예외 없이 무리수를 두게 되어 레이스를 그르친다. 마라톤은 절대 요행을 바랄 수 없는 운동이다. 자신의 훈련만큼 실력이 발휘되는 것이다. 잘 훈련된 주자라고 해도 실전에서 종종 오류를 범할 수 있다. 어떻게 실수를 줄일 수 있을까?

첫째는 절제하는 것이다. 마라톤을 여러 번 경험한 고수라면 얘기가 필요 없겠지만 초보 주자들은 절제가 쉽지 않다. 특히 당신이 처음 마라톤 풀코스를 뛰는 상황이라면 10km 이내 초반 레이스에서 분명 오버페이스를 할 것이다. 나도 첫 풀코스를 뛸 때 8km까지는 잘 달렸다. 사람들이 왜 이리 느리게 뛰는지 이해가 되지 않았다. 주자들을 하나, 둘 제치는 재미에 앞으로 쭉쭉 나아갔다. 뒤에 고통의 지옥 사자가 기다리고 있는 줄은 꿈에도 모르고…….

지금은 왜 그랬나 싶기도 하지만 처음엔 누구나 다 그렇다. 실제로는 초반에 조금 빨리 달린다고 해서 시간이 그리 앞당겨지지도 않는다. 왜냐하면, 자신의 페이스를 오버하게 되면 막판에 지쳐 정상적인 레이스를 펼칠 수 없기 때문이다. 마라톤 풀코스를 우습게 보지 말라. 결코, 무시할 거리가 아니다. 자동차를 정속 주행하듯이 절제를 잘하는 것이 완주의 첩경임을 명심하기 바란다.

둘째는 몸과 마음을 이완하는 것이다. 훈련 때보다 대회 때는 아무래도 긴장이 된다. 그리고 분위기에 휩쓸려 흥분을 하기도 쉽다. 긴장은 잘 달려야겠다는, 혹은 좋은 기록을 내야겠다는 욕심이 강하면 생긴다. 과도한 긴장은 몸을 경직되게 한다. 편안한 레이스를 위해서는 몸과 마음을 이완할 필요가 있다. 타인과의 경쟁이나 기록에 대한 욕심이 아닌 축제의 현장에서 한판 잘 놀고 가겠다는 마음으로 임하면 레이스의 내용이 달라진다.

마음이 편안하면 몸도 알아서 거기에 맞춘다. 지금 거리까지 잘 달려 준 다리와 심장에 고마워하며 잘했다는 칭찬과 함께 앞으로도 잘 달릴 수 있을 거라는 자신감을 스스로 불어넣는다. 마라톤은 육체적 움직임이지만 결코 짧은 거리가 아니기에 마음의 안정은 무엇보다 중요하다. 다른 사람들을 바라보게 되면 그들의 레이스에 말린다. 오직 나에게 집중하고 나의 게임을 즐기도록 하자.

셋째는 절대 포기하지 않는 것이다. 훈련을 많이 했든 적게 했든 대회는 이미 시작되었다. 이제는 줄기차게 앞으로 나아가는 것만 남았다. 훈련이 잘된 주자도 30km를 넘어서면 힘들다. 왜냐하면, 모두가 각자의 역량에 맞는 속도로 달려왔기 때문이다. 어깨엔 거인이 올라타 누르는 듯하고 다리엔 쇠사슬을 묶은 것 같다. 그래도 뛰어야 한다. 되도록 걷지 않는 게 중요하다. 한 번 걸으면 다시 뛸 마음을 내기가 더 어렵다. 무릎이 끊어질 것 같아 정 못 달리겠으면 잠시 멈춰서더라도 포기를 하면 안 된다. 어디를 다치지 않은 이상 순간을 견디면 다시 힘을 낼 수 있다.

종종 포기를 잘하는 사람이 있다. 달려보다가 자신의 목표 시간대에 도달이 안 될 것 같으면 최선을 다하지 않다가 결국 중도에 멈춰 선다. 사람의 습관은 무섭다. 이것이 반복되면 이 사람은 조금만 어려운 벽에 부딪치면 포기하고픈 생각부터 올라오게 된다. 내가 아는 어떤 선배는 마라톤 초창기 제한시간인 6시간도 훌쩍 넘어서 꼴찌로 들어와 신문에 난 적이 있다. 대회가 파장되었지만 포기하지 않고 시간 외 완주를 한 것이다. 그런 마인드가 필요하다. 모든 레이스가 당신이 애초에 그렸던 대로 되지 않는 경우가 많다. 그게 당연하다. 그러니 다양한 변수에서 오는 재미까지 즐길 수 있는 마음의 여유를 가지기 바란다. 당신에게 다음 순간을 위해 지금의 고통을 견딜 수 있는 의지가 있다면 마라톤 완주는 그리 어렵지 않을 것이다.

7. 나와의 진정한 승부

우리는 늘 크고 작은 역경을 맞이하고 또 해결하면서 살아간다. 자기계발을 다루는 사람들의 세계에서는 역경지수라는 말도 등장했다. 힘든 상황을 견뎌내는 정도가 높을수록 성공할 확률이 높다는 것이다. 이것은 충분히 일리가 있다.

역경의 가치는 단연 사람을 성장시키는 것에 있을 것이다. 타인과의 대결에서 진 것은 시간이 지나면 쉽게 잊을 수 있지만, 자신과의 승부에서 진 사람은 좌절한다. 나아가 자기를 포기하는 사람은 타락한다. 반대로 자신을 이긴 사람에게는 더욱 큰 성취와 영광이 기다리고 있다. 그런데 자신을 이기는 것이 말처럼 쉽지가 않다.

영국 특수부대인 22연대, 일명 SAS 요원을 선발하는 과정은 혹독하기로 유명하다. 여러 테스트 과정 중 상당수는 인도네시아 보르네오섬 등 무덥고 후덥지근한 정글 속에서 진행된다. 최악의 상황에서 진행하는 것은 기본적으로 특수임무를 수행할 대원으로서의 생존력을 점검하기 위함이다. 그 선발 프로그램 중 나에게 인상 깊게 다가왔던 것이 있다. 그것은 일종의 자기통제 능력 테스트이다.

일단 훈련병들은 무거운 군장을 메고 높은 산에 올라갔다가 다시 계곡 아래까지 내려간다. 계곡에는 시원한 물이 흐르고 있다. 그러나 그들은 물을 한 방울도 적시지 않고 다시 올라가기를 여러 번 시행한다. 훈련병들은 이전에 여러 어려운 코스를 통과하느라 갈증과 더위 등으로 거의 탈진 직전에 가 있다. 이런 그들에게 의미가 없는 것 같은 오르고 내리는, 똑같은 행위의 반복은 심리적으로 절제심을 잃게 만든다.

훈련 규정은 지시 없이 물을 마시면 탈락이다. '그깟 갈증하나 견디지 못할까?'라고 생각할 수도 있다. 그러나 산에서 물이 없어 고생해본 사람은 알겠지만, 그 고통은 보통이 아니다. 특히 가만히 있어도 땀이 줄줄 흐르는 습도 95%의 정글이라면 더 말할 필요가 없다. 실제로 많은 훈련병이 이 단계에서 자기 통제력을 잃고 물을 마신다든가 포기 선언을 한다. 이 훈련의 핵심은 갈증을 견디는 데에만 있는 것이 아니다. 단순반복에서 오는 권태를 견디기 어려워하는 인간의 약점을 테스트하는 것이다. 그래서 일부러 열악한 상황 속에 진행한다.

군에서 저격수를 양성하는 것도 같은 맥락이다. 저격수가 되려면 목표물이 나타날 때까지 자신을 은폐 후 한 자리에서 몇 날 며칠을 움직이지 않고 있을 수 있어야 한다. 고도의 심리 조절 능력이 요구된다. 이렇듯 사람은 단순반복을 싫어한다. 그것도 의미가 없다고 여겨지는 일이라면 더욱더.

그러면 마라톤은 의미 없는 단순반복인가? 물론 보통사람들이 볼 때는 그렇다. 마라토너들이 하는 일이란 고작 몸을 일자로 세우고 팔을 앞뒤로 흔들고, 리듬에 맞춰 발을 앞으로 내딛는 것뿐이다. 엘리트가 아닌 마스터 마라토너의 경우 한 발에 1m를 간다고 하면 40km의 거리를 지나오는 동안 최소 2만 번씩의 팔을 흔들고 발을 내디뎌야 한다는 계산이 나온다. 지겨울 법도 하다. 그러나 마라토너들은 해낸다.

그런데 최근 더 무지막지한 사람의 훈련 내용을 전해 들었다. 실내 러닝머신에서 마라톤 풀코스 거리를 뛴다는 것이다. 달리는 행위로만 보면 실내나 실외가 큰 차이가 없는 것 같지만 사실은 그렇지 않다. 야외에서 오랜 시간을 달리는 이들도 실내에서는 얼마 달리지 않고 멈춘다. 왜냐하면, 러닝머신에서는 일단 재미가 없기 때문이다. 그야말로 단순반복이다. 러닝머신에서는 속도, 높낮이, 심장 박동 수 등을 설정하여 최적화된 효과를 만들어 내기에는 적합할는지 모르나 너무나 잘 세팅된 여기에서는 야외의 다양성이 빠져 있다. 주자들은 금방 지칠 수밖에 없다.

더욱이 러닝머신은 힘들면 즉시 스위치를 내릴 수 있다. 야외에서 달리는 경우라면 트랙을 제외하고는 멀리 가면 갈수록 돌아오는 길 또한 멀어진다. 그러니 중간에 포기하기란 쉽지 않다. 어떻게든 자신을 다독여 되돌아와야 하는 것이다. 그런데 실내에서는 그런 제어 장치가 없다. 그러니 포기도 쉽다. 그런 환경에서 마라톤 풀코스를 달린다는 것은 그야말로 괴물이다. 극도의 자기 인내가 아니면 쉽게 할 수 없는 일이다.

지금까지 30여 회 풀코스 마라톤을 뛰었지만 한 번도 쉬웠던 적은 없다. 마음의 여유가 더 많아지긴 했지만, 대회를 앞두고는 늘 긴장이 된다. 마라톤 42.195km는 결코 가볍게 볼거리가 아니다. 훈련이 잘되었다면 큰 무리 없이 계획한 대로 레이스를 마치기도 하지만 30km를 넘어서면 언제나 힘들다. 온몸이 파김치가 된 듯 노곤해진다. 다리는 천근만근 무겁다. 몸은 앞으로 나아가지를 않는데 포기는 못 하겠고……. 진퇴양난의 순간이 따로 없다.

나는 고통으로 한 발도 더 나아갈 수 없을 때 내가 거쳐 온 여러 어려움을 떠올리며 힘을 받는다. 그 가운데는 20대 젊은 날(지금도 물론 젊지만) 호주에서의 기억도 포함되어 있다. 삶의 절박함과 동시에 낭만적 희열, 그리고 여유가 버무려졌던 내 젊은 날의 한 페이지. 그 여행이 나의 가슴에 각인되어 있는 것은 어떤 상황에서도 생존할 수 있다는 나 자신에 대한 신뢰, 그리고 더불어 살아가는 인간 사회의 가치를 확인했던 시간이었기 때문이다.

카지노에 빠진 한국 친구를 도와주다가 결국 나까지 땡전 한 푼 없는 상황에 놓였던 기억. 어떻게 헤쳐나가야 할지 매일 매일을 생존의 절박감과 위협에 눌려 보냈던 시간.

'달리는 지금의 이 고통은 그때에 비하면 아무것도 아니지 않냐?'며 나 자신을 다독인다. 이것은 매번 꽤 효과가 있다.

건조한 도로 위를 그것도 무지막지하게 긴 거리를 자신을 혹사하면서까지 달릴 이유가 무엇인가? 마라톤을 한다고 일상의 업무와 비즈니스에서 탁월한 능력이 생기나? 대답은 반은 예이고 반은 아니오이다. 그러나 의미를 따지기로 한다면 얘기가 달라진다. 많은 마라토너가 주로에 매번 자신을 세우는 것은 누구의 강요에 의해서가 아니다. 어떤 영광을 바라서는 더더욱 아니다. 단 하나 소박한 열망이 있다면 자신과의 싸움에서 늘 이기고 싶은 것이다. 그리고 절대 지지 않았다는, 아직 건재하다는 자신의 현재를 확인하고 싶은 것이다. 이것은 엘리트 선수에 있어서도 마찬가지일 것이다.

맨발의 아베베로 더 유명한 에티오피아의 마라톤 영웅 비킬라 아베베는 1964년 도쿄 올림픽에서 우승한 후 이렇게 말했다.

"적은 67명의 다른 선수들이 아니라 바로 자 자신이었다. 나는 그 싸움에서 이겼다. 나는 남들과 경쟁하여 이긴다는 생각보다 내 고통과 싸운다는 생각으로 달렸다. 고통과 괴로움에 지지 않고 마지막까지 달렸을 때 승리가 찾아왔다."

춘천마라톤 때였던가!

30km를 넘어섰을 때일 것이다. 순간 나도 모르게 눈물이 찔끔 나왔다. 나의 의지와는 상관없이 나온 눈물에 나는 잠시 당황했다. 달리기가 고통스러워 나온 눈물은 분명 아니었다. 지금 돌이켜보면 '이 힘든 순간에 서 있는 나는 누구인가? 나는 어떤 곳으로 가려고 여기에서 달리고 있는 것인가?'란 내 존재를 인식하는 눈물이었던 것 같다. 고단한 삶을 겨우겨우 견뎌 나가고 있는 나의 모습과 지금 힘든 몸을 질질 끌며 골인 지점을 향해 가는 모습이 마치 동일하게 오버랩되어서였을 것이다. 또한, 이것은 잘하고 있다는, 나를 향한 격려의 눈물이자 동시에 이렇게 달릴 수 있다는 사실에 대한 감사와 행복의 눈물이기도 했다. 눈물은 일종의 카타르시스를 불러왔다. 순간 뇌에 어떤 물질이 퍼지는가 싶더니 순간적으로 육체적 고통에서 해방되었다. 나는 이를 악물고 골인 지점을 향해 힘차게 달렸다.

지나온 역경이 마라톤을 수행하는 데 도움을 주었듯이 마라톤을 하면서 맞닥뜨렸던 수많은 어려움 또한 앞으로의 인생에 큰 힘이 되어줄 것을 믿는다. 지금도 그렇지만 언제든 나와의 싸움에서 물러나지 않을 것이며 당당히 대결하여 이길 것이다.

8. 고독 속으로의 질주

주자는 고독하다.

고독은 우리를 성숙하게 한다.

독일의 철학자 폴 틸리히는 "외로움이란 홀로 있는 괴로움을 표현하는 것이며, 고독은 홀로 있는 영광을 의미한다."라고 했다. 외로움은 피해야 할 것이나 고독은 겁먹을 필요가 없다. 오히려 고독 속에서 온전한 자신을 마주할 수 있을 것이다. 이제까지 몰랐던 새로운 자신을 만나는 기쁨이 넘칠지도 모른다.

많은 사람이 자신의 내면과 대화를 나누는 데 소홀하다. 외적인 인간관계에는 신경을 쓰면서 정작 자신이 무얼 하고 싶은지, 무엇을 위해 살고 있는지, 자신의 인생을 정면으로 바라보고 질문하지 않는다. 긴 거리를 달리는 동안 우리는 자연스레 자신과 온전하게 대면한다.

처음엔 육체적 허덕임으로 자신을 인식하지만, 시간이 지날수록 자신의 내면과 진정한 대화를 나누게 되는 것이다.

주자는 모두 고독하다.

옆에서 수많은 사람이 함께 달리고 있다는 위안이 있지만 결국 달리기를 완수해 내야 하는 것은 자기 자신이다. 달릴 때 우리는 모두 고독하다. 그러나 그것은 행복하고 즐거운 고독이다. 우리는 일상에서 고독의 시간을 확보할 여유가 없다. 그러나 달리는 동안만큼은 마음껏 고독과 벗할 수 있다. 내가 달리기를 계속하는 이유 또한 일상의 산만함과 혼란에서 벗어난 고독이 너무 좋기 때문이다. 무리 짓기 좋아하는 사람이라면 이 말이 이해가 안 될 수도 있겠다.

우리는 왜 자꾸 무리를 지으려 할까? 그게 편안하기 때문일 것이다. 외국에 이민 가는 사람들이 가장 먼저 찾는 것이 그 지역의 한인교회란 얘기를 들은 적이 있다. 왜냐하면, 그곳에 가면 많은 정보와 낯설고 막막한 곳에서의 외로움과 낭패감을 달랠 친구를 얻을 수 있을 것이기 때문이리라. 사회생활을 하는 누구나 최소 1~2개씩의 모임이나 단체에 몸을 담고 있을 것이다. 그것이 자의든 타의든 우리는 어떤 무리에 소속되어 살아간다. 그래서 인간은 사회적 동물이라 했던가!

무리를 짓는 데는 서양보다는 동양이, 그중에서도 한국과 일본이 유독 그러한 성향이 강한 듯하다. 그래도 일본은 일상의 삶에서는 한국과 비교하면 상대적으로 개인주의 성향이 강하다.

학창시절부터 단체 활동을 종용당한 우리는 또래로부터 소외당하는 것을 무척이나 두려워하면서 자란다. 이러한 성향은 성인이 되어서도 별반 다르지 않다. 회사에서나 기타 여러 단체 생활에서 개인이 여러 사람이 움직이는 흐름을 거부하고 벗어나기란 참으로 어렵다.

그러나 무리의 편안함에 익숙해지면 질수록 주체적인 삶과는 거리가 멀어진다. 어떤 집단이든지 오래되고 규모가 커지면 변화를 싫어하는 속성을 지니게 된다. 그 속에 몸담고 있는 개개인은 변화를 추구하려 해도 그것을 거부하는 또래의 장벽과 종종 마주해야 한다. 이 벽을 넘기란 웬만한 의지력을 지닌 사람이 아니고서는 불가능하다.

무리의 삶은 창의성과도 거리가 멀다. 기발한 아이디어는 구태의연하고 관행적인 무리의 사고 속에서 사장되기 십상이다. 그곳에서는 개인의 탁월함이 발휘되기가 원천적으로 어렵다.

탁월함을 추구하는 사람이라면 무리를 떠나 고독을 즐길 용기를 가져야 한다. 육체적이든 심리적이든 안전한 항구를 벗어날 때 인간은 더없이 창의적으로 되며, 적절한 긴장은 삶의 의욕을 높여줄 것이기 때문이다.

인간이 가장 성장할 때는 언제일까? 스스로 모든 것을 감당해 나갈 때가 아닐까? 행복하고 성공적인 삶을 살기 위해서는 무엇보다 자존감이 높아야 한다. 자존감이 높은 사람은 주변인이나 환경에 일희일비하지 않고 홀로서기를 감행할 수 있다. 이런 사람은 끊임없는 성장의 삶을 살아간다. 인생은 어차피 홀로서기의 장이다. 그런데 대부분은 홀로서기에 주춤한다. 외롭고 두렵기 때문이리라! 우리는 어쩌면 폴 틸리히가 말했던 외로움과 고독의 의미를 혼동하거나, 둘을 같은 것으로 여기고 있는지도 모른다.

그렇다고 무리를 무시할 것까지는 없겠다. 누구나 무리를 완전히 벗어나 살 수는 없다는 것쯤은 알고 있으니까……. 내가 말하고 싶은 것은 무리 짓는 습성에 젖어 허우적대느라 자신에게 충실할 삶의 기회를 놓치지 말자는 것이다. 나 또한 여러 모임을 하고 있다. 개 중에는 리더로 있는 곳도 몇몇 있다. 그러다 보니 각종 술자리나 모임에 함께 하자는 사람들의 선의를 거절하는 것이 여간 힘든 게 아니다. 그래서 때로는 그들이 나를 왕따(?)시켜 주었으면 좋겠다는 생각도 한다.

무리에서 벗어나려는 나와 잡으려는 그들의 실랑이 사이에서 달리기는 온전히 나에게 집중할 시간을 제공한다. 달리기는 내가 인생의 주인공이고 현재가 가장 소중하다는 생각을 하게 한다. 집중력 있는 삶을 살게 하는 원동력이 되어 준다. 사람들과 부대끼느라 지친 마음속의 찌꺼기를 걸러준다. 그 찌꺼기가 배출된 자리에는 순수한 창조의 힘이 자리한다. 그렇게 나를 새롭고도 강하게 만든다.

어떤 상황에 맞닥뜨리든 고독은 정신을 혹사하지 않는다. 오히려 일상의 지친 육체와 정신을 잠시 쉬게 하고 휴식을 통해 새로운 에너지를 충전할 기회를 준다. 마라톤은 함께 하지만 철저히 혼자 끝까지 달려야 하는 게임이다. 한마디로 고독 속으로의 여행이다. 달리는 내내 수많은 고통의 산을 넘어야 하지만 완주를 했을 때의 그 희열! 그것은 해냈다는 자기애의 극치다. 이런 기분을 맛볼 기회는 흔치 않다.

당신의 나이가 어떠하든, 물리적 몸 상태가 어떠하든 상관없다. 새로운 인생의 전환점을 만들고 싶다면 고독을 가까이하는 연습부터 해야 할 것이다. 지금 당장 러닝화를 신고, 가벼운 차림으로 집 밖으로 나가 달려보라. 처음엔 가슴이 미어지는 듯하고 호흡이 가빠 괴롭겠지만 쏟아지는 땀과 함께 당신을 억누른 스트레스가 확 사라지는 것을 경험할 수 있으리라. 고독을 찾아 떠났지만, 당신처럼 고독을 찾는 또 다른 누군가를 만날지도 모른다. 그렇다면 그가 친구가 되어 당신의 외로움을 덜어줄 것이다.

제3화

달리기 경험을 나누다 _ 달린다. 고로 존재한다.

1. 나는 왜 달리는가?

솔직히 나를 계속 달리게 만드는 요인이 무엇인지는 잘 모르겠다. 그냥 달리고 싶어서 달리기 시작했고, 달릴수록 건강해짐을 느꼈고, 그 속에서 재미를 느꼈을 뿐이다. 그러나 사실 내가 달리는 이유는 이 모든 것을 포괄하고도 모자랄 만큼 크고 깊다. 쉽게 말하면 달리는 순간 나를 만난다고 해야 하나? 힘들어 헉헉대는 그 고통의 순간에 내가 존재하고 살아있음을 느낀다고나 할까?

우리는 살아있는 한 끊임없이 움직여야 한다. 모든 수고로운 활동에서 우리는 의미를 찾고 가치를 만날 수 있기 때문이다. 달리기도 그러한 행위의 하나일 뿐이다.

사람들이 달리기를 시작하는 이유는 실로 다양하다. 누구는 건강을 위해서, 누구는 삶의 변화가 필요해서, 또 누구는 마라톤 완주의 목표를 실현하기 위해서 등등……. 그러나 그것을 지속하는 이유를 물어보면 몇 가지로 귀결된다. 그것은 달리기가 전해주는 그 무엇에 매료되었기 때문이다. 사람들은 삶의 다양한 경험을 하고 또 거기에서 의미를 찾고 싶어 한다. 그것을 달리기에서 일부분 채우게 된다. 그런 차원에서 보면 달리기는 육체에 국한된 지루하고 단순 무지한 운동이 역시 아니다.

달릴 때 나는 나 자신에게 얼마나 많은 가능성이 숨어 있는지 깨닫는다. 달리면서 내가 성장, 발전하고 있음을 느낄 수 있다. 그리고 다음 단계에 나는 어떠한 사람이 되어야 할지 생각하고 그런 사람이 되기 위해 노력한다. 현재보다 더 좋은 사람이 되어 타인까지 이롭게 하자고 생각한다(흠! 갑자기 홍익인간이 생각나는군).

달리기는 나를 둘러싼 주위의 모든 사물과 교감을 나눌 수 있는 시간을 준다. 죽어있던 온갖 사물들이 내가 달리는 순간 나에게 손짓하며 어서 오라고 한다. 함께 웃기도 하고, 경쾌하게 춤을 추기도 한다. 그들이 내 속에 들어오고 나 또한 그들 속으로 들어간다. 달리기는 내 몸을 움직여 내 마음을 일으키고, 그 활성화된 마음으로 주변 사물들과 대화하게 한다. 나에게 달리기는 그동안 잊고 있었던 육체의 신비로움과 고마움을 일깨우는 작은 혁명이기도 하다. 결국, 다른 활동과 마찬가지로 달리기 또한 제대로 살아있음을 느끼고 증명하는 행위인 것이다.

내가 특히, 마라톤을 좋아하는 이유는 고통을 겪은 후에 오는 반대급부의 희열이 너무나 짜릿하기 때문이다. 사람들은 이것을 중독이라고 흔히들 표현한다. 중독이라? 나도 중독이란 말을 들을 수 있다니! 듣기에 참 기분이 좋다. 언젠가 마라톤과 철인 3종을 즐기는 선배에게 물었다.

"형 이 힘든 걸 왜 자꾸 해요? 도대체 형에게 마라톤의 매력은 뭐에요?"

"응? 힘든 게 매력이지."

힘든 게 매력이라니! 참 단순하고 재미없는 대답이다.

그러나 다시 생각해 보면 이것만큼 솔직한 대답이 있을 수 없다. 힘들다는 말 속에는 참으로 많은 얘기가 녹아있다. 그러니 어떠한 이유를 구구절절 끌어모아 마라톤의 매력을 논한다고 해도 '힘들다'는 이 말 한마디를 넘어설 수는 없을 듯하다.

꼭 그런 것은 아니겠지만 특히 남자들은 강함에 대한 얼마씩의 로망이 있다. 그래서 자신을 의도적으로 힘든 상황으로 밀어 넣기도 한다. 내가 해병대를 가겠다고 했을 때 누나는 인내나 끈기를 경험하려면 일반 군대에 가도 가능할 텐데 굳이 해병대를 갈 이유가 뭐냐며 만류했다. 그러나 당시 나는 미지의 어려운 환경에서 자신을 스스로 시험하고 확인하고픈 마음이 강했다.

해병대 훈련소의 추억을 잠깐 떠올려 본다. 1월의 포항 앞바다는 남쪽이라는 기대와 달리 너무나 추웠다. 우리는 자주 팬티만 걸치고 연병장에 나가, 양팔과 두 다리를 벌리고 큰대자로 서서, 1시간 내내 견디는 얼차려를 받곤 했다. 일명 '팡파르'라고 하는 것인데 그냥 서 있기에도 추운 날씨에 몸에 차가운 물까지 튀긴다. 매서운 바닷바람을 맞으며 우리는 시간이 가기만을 기다린다. 처음엔 추워 입이 덜덜 떨리다가 다음엔 온몸에 통증이, 급기야는 아무 감각도 느낄 수 없는 순간이 온다. 견디는 것밖에는 달리 도리가…….

그런데 그 힘든 순간을 견디며 깨달은 것이 하나 있다. 몸을 통한 깨달음은 그 어떤 관념적인 가르침으로는 도저히 따라올 수 없을 만큼 선명한 인상을 남겼다. 그 주인공은 바로 얇은 러닝셔츠 한 장이었다. 얼차려를 마치자마자 나는 정신없이 병사로 뛰어 들어가 러닝셔츠를 걸쳤다. 순간! 세상 어떤 것보다도 따뜻하다는 느낌과 함께 짧은, 그러나 짜릿한 평화가 찾아왔다. 고통은 그것이 크면 클수록 일상의 하찮은 러닝셔츠 한 장에도 감사할 만큼 민감한 생명력을 갖게 해 주었던 것이다. 이것은 20년이 지난 지금도 잊을 수가 없다. 체험을 통해 얻은 지혜는 강렬하고 힘이 있다. 그것이 파장이 큰 극한의 체험이라면 더욱더…….

인생이란 길을 걸어갈 때 순탄한 길만 펼쳐지는 사람은 그리 많지 않을 것이다. 여러 번의 자갈길을 넘기도 하고 두어 번은 험난한 가시밭이나 날카로운 바위 언덕을 오르기도 할 것이며, 때론 천 길 낭떠러지의 벼랑에 서야 하는 순간도 있을 것이다. 크고 작은 병마와 싸움에서 오는 육체적 고통이든 경제적 파탄에서 오는 정신적 고통이든 견디기 힘든 것은 마찬가지다. 그러나 순간순간 시간의 고개를 넘어서면 분명 새로운 경지의 다음 순간이 펼쳐짐을 안다.

마라톤의 32km 마의 주로를 달리고 있을 때 나는 언제나 시선을 내 앞으로 모으고 한발 한발 앞으로 나아가는 데만 집중한다. 고통의 한가운데 있지만 조금씩 조금씩 가다 보면 어느새 골인 지점이 눈에 들어온다.

고통이 진하면 진할수록 나의 존재함은 더욱 선명해진다. 나의 육체는 늘 존재하고 있었으나 달리는 그 순간만큼 그 존재가 선명하게 인식되는 경우는 드물다. 호흡이 가빠지고 숨을 헐떡이며, 때론 온몸에 진한 피로가 몰려올 때 '나의 육체가 존재하고 내가 이렇게 살아있구나!' 하고 선명하게 느끼는 것이다. 그렇기에 마라톤이 고통의 대명사처럼만 인식되는 것은 어쩌 좀 아쉽다. 그 안에 펼쳐지는 남모르는 즐거움이 가득한데도 말이다.

내 삶의 편린들 중 편안하고 안락함 속에서의 것들은 시간의 흐름과 함께 기억의 저편으로 쉽게 사라져갔다. 그러나 짜릿한 고통 속에 점철된 순간들은 뇌리에 진한 추억의 한 장면으로 자리하고 있다. 이런 추억을 더욱 많이 얻으려 오늘도 나는 달리는 것인지도 모른다.

2. 새로운 가족

"어이 동생! 내일 뭐 해? 바쁜가?"

마라톤동호회 형님에게서 온 전화다. 안 봐도 이건 뭘 꾸미고 싶다
는 신호다.

"아니요, 형님. 왜요? 무슨 일 있으세요?"

"우리 집 옥상에서 삼겹살 파티나 좀 하게 사람들 좀 모아 보지?"

이런 날은 거의 어김없이 많은 이들이 모여 잔치가 벌어진다.

내가 활동하는 가톨릭마라톤동호회는 서울 7곳에 지역 모임이 있다.
내가 속한 지역은 송파, 잠실이다. 다른 지역에 비해 인원이 많지만,
상당수가 달리기를 좋아한다기보다는 달리기를 핑계로 어울려 노는 데
는 풀코스인 주자들이다. 일주일에 두 번 훈련이 있는 날에는 훈련이
끝나도 좀처럼 헤어지려 하지를 않는다. 왜 이렇게 꿀처럼 끈끈해졌을

까? 우리 지역이 활성화되고 잘 뭉치는 것은 부부 회원이 많고, 남녀 인원이 잘 조화를 이루기 때문이다. 연배가 지긋한 분들도 있어서 달리기만 강조하면 가벼운 반발이 일어나기도 한다. 즐겁게 어울려 살려고 달리기도 하는 게 아니냐며…….

상대적으로 중랑 지역은 전차군단이라 할 만큼 SUB-3 주자들이 많은데 주로 남자회원들로 구성되어 있다. 강도 높은 훈련에 가치를 두다 보니 신입 회원들이 자리 잡기가 쉽지 않은 모양이다. 가끔은 실력도 키울 겸 다른 지역을 찾아가는 경우가 있는데 중랑 형님들은 손님을 반기는 의례가 좀 유별나다. 왕복 14km를 달린다고 하면 갈 때는 함께 천천히 갔다가 돌아올 땐 외지인(?)인 나를 앞장세운다. 자기들은 뒤에서 토끼몰이하듯 밀어붙인다. 거기에 밀리지 않으려면 입에 거품을 물고 달려야 한다. 그래도 잘 달리는 몇 사람에게는 추월당하기 일쑤다. 그래도 이렇게 강하게 한 번 뛰고 나면 가슴을 확 틔운 느낌에 제대로 훈련을 한 것 같아 기분이 좋다.

동호회 활동은 상당히 체계적으로 돌아간다. 중앙회 일을 맡은 나로서는 1년 내내 행사와 대회를 치르느라 바쁘다. 달리기가 좋아서 만난 사람들이지만 신앙공동체이기도 하다 보니 더 유대감이 강한 면도 있다. 큰 행사를 치를 때는 언제나 여러분이 적극적으로 나서서 적재적소의 역할을 담당해 준다. 실전에 강한 사람들이다. 우리는 늘 함께 달리며, 웃고 얘기하고, 먹고 마신다. 그야말로 달리기 가족이다. 만남의 시간으로 따질 것 같으면 피를 나눈 형제자매들보다 더 진하다. 함께 대회에 참가하고 서로의 경조사도 챙긴다. 가족의 농장에 가서 밤을 세우는가 하면 회원의 고향 마을에 가서 매실을 따고, 마라톤 참가를 핑계로 남도를 두루 여행하기도 한다. 너무 자주 어울리다 보니 한 사람 한 사람의 성격이나 직업은 물론, 가정의 내막도 소상히 알게 된다.

여러 사람이 생활하는 곳에 갈등이 없을 수 없다. 그러나 서로를 잘 아는 만큼 해결 방법도 잘 알고 있다. 간혹 고스톱을 하다가 언성을 높이거나 며칠 동안 삐친 형님들을 보면 괜히 웃음이 나온다. 그러나 여러 선배와 함께하면서 얻는 것은 역시 일상을 살아가는 지혜나 삶의 방식이다. 좀 더 젊은 우리가 행동하고 여러 형님이 후원하면서 우리는 꽤 즐겁게 살아간다.

훈련을 마치면 종종 들르는 올림픽공원 근처 식당이 있다. 새해 들어 처음 갔더니 주인아주머니가 반기시며 대뜸 이렇게 말씀하신다.

"총각! 올해는 장가가야지?"

그러시면서 다시 한마디 더 하신다.

"장가가려면 이 모임에 나오지 말어. 맨날 이렇게 어울려 사는 재미에 빠져 있으니 여자 만날 시간이나 있겠어?"

"여기 분들 섭섭하더라도 결혼해서 애 두 명 낳을 때까지는 나오지 마!"

동호회 활동에 시간을 많이 쓰는 면도 있지만 그렇다고 결혼 못 한 이유를 동호회 활동이나 달리기에 핑계를 대면 달리기가 괜히 억울해진다. 그러나 주인아주머니의 말씀도 일리가 있다. 나를 생각해 주시는 고마운 말씀이다.

여러 사람과 함께 하는 것은 간혹 피곤할 때도 있지만 내 삶의 영역이 넓어지는 일이기도 하다. 특히 단체를 운영하는 처지에서는 더욱 그러하다. 내·외적으로 많은 이들과 접촉을 하며 달리기 관련 모임의 단체장이나 대회 주최 측, 그리고 수많은 달리기 마니아들을 알아가기도 한다. 이들과는 많은 얘기를 하지 않아도 달리기에 한해서만큼은 마음이 통한다. 심지어 페이스북이나 인스타그램 등에서 달리기를 취미로 하는 사람들의 사진만 올라와도 괜히 반가워 '좋아요!'를 누르게 된다.

요즘 젊은 사람들 사이에서는 크루(Crew) 문화가 확산되고 있다. 비보이 크루, 힙합 크루, 게임 크루 등······.

크루란 말은 원래 조정경기에서 같은 보트에 탄 한 조를 이룬 사람들을 가리키거나 선원이나 승무원을 뜻하는 말이었다. 최근에는 공통의 목적을 가진 사람들의 집단을 가리키는 말로 널리 쓰인다. 크루 문화는 어디에 강하게 얽매이기 싫어하는, 그러면서도 같은 취향을 가진 사람들과 자유롭게 연대하고 싶어 하는 젊은 세대의 흐름을 반영하는 듯하다.

최근 몇 년 사이에는 러닝 크루도 급속히 늘어났다. 2~30대 직장인이 주축이 된 이들은 인스타그램 등 SNS를 통해 모임 공지를 하고 서로 만난다. 종종 한강 변에 나가면 달밤 달리기를 하는 이들과 마주친다. 젊은 남녀의 생기발랄한 모습은 지나가는 시민들의 시선을 사로

잡기에 딱 알맞다.

러닝 크루의 확산에는 대형 스포츠 브랜드 회사의 마케팅 차원의 지원도 한몫했다. 이들 회사의 크루 모집은 순식간에 마감이 된다. 그만큼 인기다. 대개의 크루가 오픈 형태이지만 간혹 폐쇄적인 크루도 있다. 이들은 트레일런 등 좀 더 전문적인 분야를 즐기기도 한다. 인원도 10명 이내로 그리 많지 않다. 적은 인원이다 보니 아무래도 의사 결정이 빠르고 더 깊은 유대감을 형성한다.

나는 개인적으로 크루 문화의 확산을 긍정적으로 생각한다. 형제자매 없이 홀로 자란 젊은이들이 직장이 아닌 또 다른 차원의 단체 활동을 하며 인간관계를 넓혀가는 것은 사회적으로도 바람직하다. 무엇보다 대부분의 크루가 밝고 건전하다. 젊은이들 특유의 생기가 있다. 이전 세대의 동호회와는 또 다른 차원의 자유를 누리면서 이들은 훨씬 더 창의적이고 열정적으로 행동한다. 간혹 분야별로 상당한 전문적인 실력을 갖춘 크루들도 있다. 2017년 아메리카 갓 탤런트(America's Got Talent)에서 파격적이고 멋진 댄스 퍼포먼스를 보여준 Just Jerk 의 경우가 대표적이다.

우리 동호회는 2002년에 탄생했다. 그동안 쌓인 역사만큼이나 수많은 사람의 열정적 활동 모습이 홈페이지 곳곳에 담겨 있다. 어떤 일이든 혼자로서는 외롭다. 작가도, 미술가도, 음악가도. 자신의 작품에 몰입할 때는 그렇지 않겠지만 그 순간을 벗어나면 외롭다. 그러나 우리는 함께 함으로써 더 멀리 갈 수 있다. 훈련 때 함께 땀 흘리고 나면,

서로 건네는 시원한 캔커피 하나에 정감이 묻어난다. 마라톤대회는 혼자 참가했을 때보다 가족들이 함께할 때 더 흥겹다. 그게 진정한 축제다. 주로에서는 힘내라 소리쳐주고, 들어와서는 함께 무용담을 쏟아놓을 수 있는 대상이 있다는 것이 얼마나 큰 위안과 힘이 되는 줄 모른다.

곳곳에 더 많은 달리기 가족이 생겨났으면 좋겠다. 직장에서든 같은 종교 안에서든, 함께 사는 지역에서든 상관없다. 피를 나눈 가족만이 아닌 삶의 가까운 거리에서 자주 교감을 나눌 새로운 가족을 만들어 보면 어떨까? 분명 당신의 정서가, 나아가 당신의 삶이 더 풍요로워질 것이다. 참고로 함께 달리고 싶다면 언제든 문을 두드려 주시기 바란다. 두 팔 벌려 환영하겠다.

3. 3시간 30분의 벽을 넘다.

첫 풀코스 이후 내 기록은 점점 더 향상되어 갔다. 춘천마라톤에서 4시간 02분을 시작으로 3시간 53분, 3시간 45분, 3시간 35분, 3시간 33분 등으로 매번 대회 때마다 조금씩 상승 모드를 그려주었다. 기록이 좋아지니 달리기가 더욱 재미있어졌다. 주위에선 330. 즉 3시간 30분은 떼 놓은 당상인 것처럼 얘기들을 했다. 그래서인지 나도 3시간 30분의 벽은 쉽게 달성되리라 여겼다. 그러나 만만치 않았다.

2015년 서울국제마라톤(동아마라톤)에서 승부를 걸었지만 몇 분 차이로 미끄러졌다. 문제는 뒷심 부족이었다. 전반 15km까지 속도 조절에 실패하면서 후반에 다소 밀려버린 것이다. 하프를 기준으로 전반과 후반의 기록 차이를 줄이는 것이 관건이었다. 1km를 5분 페이스로 달리면 40km를 3시간 20분에 완주하게 된다. 나머지 2km 남짓한 거리를 10분에 완주해야 한다는 계산이 나오는데 막판에 지치지 않고 똑같은 레이스를 펼칠 수 있다는 보장이 없다. 그러니 4분 50초나 55초대로 달릴 수 있도록 몸을 만들어 놓아야 한다.

나는 훈련을 치열하게 하지 않는다. 남들이 볼 때는 매우 성실한 주자일 것 같지만 나는 꽤 게으르다. 그렇다고 태만한 정도까지는 아니다. 지금까지 훈련하면서 한계라고 할 만큼 독하게 나를 밀어 올려보지는 않았던 것 같다. 그러나 2015년 한 해는 330이라는 목표가 있으니 훈련에 임할 때마다 재미가 있었다. 동호회 훈련뿐만 아니라 개인 훈련도 별도로 진행했다.

주말 오후엔 친구와 단둘이 잠실 한강 선착장에서 여의도 방향으로 15~20km를 자주 달렸다. 일정한 페이스를 정해놓고, 갈 때는 다소 여유롭게, 올 때는 빠른 페이스로, 골인 지점에 거의 다 와서는 숨이 좀 가쁠 정도로 내달렸다. 이렇게 하다 보니 몸이 항상 3시간 30분대를 유지해 주었고, 강도를 조금씩 높여도 몸이 무리 없이 따라와 주었다. 겨울에도 훈련을 멈추지 않았다. 눈이 많이 온 주말이나 기온이 급격히 떨어졌을 때는 종종 성남종합운동장 실내체육관이 좋은 훈련 장소가 되어 주었다. 달리기만으로는 부족한 것 같아 가까운 헬스장에서 근력운동도 병행했다. 결과적으로는 겨울훈련이 기록 향상에 큰 도움이 되어 주었다.

2016년 고구려마라톤을 통해 마지막으로 기록을 점검해 보기로 했다. 기존에는 초반에 조금 빨리 달리고 후반에 밀리는 형국이었는데,

이때는 무리 없이 달리면서 35km 이후에 얼마나 밀리는지, 아니면 막판에 힘이 나오는지 점검해 보기로 했다. 3시간 40분대만 나와 주면 괜찮다고 생각했는데 결과적으로 3시간 43분 정도가 나와 주었다. 힘도 별로 들지 않았다. 초반에 힘을 덜 써서 그런지 후반의 기록이 전반과 크게 차이가 나지 않았다. 이대로 가면 한 달 후에 있을 서울 국제마라톤에서 3시간 30분이 가능할 수도 있겠다는 희망이 보였다.

드디어 2016년 서울국제마라톤의 아침이 밝았다. 영국 형이 페이스 메이커를 자처했다. 도전자는 창수 루카와 나. 우리는 이미 풀코스 페이스 안내를 받아 본 경험이 있었기 때문에 영국 형의 능력과 시간 계산을 신뢰할 수 있었다. 영국 형이 이끄는 속도에 처지지만 말자고 다짐했다. 우리는 출발 전 광화문광장 옆, 빈 공터를 따라 짧게 몇 번 왕복하며 몸을 풀었다. 개그맨 배동성의 사회는 늘 경쾌하고 힘이 넘친다. 그의 신호에 따라 A그룹이 출발했다. 우리 셋은 B그룹 앞부분에서 치고 나갈 준비를 했다. 초반에 주자들이 많아 제 페이스를 놓치기 쉽기 때문에 코스별로 최적의 동선을 영국 형이 구상해 놓았다.

드디어 출발!
숭례문과 시청을 지났다. 몸이 가볍다. 여러 번 훈련을 통해 몸은 기억하고 있다. 이 정도 속도면 대략 킬로 당 몇 분대인지.
동대문역사문화공원 사거리까지 5km 구간을 가볍게 지났다. 25분 46초. 5분 10초 페이스다. 급수대가 있을 때마다 영국 형이 먼저 친절히 체크, 안내해 준다. 이제 10km를 향해 청계천 변으로 들어섰다.

조금 길게 들어갔다 반대편으로 다시 돌아 나와야 한다. 얼마 가지 않아 건너편에서는 검은 무리의 엘리트 선수들이 어느새 휙휙 지나간다. 빠르다. 다리는 검은 두루미같이 비쩍 말랐는데 달리는 속도를 보면 여러 마리의 말이 달려가는 듯하다. 조금 못 미쳐 달려가는 동양 선수들의 짧은 다리와 너무나 대조적이다.

10km를 지났다. 50분 31초. 구간기록은 24분 45초. 1km당 4분 57초다. 나쁘지 않다. 15km를 지나면서도 구간기록 24분 51초가 나왔다. 몸은 상쾌하고 가볍다. 적당히 열로 데워져 달려나가는 데 무리가 없다. 다소 답답한 청계천 구간을 마쳤다. 이제 우회전하면 넓은 종로 거리다. 농악대가 흥겹게 응원을 해 준다. 손을 들어 화답한다. 넓은 거리로 나오니 달리기가 한결 가뿐하다. 영국 형이 약간 앞에 서고 루카와 내가 뒤에 나란히 바짝 붙었다. 이제 하프가 얼마 남지 않았다. 지난해에는 초반 청계천 구간에서 오버페이스를 하는 바람에 여기에서 힘이 빠졌었는데 오늘은 모든 게 나쁘지 않다. 그동안 훈련을 충실히 한 보람이 있는 듯하다. 하프 기록이 나왔다. 1시간 45분 31초. 지금부터 5km 구간을 5분 이내로만 달리면 가능성이 있다.

신설동 오거리를 지나 군자역까지는 다소 지루한 구간이다. 각 대회마다 심리적으로 어려운 구간이 있다. 서울국제마라톤에서는 신설동 오거리에서 군자역, 그리고 서울숲 입구 교차로에서 잠실대교 북단까지가 나에게는 다소 힘들게 느껴지는 구간이다. 군자역에서 어린이대공원 방향으로 들어서니 많은 시민이 힘내라며 환호한다. 이때는 지쳤어도 지친 기색을 보이지 않는다. 최대한 상쾌한 것처럼, 이까짓 거 아무것도 아니란 듯이 달려나간다. 그러나 다리가 무거워짐은 어쩔 수 없다. 어린이대공원사거리를 오른쪽으로 돌아서니 동호회 식구들이 반겨준다. 그들이 건네준 콜라 한 잔에 힘을 다시 내어본다.

성동교사거리를 지나면서부터 내가 영국 형을 앞서기 시작했다. 31km 지점을 지나면서 루카가 다소 밀리는 듯하다. 영국 형이 뒤에서 소리친다.

"루카! 힘내! 밀리면 안 돼!"

"앞으로 10km야. 힘들어도 밀고 나가야 해."

서울숲 입구 교차로를 지나면서 속도를 좀 더 올려보았다. 몸이 나아간다. 이제 32km를 지났으니 마지막 10km는 시간 계산이고 뭐고 죽자 살자 뛰어야 한다.

'영국 형이 시간을 정확하게 체크하면서 뒤에서 받쳐 줄 거다.'

'형에게만 밀리지 않으면 된다.'

이런 생각을 하면서 마지막 힘을 내었다. 그런데 이상했다. 다를 때와 달리 아직 힘을 낼 수가 있는 거다. 속도를 내면서 몸을 앞으로 빼는데 영국 형이 앞으로 오질 않는다. 좀 이상하긴 했지만 그대로 힘을 짜내며 앞으로 계속 나아갔다. 잠실대교 북단에 동호회 가족들이 음료를 준비하고 있었지만, 눈으로만 감사의 인사를 하고 그대로 앞을 향해 달렸다. 석촌호수 사거리를 지나자 10km 주자들과 만나 길이 다소 복잡해졌다. 그들은 친구, 연인들과 밝고 경쾌한 웃음을 지으며 달리고 있었다. 그에 비해 풀코스 주자들의 모습은 상대적으로 처절해 보였다. 난 흐트러지려는 시선을 한 곳에 집중하려 노력했다. 이제 얼마 남지 않았다. 마지막 1km가 남았다. 가장 감질나는 거리다. 그 마지막 1km가 어느 구간보다도 길게 느껴진다. 달려도 달려도 골인 지점은 한 발짝씩 뒤로 물러나는 것 같다.

드디어 잠실 올림픽 주 경기장에 들어섰다. 마지막 300m 트랙을 또 달려야 한다는 것이 야속했지만, 최대한 편안한 표정을 지으며 전력 질주(말로만)했다. 조금만 더, 조금만 더!

골인과 동시에 시계를 눌렀다. 뒤를 돌아보니 영국 형이 곧이어 들어온다. 루카는 보이지 않았다. 30km 이후에서 조금씩 뒤로 밀린 모양이다.

해냈다. 공식 기록 3시간 29분 37초. 330을 달성하는 순간이다. 역시 영국 형의 시간 체킹이 정확했다. 달리 SUB-3 주자이겠는가.

이번 레이스가 기쁜 건 목표 달성도 그렇지만 전반 하프 시간 1시간 45분 31초보다 후반 하프 구간에서 기록이 1시간 44분 06으로 더 좋게 나왔기 때문이다. 30km 이후에 오히려 힘을 더 내 레이스를 펼쳤다는 사실에 뿌듯했다. 완주 후 몸도 그리 힘들지 않았다.

이렇게 잘 달릴 수 있었던 것은 착실한 동계훈련 덕택이었다. 훈련으로 좋아진 몸 상태는 그해 4월에 있은 222km 울트라마라톤에서도 무리 없이 완주하는 힘이 되어 주었다. 이후 가을 서울중앙마라톤에서 나는 3시간 27분으로 다시 기록 향상 레이스에 불을 지폈다.

4. 울트라마라톤,
중년들의 멋진 놀이

마라톤 풀코스 42.195km에 익숙해지고 나니 간혹 3~4시간에 완료되는 일반 마라톤이 짧게 느껴지고 허전하기도 했다. 축제를 좀 더 길게 즐기고 싶은데 너무 빨리 끝나버려 아쉬운 기분이라고 해야 할까? 자연히 눈은 더 먼 거리, 시간이 더 걸리는 곳으로 돌려졌다. 이렇게 해서 100km 이상의 울트라마라톤에 도전하게 되었다. 울트라마라톤은 일반 마라톤과는 또 다른 매력이 있었다. 나는 울트라마라톤을 통해 달리는 행위를 마음껏 즐기게 되었다. 그리고 달리기의 진정한 기쁨은 완주에 있는 것이 아니라 달리는 그 순간 자체에 있음을 깨닫게 되었다. 매년 봄이 오면 내 마음이 요동치는 이유도 알고 보면 특정 주로를 달리고 있는 내 모습이 오버랩되어 나를 그곳으로 이미 데려다 놓기 때문이다.

때는 2016년 여름!

성지순례 울트라마라톤을 마친 3개월 뒤, 한여름의 가운데인 7월 30일이었다. 나는 강원도 화천 토마토 축제 방문을 겸한 100km의 여정에 돌입했다. 가만히 있어도 땀이 흥건할 만큼 푹푹 찌는 날씨였건만 울트라 전사들의 얼굴에는 놀이에 임하는 즐거움이 가득했다. 이번 레이스에도 어김없이 시각장애인 부부 마라토너 김효근, 김미순 씨가 함께했다. 이들 부부의 레이스는 그야말로 아름다운 동행이다. 힘든 레이스 앞에서도 이들은 늘 만면에 웃음을 머금고 있다. 이들의 얼굴을 보고 있노라면 힘들다는 조금의 엄살도 부릴 수가 없다.

저녁 8시!

서울 장한평역을 출발해 의정부를 향해 중랑천을 달린다. 얼마 달려가지 않아 이미 숨은 턱턱 막히고 유니폼 상의는 땀에 흥건히 젖어들었다. 열대야 현상으로 밤에도 기온은 내려갈 줄을 몰랐다.

밤 12시가 좀 넘어 경기도 포천시에 들어섰다. 유일하게 문을 연 시청 근처 식당에 들러 메뉴를 시키는 둥 마는 둥 하고 우리는 화장실부터 찾았다. 급한 대로 땀에 전 옷을 벗고 상체를 씻은 후 옷에 물을 흠뻑 담아 그대로 입었다. 우리의 모습을 본 식당 아주머니가 어디까지 가는지 묻는다. 강원도 화천까지라고 했더니 이 더위에 미쳤다며 혀를 내두른다. 그러고는 "이런 걸 누가 돈을 주고 하라면 하겠어? 좋으니까 하는 거지."라며 우리의 마음을 알겠다는 듯 호응해 준다. 맞다. 내가 좋으니까 하는 거다. 돈을 얼마를 주든 누군가의 요청이나 강요에 의한 것이었다면 설사 달린다고는 해도 고통으로 힘들었을 것이다. 그러나 내가 스스로 선택한 고통은 더 이상 고통이 아니다.

마라톤 풀코스를 완주할 정도의 체력이라면 누구나 울트라마라톤에 도전할 수 있다. 내가 울트라마라톤에 관심을 갖게 된 것은 보통의 도로 마라톤인 42.195km가 짧게 느껴졌기 때문이다(여기저기서 욕하는 소리가 들린다). 여기서 '짧다'라는 의미를 잘 이해해 주었으면 한다. 42.195km를 무시하는 것이 아니다. 내 말은 더 오래도록 달리기 축제를 즐기고 싶었다는 의미다. 일반 마라톤과 비교할 때 울트라마라톤은 단순한 거리의 증가 외에 또 다른 매력이 숨어 있었다. 거리가 길다고 마라톤보다 배로 더 힘든 것은 아니다. 앞에서 말했듯 우리 인간은 오래 달리도록 진화되어 왔다. 다소 천천히 달릴 수 있는 울트라마라톤이 보통의 마라톤에 비해 더 수월할 수도 있겠다. 그러나 이것은 사람에 따라 다르기 때문에 뭐라고 단정 짓기는 어렵다.

속도에 의한 단일 강도는 약하지만 긴 거리를 달려야 하는 만큼 역시 심리적인 세팅이 중요하다. 그리고 오랜 시간 달림으로 인해 우리 몸의 여러 부분이 혹사당할 것을 고려해야 한다. 무릎이나 위장 등에 무리가 갈 우려가 있기에 적절한 속도로 레이스를 즐길 필요가 있다.

많은 달리기 베테랑들이 울트라마라톤을 즐긴다. 건강을 유지하면서도 속도에서 오는 강박관념이 없어 부상의 위험도 적다. 그야말로 울트라마라톤은 나이든 중년의 달리기 마니아들에게 좋은 놀이가 될 수 있다. 내가 처음 울트라마라톤을 달리려 했을 때 주위에서는 만류했다. 기록이 상승 무드였기 때문에 하고 싶으면 SUB-3를 한 다음에 하라는 의견들이 많았다. 울트라에 익숙해지면 일반 마라톤에서 속도를 내기가 어렵다는 것이다. 처음에는 부정했으나 지금은 어느 정도는 수긍을 한다.

울트라마라톤은 100km의 경우 보통 저녁에 시작하여 다음 날 아침이나 오전에 끝난다. 달리는 메인 시간대가 밤이라는 얘기다. 밤에 달리는 경험은 낮과 매우 다르다. 내가 울트라마라톤을 좋아하는 또 다른 이유는 밤에서 여명의 새벽을 지나 동트는 아침을 온전하게 깨어 맞이하는 희열 때문이다. 물론 군에서 야간 훈련이나 일상에서 새벽일을 하면서 뜬 눈으로 아침을 맞이한 적은 여러 번 있다. 그러나 자유의지로 아침을 맞이하는 기분은 쉽게, 그리고 자주 체험할 수 있는 것이 아니다.

밤이 깊어지면 나의 숨소리와 발자국 소리만이 정적을 가른다. 자연의 모든 사물도 깊은 잠으로 빠져든다. 고요한 어둠 속을 혼자서 달린다. 이제야 진정 내가 주인이 되는 시간이 왔다. 모두가 잠든 이 시간에 혼자 깨어 달리는 심정을 어떻게 표현하면 좋을까? 적절한 단어를 찾지 못한 나의 어휘력 부족을 탓해야겠다.

몇 시간을 이렇게 혼자만의 유희를 벗하며 달린다. 시간이 꽤 흘렀을까? 고요하던 사방에서 이름 모를 산새가 하나, 둘 지저귀기 시작한다. 새벽이 오고 있는 것이다. 이윽고 동이 틈과 동시에 어둠에 가려져 있던 온갖 사물들이 기지개를 켜기 시작한다. 강가의 아침 물안개는 신비로움 그 자체다. 모든 사물이 하루를 준비하기 위해 깨어나는 그 순간을 편집된 영상이 아닌 롱 컷으로 온전히 느낄 수 있다는 것. 울트라마라톤이 주는 큰 매력이다.

현재 울트라마라톤 마니아들을 보면 50~60대가 주류를 이룬다. 왜 이런 현상이 있는지 생각해 본 적이 있다. 내가 내린 결론은 이것이다. 일단 긴 거리를 달려야 한다는 부담감에 젊은 주자들은 선호하지 않는다. 차라리 이들은 더 다이내믹한 트레일런으로 향한다. 울트라마라톤은 속도를 빨리할 필요가 없기 때문에 속도에 부담을 느끼는 중년의 주자들에게 안성맞춤이다. 완주 제한시간 범위가 넓어서 달리는 즐거움을 더욱 만끽할 수 있다. 여유롭게 주변에 펼쳐지는 다양한 풍경과 사물을 담고 느낄 수 있다. 달리는 동안 일상의 잡다한 일들에 혹사당했던 뇌를 쉬면서 자신의 현재를 돌아볼 소중한 기회를 얻는 것이다. 그래서인지 확실히 울트라마라톤은 젊은이들보다는 인생을 좀 더 관조하고픈 중년들에게 어울린다.

울트라레이스에선 긴 거리인 만큼 주자들의 신체 밸런스가 각각 다르게 나타난다. 오랜 훈련을 통해 서로 비슷한 수준이거나 서로의 달리기 스타일을 알고 있는 경우에는 상관이 없지만 잘 모르는 상태에서 섣불리 누군가의 페이스메이커를 자처한다면 이끄는 사람이나 따르는 사람 모두 레이스를 망칠 위험이 있다. 친한 사람이라고 해서 그 사람의 속도를 무작정 따라가려 하다가는 완주는 영영 물 건너간다. 짧은 거리면 상관없겠지만 긴 거리인 만큼 생체 리듬이 달라 누군가와 똑같이 달린다는 것이 쉽지 않기 때문이다. 실제로 뒤로 처졌던 주자가 종반으로 갈수록 앞서기도 하고 처음부터 끝까지 선두권을 고수하는 주자들도 있다. 울트라마라톤을 달릴 때는 거리에 따른 전체 구간을 펼쳐놓고 자신의 레이스를 구상하고, 페이스를 결정한 후 임하는 것이 좋다.

몇 년간 동호회 식구들과 함께 서울 혹서기 울트라마라톤대회의 주로 봉사를 해 왔다. 찌는 듯한 무더위가 기승을 부리는 8월 초에 치러지는 대회는 한강 변과 아라뱃길을 따라 코스가 구성되어 있어 울트라마라톤 마니아들이 대거 참가한다. 땀으로 범벅이 된 주자들의 모습을 모르는 사람이 본다면 처량함 그 자체이리라! 한마디로 미친 사람들이지. 그러나 내 눈에 비친 그들은 영웅이고 열정맨, 열정우먼들이다. 물 한 잔이라도 더 주면서 맘껏 응원해 주고 싶은 것이다. 심하게는 나도 그들 옆에서 함께 달리고픈 충동을 언제나 느낀다.

지난해 봄, 우리 동호회에서는 큰 슬픔이 있었다. 동호회를 물심양면으로 아껴주셨던 자문위원 한 분이 돌아가신 것이다. 동호회 창립기념행사를 맞아 함께 뛰고, 술잔을 기울이며 덕담을 주고받았던 즐거운 기억이 채 식기도 전인 행사 바로 다음 날 유명을 달리하셨다. 그것도 그분의 평소 인품처럼 너무나 고요하게.

회원 모두가 어안이 벙벙해 기정사실로 받아들이기조차 힘들었다. 우리는 한동안 우울해했고 달리면서도 맘껏 웃을 수도 없었다. 그러나 희망과 성장은 슬픔의 힘을 빌려 싹튼다고 했던가! 우리는 오래지 않아 슬픔의 계곡에서 빠져나와 정상의 즐거운 동호회 일상을 만들어 갈 수 있었다. 그러한 분위기 쇄신의 주인공이 있었으니, 바로 그분의 아들 민수 씨였다. 민수 씨는 아버지가 없는 빈자리를 아파하는 동호회 가족들과 함께하며 서서히 달리기에 입문하게 되었고 급기야 동아마라톤, 춘천마라톤 등 주요 대회 풀코스를 완주하게 되었다. 훈련이 있는 날이면 경기도 양평에서 아버지가 적을 두었던 여의도까지 오토바이를 타고 오는 열의를 보여주었다. 그는 아버지가 그토록 사랑했던 성지순례 222km 울트라마라톤대회에 도전장을 내밀었다. 참가자격을 얻기 위해 지난 1월 혼자 몰래 부산 비치울트라 100km도 완주했다.

남자는 나이가 들어가면서 자신의 모습에서 종종 아버지를 느낀다. 큰 결정을 위한 지혜가 필요하거나 생전 아버지가 겪었을 비슷한 일에 직면했을 때, 아들은 묻고 싶어진다. 아버지라면 어떤 마음과 생각이며, 어떤 선택을 할 것인가 하고…….

민수 씨는 오는 4월 무박 3일간의 긴 레이스에 들어간다. 생전 아버지가 그토록 사랑하며 달렸던 그 길을 달리며, 아버지의 마음을 읽을 것이다. 혹 아버지와 만나 기쁨의 눈물을 흘릴지도 모르겠다. 부디 그의 레이스가 성공하기를…….

5. 성지순례 222km,
나를 넘어 또 다른 나를 만나다.

● 전반전 ●

아침 6시에 눈을 떴다. 온몸이 가뿐하다. 어제저녁 6시를 좀 넘어 잤으니 12시간을 내리 잔 셈이다. 정말 숙면을 했다. 무박 3일간의 긴 여정의 피로가 말끔히 씻긴 느낌이다. 가슴 깊숙이 상쾌함이 퍼진다. 난 어제 성지순례 222km 울트라마라톤대회를 치르고 돌아왔다. 무박 3일간, 시간상으로는 39시간 34분에 이르는 긴 여정이었다. 침대에서 튕겨 나와 보니 시커멓게 피멍 든 엄지발가락과 발바닥에 잡힌 물집 외에는 그간의 사투에 대한 흔적은 찾을 수가 없다.

마라톤을 본격적으로 한 이후 매년 4월이면 나는 설렌다. 누군가는 4월을 잔인한 계절이라고 노래했다는데 나에게도 4월은 그리 반가운

달은 아니었다. 명확한 이유는 없지만 4라는 숫자가 별로 마음에 들지 않았던 것이다. 그러나 이제는 아니다. 4월은 나에게 설레는 달이 되었다. 그 이유가 무엇일까 곰곰이 생각해 본다. 어렵지 않게 답을 찾을 수 있다. 바로 성지순례 222km 울트라마라톤대회가 있기 때문이다. 참으로 웃긴다. 울트라마라톤대회 하나 때문에 4월 전체가 좋아지다니! 그만큼 성지순례 222km 울트라마라톤대회가 내 가슴에 자리 잡았다는 뜻이다. 대회만 생각하면 가슴이 요동치고 이미 특정 지역을 달리고 있는 내 모습이 자꾸 떠오른다.

성지순례 222km 울트라마라톤대회는 내가 활동하는 가톨릭마라톤 동호회에서 주최하는 대회로 서울·경기지역 14곳의 가톨릭 순교성지를 순례하는 무박 3일간의 서바이벌 울트라마라톤경기다. 가톨릭 신자들에게는 신앙체험을, 일반 울트라 마니아들에게는 자신의 한계에 도전할 좋은 기회를 제공한다. 200km가 넘는 거리도 그렇지만 남한산성을 포함하여 4개의 산을 넘어야 하는 쉽지 않은 코스로 이루어져 있다. 완주율은 60% 내외다. 그럼에도 불구하고 2004년 첫 대회부터 15회까지 한 번도 빠지지 않고 참가한 사람이 있을 정도로 울트라마라톤 마니아들에게는 인기가 높다.

집 밖으로 나왔다. 걸을 때마다 발바닥이 절여져 온다. 의자에 가만히 앉아 있으면 편안한데 이것도 점심때가 가까워질 무렵부터는 소용이 없다. 발바닥을 찌르는 묵직한 통증이 계속 이어진다. 일종의 근육통이다. 신경을 다른 데 쓰려고 해도 간헐적으로 전해오는 통증에 신경을 돌리기가 쉽지 않다. 몸이 심하게 혹사당하였음을 새삼 느낀다. 어떻게 달렸는지 모르겠지만 어쨌든 난 222km를 달렸다. 온전히 내 두 다리로 말이다. 눈을 감고 잠시 그 행복한 여정으로 들어가 본다.

금요일 저녁 7시!

명동성당 광장에는 이미 사람들로 시끌벅적하다. 축제의 흥겨움과 약간의 긴장, 그리고 설렘을 동반한 흥분이 버무려진 묘한 분위기가 광장을 가득 메우고 있었다. 오후 일정 일부를 취소하고 급히 달려왔건만 벌써 출발 시각이 얼마 남지 않았다. 동료들과 인사를 하는 둥 마는 둥 하고 선수 등록과 장비 점검을 하고 배번을 급하게 받아 챙긴다. 복장을 갖추고 물품을 넘긴 후에야 동료들과 인증 사진 몇 장 찍을 여유가 생긴다. 2~30분의 출발 전 행사를 마쳤다. 마지막으로 유경촌 주교님께서 주자들의 무사 완주를 비는 강복을 내려 주신다.

8시!

모두 출발선에 섰다. 흥분과 긴장의 순간! 열을 세는 카운트다운과 함께 출발을 알리는 주교님의 징이 울렸다. 우리는 환호성을 지르며 일제히 명동대성당을 빠져나갔다. 명동성당에서 새남터성지에 이르는 8km 남짓한 구간은 도심을 통과해야 하기에 인솔자의 안내에 따라 함께 달린다. 깜박이는 야광 플래시를 장착한 한 무리의 주자들이 지나갈 때마다 시민들은 신기하고 의아한 모습으로 쳐다본다. 그들의 시선을 받으며 달리는 기분이 나쁘지 않다.

새남터성지를 지나 한강으로 들어섰다. 이제부터 본격 레이스다. 조금씩 각자의 속도에 맞는 그룹을 찾아간다. 4월 말, 낮과 밤의 일교차가 다소 심하지만 달리기에는 딱 좋다. 절두산성지에서 주로 안내자의 마지막 배웅을 받으며 양화대교를 건넌다. 선두는 어느새 선유도 공원으로 들어섰다. 일정한 간격을 두고 깜박이는 주자들의 불빛이 어두운 밤거리를 수놓는다. 곧 안양천을 따라 한동안 달려 내려가야 한다. 몸 상태는 더할 나위 없이 좋다. 충분히 레이스를 즐길 준비가 되어 있다.

안양천을 따라 30km 지점에 이르니 서울 금천구 육상연맹 소속 회원들이 시원한 음료와 간식을 제공해 주신다. 해마다 스스로 나와 봉사해 주시는 마음이 참 감사하다. 급하게 오느라 저녁을 못 먹고 왔지만, 중간에 빵을 하나 먹은 상황이라 콜라와 오이 몇 조각을 먹고 그대로 출발했다. 꽤 빨리 달려온 듯하다. 수리산성지를 가기 위해서는 안양 박석교 쪽으로 잘 진입해야 하는데 혼자 달려가고 있다. 지난해 남한산성까지 100km도 달려보았고, 얼마 전 사전 예행 주에서도 일부 코스를 달려보았지만 이렇게 혼자 달리니 새삼 길이 낯설다. 제대로 가고 있는지, 이미 지나친 것은 아닌지 달리면서도 쭈뼛쭈뼛하게 된다. 뒤돌아보니 아무 불빛도 보이지 않는다. 그냥 달린다. 얼마를 더 내려가자 학범 형이 주로 안내를 하고 있다. 내가 5위란다. '아니! 너무 빠른 거 아닌가?' 첫 출전인데 어느 정도 속도로 달려야 하는지도 모르고 100km 때의 감만 생각하며 달려왔다. 이제 5~6km만 더 가면 1차 체크포인트(CP)인 수리산성지다.

박석교를 넘어 어두운 도심을 열심히 달려가고 있는데 누군가 길을 막고 반긴다. 그는 이내 가위로 파우치를 잘라 마시라며 건네준다. 인삼인지 블루베리인지는 모르겠지만 달짝지근한 것이 목젖을 타고 시원히 내려간다. 222km 구간을 달리다 보면 곳곳에서 종종 이런 개인 봉사자분들을 만난다. 경황이 없어 이름이나 소속을 물어보지 못하고 지나왔지만 고마운 마음을 이 지면을 통해 전해드린다. 언젠가 100km를 달릴 때였다. 성남 모란역을 지나 한참 남한산성 쪽으로 올라가고 있을 때였다. 마지막 피치를 올리며 상가단지를 지나고 있는데, 약국에서 갑자기 어떤 분이 뛰어나오시는 게 아닌가! 얼마 안 남았다며, 조금만 힘내라며 박카스를 따 주시는데 나도 모르게 눈물이 날 것만 같았다. 길에서 만나는 작은 선의가 이렇게 큰 힘과 위안이 될 줄이야!

수리산성지에 도착했다. 밤 12시 45분! 명동성당에서 42.2km를 달려온 것이다. 운영 스텝들과 봉사자들이 반갑게 맞아 준다. 너무 빠르다며, 아직 무척 많이 남았으니 여유롭게 천천히 가란다. 인증 사진을 찍고, 나눠 준 백설기를 따뜻한 믹스커피에 찍어 먹으니 속이 편안하다. 힘들 때는 이렇게 단 것이 좋다. 몇 분의 휴식을 뒤로하고 바로 수리산에 오른다. 올라가는 길에 잘 진입하지 못하면 헤매게 된다. 울트라마라톤 세계에서는 이것을 알 바(아르바이트)라고 한다. 헤드 랜턴을 켜고 야광 리본을 잘 파악하면서 힘차게 올라간다. 수리산은 내려가는 길도 여러 갈래라 사전 예행 주에서도 다소 혼동했던 곳이기도 하다. 고개를 넘어서면서 뒤에서 따라오고 있던 주자 한 명을 먼저 보냈다. 수리산은 어렵지 않게 금방 내려왔다. 이제 안양 중심가를 가로질러 의왕 쪽으로 방향을 튼다. 청계산 아래 하우현성당까지는 17km를 가야 한다. 새벽 2시를 넘은 시간이라 강변은 물론이고 넓은 도로에도 고요한 적막만이 흐른다. 몸은 무릎이 조금 뻐근할 뿐 아직은 괜찮다. 이 속도로 가면 청계산을 날이 밝기 전에 넘을 수 있을 것이다.

의왕 하우현성당에서 컵라면 하나를 먹고 산 위에 있는 둔토리성지를 향했다. 둔토리성지에는 조선에 입국한 선교사 중 가장 어린 나이로 1866년 새남터에서 순교한 성 루도비코 볼리외 신부가 당시 박해를 피해 숨어 지냈던 작은 동굴이 있다. 이 조그만 동굴에서 지낸 그의 마음이 어떠했을지 눈을 감고 잠시 묵상을 한 후 출발한다. 성남시 운정동으로 내려오는 길은 공사 중이라 새로 설정된 코스는 왼쪽으로 300m를 더 가야 했다. 신발이 좀 작아서 가파른 내리막길을 내려오는 데 애를 먹었다. 엄지발가락이 신발 앞부분에 밀려 결국 무릎에까지 부담을 주었다. 대회를 마치면 트레일 러닝화부터 편안하고 넉넉한 것으로 사야겠다는 생각이 간절하다. 무릎이 시큼해지려는 찰나에 산을 다 내려올 수 있어서 다행이다.

이제는 경기도 용인으로 넘어간다. 동천동 손골성지까지는 여기서 10km 남짓. 오르막으로 이어지는 긴 고개를 넘어가야 한다. 아직 어둠이 깔린 시간. 그러나 서서히 날이 밝아오고 있다. 고즈넉한 시골길을 달리는 나를 가장 먼저 반겨주는 이는 이름 모를 산새들이다. 이들의 노랫소리가 청량하게 새벽을 깨우기 시작한다. 날이 훤해지면서 주변의 한적한 시골 풍경이 눈에 들어왔다. 나에게는 이 구간이 222km 전 구간 중에서 가장 인상 깊고 편안한 길이다. 왜 그런지는 모르겠지만 성지순례 마라톤을 생각하면 늘 가장 먼저 마음에 떠오르는 길이기도 하다.

손골성지에서 간단히 아침 요기를 하고 이제 남한산성 탈환에 들어간다. 손골에서 27km가 조금 넘는 거리다. 줄곧 혼자 달리다 손골을 지나면서 박한신, 정찬진 형님과 조우했다. 이들과 함께 달리는, 탄천 입구에 이르는 2~3km 거리가 이상하게 힘들다. 옆 사람들의 보조를 맞추기도 다소 버겁다. 햇살은 아침부터 점점 뜨거워지기 시작한다. 그대로 무기력하게 탄천에 들어섰다. 그런데 100m쯤 지났을까? 언제 그랬냐는 듯 몸이 다시 살아나기 시작한다. 힘을 내어보니 몸이 앞으로 쭉쭉 나아가진다. 빨리 남한산성에 가서 휴식을 취하자는 생각으로 이들과 떨어져 홀로 레이스를 펼친다. 주말 오전이라 탄천공원에는 산책 나온 사람들이 많다. 햇살은 금빛으로 환하게 내리쬐고, 주변은 온통 푸름의 물결로 넘실거린다. 아! 이 아름다운 풍경을 벗하며 나는 달린다. 순간 행복감이 온몸을 감싼다.

날씨는 무척 덥다. 모자를 벗고 몇 번이나 공원 야외 수도꼭지를 틀어 머리에 물을 퍼부었다. 그렇게 긴 탄천을 벗어날 즈음 가톨릭 수원교구 봉사자분들이 시원한 음료 봉사를 해 주었다. 이제 모란을 지나 남한산성을 오르는 길만 남았다. 거리는 얼마 안 되지만 줄곧 오르막이라 시간을 꽤 잡아먹는다. 지난해에는 처음이라 쉼 없이 이어지는 가파른 길에 적잖이 당황했었다. 그러나 이제는 다소 여유가 생겼다. 그래도 힘들긴 마찬가지. 언덕길을 꾸역꾸역 오르고 있는데 박한신 형님이 어느새 뒤에 와 계셨다. 깡마른 몸에 예순이 훌쩍 넘으신 분이 달리기 실력은 상당하시다. 얼마 남지 않은 거리를 먼저 보내드리고 나는 천천히 정상을 향해 오른다.

남한산성성지에는 토요일 오전 10시 33분에 도착했다. 중간 쉼터인 101.2km 지점. 전체 구간의 전반전을 마쳤다. 여기서 점심을 먹고 잠시 휴식을 취한 후 2차 레이스에 들어갈 예정이다. 들어오는 주자마다 시각장애인마라톤클럽 회원들이 안마 서비스를 해 준다. 고단한 몸이 그들의 손길을 받으니 피로가 확 풀린다. 그런데 안마의 손길이 내 엄지발가락을 누르는 순간 나도 모르게 '악'하고 낮은 신음을 지를 수밖에 없었다. 역시나 피멍이 든 게 분명했다. 작은 트레일 러닝화 때문에 산에서 내려올 때 발에 무리가 간 모양이다. 여분으로 가져온 러닝화로 바꿔 신었다. 앞으로 넘어야 할 산은 하나밖에 없으니 러닝화로 가능할 것이다.

뜨끈한 국밥이 그렇게 맛있을 수가 없다. 울트라 러닝을 위해서는 잘 먹어야 한다. 많은 이들이 극도의 피로감에 먹지를 못한다. 그것이 또 에너지를 못 만드는 악순환으로 이어져 중도에 포기하게 된다. 몇 년 전 한 형님은 죽을 종이컵 반 정도밖에 드시지 못하는 것이었다. 결국, 그분은 완주를 못 했다. 나는 지금까지 입맛이 사라지지 않았으니 다행이다.

화장실에 가서 간단히 씻고 상의를 갈아입었다. 개 중에는 엉덩이 밑을 씻는 이들도 있다. 아직 시간 여유가 있으니 여기서 충분히 휴식을 취하고 가야겠다. 야외 벤치 한편에 누워있었더니 박한신 형님이 출발하신단다. 뒤따라가겠다고 하고는 시간을 조금 더 지체했다. 몇 명의 주자는 여기에서 포기를 선언했다. 주자들이 많이 떠난 것을 보며 나도 다시 레이스에 들어섰다.

● 후반전 ●

이제 다음 목적지는 경기도 광주 천진암성지다. 126.4km 지점. 남한산성에서 25km를 가야 한다. 천진암 성지는 한국 천주교의 발상지로 알려져 있다. 이름에서도 알겠지만, 천진암은 원래 불교 사찰이었다. 이곳은 1777년 권철신과 이존창, 이승훈, 정약전, 정약용, 이 벽 등이 천주학을 신앙적으로 관심을 가지며 연구하던 곳이기도 한 동시에, 이들이 조정으로부터 박해를 받을 때 불교 승려들이 잘 보살펴 준 곳이기도 하다.

한번 쉬면 다시 달리기가 쉽지 않지만, 몸은 이내 달리기 모드에 적응한다. 경기도 광주 퇴촌에 접어들기 직전 광동교 위에서 바라본 한강 지류 경안천의 푸른 물빛이 마음의 피로를 씻겨준다. 천진암까지는 2차선의 완만한 오르막 도로가 계속 이어진다. 이때쯤이면 많은 이들이 피로감에 눌린다. 속도가 현격히 떨어진다. 먼저 출발했던 주자들이 식당, 편의점 등에서 삼삼오오 무리 지어 나온다. 이미 많이 지친 모습들이다. 나도 갈증이 심해 가게에 들렀다. 바나나 우유가 먹고 싶다는 생각이 간절했으나 없어서 딸기 우유로 대신했다. 좁은 도로에 주자들이 하나둘씩 가고 있다. 이들을 하나둘 따라잡으며 얼마를 가니 어떤 동호회 회장님이 도로 옆에 차를 세우고는 시원한 박카스 한 병씩을 건네주신다. 가뭄에 단비를 만난 듯하다. 고맙다는 인사를 하고 또 얼마를 달려 올라간다. 반대편 버스 주차장 벤치에 박한신 형님이 누워있는 모습이 시야에 들어온다. 가까이 가자 내 발소리를 들었는지 일어나신다. 이때부터 우리는 명동성당에 골인할 때까지 줄곧 함께 달렸다.

천진암성지에서는 숭늉과 김치가 허기를 달래주었다. 왜 이렇게 맛있는지, 어떤 것도 입에 닿기만 하면 술술 넘어간다. 앉아서 더 먹고 싶지만 가야 한다. 몸이 불편하지 않게 적당히 채우고 앵자봉을 오른다. 4~5명의 주자를 추월해 앵자봉 중턱에 이르자 박한신 형님이 조금 힘드신 듯하다. 10분만 쉬어가기로 하고 공터에 누웠다. 능선의 바람 소리가 귀를 살랑살랑 간지럽힌다. 이내 한기가 몰려왔다. 그런데 우리 뒤에 있던 주자들이 지나가지 않는다. 혹시? 나중에 알고 봤더니 역시 코스를 이탈해 한동안 산을 헤맸단다.

우리는 다행히 날이 어둡기 전에 앵자봉을 내려왔다. 주어 마을 식당에 들어서서 갈비탕을 시켰다. 그런데 반도 먹지 못하겠다. 밥맛이 없다. 주인아저씨에게 20분만 누웠다 가겠다고 했다. 그런데 각성효과 때문인지 눈을 감아도 도무지 잠이 오지 않는다. 안 되겠어 그냥 가려고 식당을 나서려는데 정성택 형님이 들어오신다.

"천천히 갈 테니 빨리 드시고 오세요."

"알았네."

서서히 어둠이 깔리기 시작했다. 양평의 양근성지를 향해 가는 길. 도로 양편의 논에서는 개구리 울음소리가 요란하다. 참으로 오랜만에 듣는 정겨운 울림이다. 따뜻한 훈풍 속에 봄 내음이 물씬 실려 온다. 천천히 가고 있는데도 정성택 형님은 도무지 오는 기미가 없다. 맞은 편에서는 차들이 쌩쌩 달려온다. 플래시를 켜긴 했지만 위험하다. 울트라마라톤에서는 교통사고를 조심해야 한다. 몇 년 전 함께 울트라마라톤을 달리며 잠시 얘기를 나눴던 여성 주자가 있었다. 안타깝게도 그녀는 국토횡단 울트라마라톤에 참가했다가 음주운전 자의 차량에 치여 비명횡사했다.

박한신 형님과 조금씩 달리기 패턴에 균열이 생긴다. 나는 발이 신발에 밀리는 감이 있어 내리막길은 살살, 평지를 힘차게 달리고 싶은데 형님은 내리막길을 힘차게, 평지는 오히려 천천히 가려 하신다. 서로 그래봤자 그 속도가 그 속도이지만······.

내리막길을 달리는 어느 순간, 오른쪽 발바닥이 조금 쓸리는 느낌이 들었다. 열감이 느껴지는 걸 보니 아무래도 물집 전조 현상인 듯하다. 조금씩 디딜 때마다 심해지는 듯하더니 어느 순간 확 쓸리는 느낌이 나고부터는 통증의 연속이다.

불편한 발바닥에 신경 쓰고 있을 즈음 정성택 형님이 따라붙었다. 이제 삼총사가 되었다. 양근성지를 앞두고 발바닥 물집은 왼쪽 발에도 생겨났다. 이제는 달리는 그 자체가 고역이 되어버렸다. 이즈음 정성택 형님도 물집을 호소해 왔다. 박한신 형님만 아무렇지 않다. 몸이 가벼운 데다가 달리는 폼이 천진난만함 그 자체다. 전혀 150km를 달려온 사람으로 보이지 않는다. 사실 나도 물집만 아니면 외형은 너무나 편안해 보인다고 주변에서 놀라기도 했지만…….

양근성지에서 양말 한 켤레를 얻어 덧신었다. 이제 여기를 지나면 175km 지점인 마재성지까지는 25km 정도 평탄한 자전거길이 이어진다. 예전에 기차가 다녔던 곳을 길로 만들었기 때문에 간이 터널이 9개나 있다. 세 명은 서로를 의지하며 나란히 달린다. 많은 이들이 마재성지까지만 오면 완주를 한다는, 누가 정한 것인지도 모르는 불문율을 얘기했지만 내가 마재성지에 빨리 가고 싶은 이유는 따로 있었다. 바로 그곳에 우리 잠실지역 식구들이 봉사하고 있기 때문이었다. 그들의 얼굴을 빨리 보고 싶었다.

셋은 많이 지쳤다. 나를 가운데 두고 왼쪽에는 박한신, 오른쪽엔 정성택 형님이 포진했다. 피로와 졸음이 밀려와 우리는 누가 먼저랄 것도 없이 본능적으로 달리며 눈을 스르르 감았다. 서로 몸을 밀착해 달리는지라 잠깐 졸다가 서로 부딪치면 눈을 떴다가 또 감다를 반복한다. 터널 개수를 센다. 하나, 둘, 셋, 넷……. 그러다 포기. 이제 몇 개를 지났는지, 몇 개나 남았는지도 모르겠다. 가도 가도 터널은 계속 나온다. 시간은 자정을 향해 가는데 양수대교는 보일 기미도 없다. 강한 졸음이 그나마 물집의 고통을 덮어주고 있었다.

밤 12시 30분이 되었을까. 마중 나온 잠실 가족들 몇 분과 만났다. 내가 온다는 소식에 혹시 길을 못 찾을까 일찍부터 2km 앞까지 달려와 계셨던 것이다. 그 열정에 나는 감동했고, 여기까지 달려온 나를 보며 그분들은 환호했다.

마재에 빨리 오고 싶었던 또 다른 이유는 피로와 물집의 고통을 조금이나마 덜고 갈 시간을 벌기 위함도 있었다. 제한시간보다는 상당한 여유가 있었지만 내가 생각한 것보다는 다소 시간이 걸렸다. 마재성지에서는 많은 잠실 가족분들이 환호해 주셨다. 간단한 요기만 하고 1시간 반만 눈을 붙이기로 했다. 물집이 제발 약해지기를 바라면서.

새벽 3시!

다시 출발해야 할 시간이다. 여러 소음에 잠을 잘 수도 없었다. 조금이라도 더 먹여 보내려는 형수님들의 정성에 이미 충분하다며 거듭 감사를 표하고, 우리 셋은 마지막 여정을 위한 전투태세에 돌입했다. 팔당댐을 향해 달리는 새벽 강가는 밤이슬이 내려 을씨년스럽고 춥다. 자면서 떨어진 체온을 빨리 끌어올릴 필요가 있었다. 달릴 때마다 발바닥 물집이 자기의 존재를 계속 알려 온다. 그래도 이렇게 셋이서 달리니 얼마나 힘이 되지 않는가!

마지막 14번째 성지인 하남 구산성지에 이르자 날이 밝았다. 이제 남은 길은 마지막 30km 남짓. 달리는 내내 완주를 의심한 적은 없었지만, 물집이라는 복병을 만날 줄은 꿈에도 몰랐다. 구산성지에 다다를 무렵에는 엉덩이까지 쓰렸다. 화장실에 가서 보니 달리며 땀으로 마찰이 되어 그런지 엉덩이 홈이 진 부분이 다소 헐었다. 방법을 찾다가 화장지 두 장을 그사이에 끼우고 종이가 고정되도록 바지를 입었다. 다소 효과가 있다.

서울 한강 변으로 들어서기 직전, 암사동 고개 중턱에서 강동마라톤 식구들이 빵과 음료로 기쁨을 제공해 주신다. 적절한 순간에 격려를 받으니 힘이 더 충천해진다. 또 얼마 가지 않아 천호대교를 지나니 대한울트라마라톤연맹 김순임 회장이 좌판을 벌여놓고 역시 반겨주신다. 울트라의 여전사답게 응원도 화끈하시다.

이제 우리의 화제는 몇 시에 골인할 것인가로 바뀌었다. 셋은 속도를 올리며 500m는 달리고, 100m는 걷자는 식으로 보조를 맞춰 달리기로 한다. 그런데 잘 안 된다. 문제는 내가 그 보조에 맞추기 어렵다는 것이다. 물집의 고통으로 도저히 힘을 낼 수가 없다. 발을 내딛는 순간순간마다 고통에 얼굴을 찡그려야 했다. 두 분을 먼저 보냈다. 천천히 따라가겠다고 하면서.

한참을 혼자 어기적거리며 뛰고 있자니(말이 뛰는 것이지 걷는 것과 별반 차이가 없다.) 어떤 중년의 아저씨가 옆에 다가와 말을 건다. 보아하니 달리기하러 한강에 나온 듯싶다. 어디에서 뛰어오느냐, 얼마나 뛰없느냐. 어디까지 가느냐는 등등……. 자신도 가톨릭 신자인데 마침 혼자 한강에 운동 나왔다가 보게 되었다며 잠수교 너머까지 3~4km를 함께 달려주신다. 그분의 호의에 아프다고 가만히 있을 수 없었다. 덕분에 물집의 고통에도 아랑곳없이 속도를 올릴 수 있었다. 잘 완주하라며 손을 흔들고 가는 그분의 뒷모습을 향해 두어 번 고개를 숙였다. 김학찬 형님! 후에 이 형님은 사당지역 모임을 통해 동호회 안에서 한 솥밥을 먹게 되었다.

한번 속도를 올리게 되니 물집의 아픔쯤은 충분히 넘을 수가 있었다. 녹사평 오르막을 거침없이 올라 몇몇 주자들을 제쳤다. 속도를 늦추지 않고 달려가니 박한신, 정성택 형님의 모습이 보인다. 셋은 다시 뭉쳤다.

남산도서관 앞에 이르니 이상익 형님이 주로 안내 차 반겨주신다. 정말 다 왔다는 안도감. 남산길을 내려가는데 학범 형이 언제 왔는지 마지막 인증 사진을 찍어 주신다. 드디어 명동성당으로 들어섰다. 태양은 강하게 내리쬐고 있었다. 셋은 힘차게 발을 내디뎠다. 우리는 차례로 붉은 카펫을 뛰어 골인 테이프를 끊었다. 사람들의 환호 속에 39시간 34분의 여정이 끝났다.

물집이 아물기까지는 꽤 오랜 시간이 걸렸다. 그보다 찢어진 속 근육이 더 탄탄히 생성되기까지의 시간은 더 길었다. 돌이켜봐도 내가 어떻게 222km를 달렸는지 알 수가 없다. 기록과 완주기념패, 몇 장의 사진만이 사실임을 알려 줄 뿐이다. 222km를 혼자 달리긴 했지만, 결코 나 혼자 달린 것은 아니었다. 나의 완주는 행사를 성공적으로 치르기 위해 고생한 스텝들, 그리고 각 CP와 주로 곳곳의 봉사자들이 함께 일군 합작품이다.

성지순례 222km는 만남의 길이었다. 나는 그 길에서 아름다운 자연과 영혼이 따뜻한 사람들을 만났다. 그분들의 따뜻한 격려와 친절히 건네는 한 잔의 시원한 음료가 나의 완주를 도왔다.

그 길에서 나는 또한 위대한 또 다른 나를 만났다.
그리고 나는 나를 넘었다.
길에서.

6. 트레일런!

피할 수 없는 고통, 그러나 매력적인

산이나 오솔길을 달리는 재미는 좀 특별하다. 딱딱한 아스팔트 길을 벗어나 대자연을 만나는 색다름이 있다. 일명 트레일런. 끊임없이 이어지는 산길을 오르고 내려가려면 더 강한 체력이 요구된다. 평지를 달릴 때와는 달리 신경 써야 할 장비도 많다. 산길에는 늘 위험이 도사리고 있다. 그럼에도 트레일런에 자꾸 끌리는 건 도로보다 더 순수하고 원시적인 달리기를 만난다는 느낌 때문이다.

신발을 신기보다는 맨발로 달리는 것이 더 자연스럽듯, 잘 세팅된 도로보다는 포장되지 않은 산길을 그대로 달리는 것이 더 원초적이고 근본적인 움직임에 다가가는 길이리라! 잘만 훈련하면 오르막과 내리막을 달리는 것은 평지보다 부상의 위험이 적다. 몸의 근육을 골고루 발달시키는 동시에 급변하는 자연에 대처하는 순발력도 생긴다. 최근에는 트레일런을 즐기는 젊은이들이 많다. 개 중에는 도로 달리기를 하지 않고 트레일런만을 고집하는 이들도 있다. 형형색색의 유니폼과 장비로 무장한 재기발랄한 젊은이들과 산을 누비며 얻는 싱그러운 기운은 평지와 비교할 계제가 아니다.

나에게 2016년은 울트라마라톤에 이어 트레일런의 재미에 흠뻑 빠져든 해이기도 하다. 추석을 앞둔 9월 초, 나는 DMZ 울트라 트레일에 참가했다. 대회는 100km를 2박 3일간 나눠서 달리는 스테이지런 방식으로 열렸다. 코스는 경기도 최북단인 김포 평화누리길과 연천 고대산을 중심으로 한 산악지역, 그리고 파주 임진각에 이르는 DMZ 일원으로 구성되어 있다. 나는 업무상 일정이 허락지 않아 본격 트레일런을 맛볼 수 있는 둘째 날 코스인 연천 고대산 51km에 참가했다.

장비 검사를 마치고 나니 서서히 빗방울이 떨어진다. 걱정스레 하늘을 바라보는데 다행히 출발 직전에 이르러서는 다소 갠다. 트레일런의 경험이 많지 않은 상태라 코스 도를 보았어도 고도의 높고 낮음의 구분 정도뿐 어떤 지리적 환경이 펼쳐질지는 분석할 수 있는 능력이 아직 없다. 그냥 앞선 사람들의 흐름에 끼어 물 흐르듯 달려갈 뿐이다. 그들이 속도를 내면 빨리, 다소 여유를 부리면 나도 그렇게…….

아니 그런데 초반부터 오르막이다.
어차피 산을 오르고 내리는 일의 반복이란 것쯤은 알고 있었으니 그리 당황할 상황은 아니다. 물기를 머금은 지면이 약간 신경이 쓰이긴 했지만, 그런대로 상쾌하게 경치까지 감상할 여유가 있다.

고대산 정상 가까이 이르렀다. 저 멀리 펼쳐진 산등성이들의 푸름의 향연이 눈앞에 시원히 펼쳐진다. 구름과 안개가 어우러진 풍광은 그야말로 한 폭의 그림이다. 멋있는 운치에 탄성이 절로 나온다. 그러나 내뱉은 탄성을 쓸어 담을 시간도 없이 사람들은 곧바로 내리막길로 질주한다. 선두그룹에서 그리 멀지 않게 달리던 나도 흐름에 몸을 맡긴다. 그런데 내리막길이 무척 험하다. 불퉁불퉁한 바위와 돌들이며, 무엇보다 철제 구조물들이 있어 자칫하다가는 큰 사고로 이어질 수도 있겠다. 곳곳에는 심한 경사에 대비한 밧줄이 설치되어 있다. 주자들은 이에 아랑곳없이 서로 엉켜 내려가기 바쁘다.

1차 CP를 100여 미터 남겨 놓았을까나. 여러 주자와 엉켜 급하게 내려가는 도중에 나는 오른쪽 옆으로 살짝 빠져 이들을 앞질러 가려 했다. 사고는 찰나였다.

오른발에 닿은 작은 돌이 밀리는 것과 동시에 무게 중심이 뒤로 가는가 싶더니 나는 큰대자로 뒤로 넘어지고 말았다. '어!' 하는 소리와 함께 등의 배낭이 받쳐주는 공간 사이로 머리가 뒤로 젖혀졌다. 순간 왼쪽 정수리 뒷부분을 돌에 꽝 박았다. 좀 아프긴 했지만, 옆의 날카로운 구조물에 부딪히지 않은 것을 다행이라 생각하며 얼른 일어났다. 달리면서 머리에 손을 대어보니 땀과 함께 피가 섞여 나온다. 큰 탈이 없기를 바라며 1차 CP를 그대로 지났다.

아직 초반이라 뒤처지지 않고 달리는 게 중요했다. 그러나 상처 부위에서는 좀처럼 피가 멈추지 않았다. 땀에 상처 부위가 젖어 그럴 것으로 생각했지만 상처가 조금 깊다는 것은 짐작할 수 있었다. 다행히 빨간색 모자를 쓰고 있어 눈치채는 사람은 아무도 없었다. 25km를 지난 시점에 2차 CP가 있었다. 다소 치료를 하고 가는 게 좋을 것 같아 스텝들에게 머리를 보였다. 좀 길게 찢어졌단다. 스텝 중 한 명이 계속 달릴 수 있겠느냐며 걱정스레 물어온다. 괜찮다며 연고가 있으면 간단히 발라만 달라고 요청했다. 아직 반도 못 왔는데 여기서 포기하고 싶지는 않았다. 아니 어떤 대회든 포기는 하고 싶지 않다. 미련한 고집일지는 몰라도 그때는 그랬다.

2차 CP를 지나니 다시 오르막이다. 이후 2~3km의 임도가 펼쳐진다. 흐리던 날씨는 언제 그랬냐는 듯 햇볕이 따갑게 내리쬔다. 몸에 열은 나고 정신은 몽롱해진다. 다리에 힘이 빠진다. 몸도 별로 만들지 않고 무작정 도전했다는 자책이 들었다. 시원한 계곡물이 간절하다. 아니 찔끔찔끔이라도 좋으니 손을 적실 옹달샘이라도 있었으면 좋겠다. 컨디션이 별로다. 꽤 선두그룹에 있었는데 이때부터 주자들이 연이어 하나둘 나를 앞질러 간다.

급격히 떨어진 속도로 어떻게든 3차 CP에 이르렀다. 콜라며 음료를 폭풍 흡입하고 물을 새로 채운다. 다시 급 오르막이다. 그런데 이 고개만 넘으면 내리막길이 이어진단다. 그래 봐야 아직 14km나 더 가야 하지만 힘들 땐 힘이 되는 소리만 가려듣는 것도 효과적이다. 갑자기 몸에 힘이 나기 시작한다. 느릿느릿 올라가는 주자 몇몇을 제치며 마지막 힘을 다해 올랐다. 상처 부위의 피는 끝날 때까지도 조금씩 배어 나왔지만 큰 이상은 없었다. 집 근처 병원에서 몇 바늘 꿰매는 것으로 잘 마무리했다.

이듬해는 더 힘든 여정이 기다리고 있었다. KOREA 50K! 지금까지 2번을 뛰었으나 매번 힘들기는 마찬가지. 첫해는 트레일런의 특성도 잘 모르고 몇 번의 가벼운 경험을 밑천 삼아 무식하게 도전했었다. 두 번째는 코스가 얼마나 어려울지 마음의 준비는 했지만, 피로한 몸을 이끌고 간 상태라 전체 레이스 내용은 더 좋지 못했다.

때는 두 번째 참가한 2018년, 제4회 KOREA 50K 대회
새벽 4시 반, 장비 검사를 마쳤다. 사방이 아직 짙은 어둠이 깔린 시간이지만 동두천종합운동장은 곧 있을 트레일런 주자들로 가득하다. 형형색색의 복장으로 무장한 모두의 얼굴에는 웃음이 한가득하다. 서로 인사하고 웃고 떠들고 사진을 찍느라 여념이 없다. 이들의 모습만 보아서는 잠시 뒤에 있을 치열한 여정이 도저히 상상이 되지 않는다. 이제 30분 뒤면 자신과의 즐겁고도 치열한 사투가 벌어지게 된다. 잠시 오늘의 레이스가 어떻게 펼쳐질지 생각해 보지만 도통 짐작이 되지 않는다. 그냥 몸이 어느 정도 잘 견뎌주기를 바랄 뿐이다. 사실 대회를 즐기려는 내 마음만 챙기느라 피곤한 몸을 이끌고 온 터였다. 쉬는 시간도 제대로 주지 않고 오늘의 힘든 여정을 수행하라고 끌고 왔으니, 그러면서도 은근히 잘 뛰라고 종용하고 있으니 내 몸에 할 말이

없다.

지난 금요일 밤부터 1박 2일 동안 성지순례 울트라대회 사전주 100km를 뛰는 주자들의 물품 및 간식 지원을 위한 차량 이동 봉사를 했다. 거기에다가 밤늦게까지 학생들 수업을 하고서는 12시쯤에 잠자리에 들었다. 새벽 4시에 장비 검사를 받아야 하니 2시 반께 일어나 부랴부랴 동두천으로 내달려 온 것이다. 이틀 동안 3시간도 잠을 자지 못했다. '오늘은 완주만 잘할 수 있기를……' 뒤에서 살살 달리며 몸에 무리를 주지 말자고 다짐한다. 그러나 이건 지켜지지 않을 약속이라는 것을 이미 알고 있다. 코스가 코스인지라 아무리 살살 달려도 힘든 고통을 비껴갈 수는 없기에.

5시, 드디어 출발이다. 뒤에 처져 천천히 달린다. 그런데 곧 선택을 잘못했다는 생각이 들었다. 여러 무리 뒤에 있다 보니 산에 올라가는데 속도를 낼 수가 없다. 할 수 없다. 어쩌겠는가! 어둠을 타고 1시간여를 달리니 여명이 밝아온다. 산은 온통 봄을 자랑하고 있다. 나무, 꽃, 풀 향기가 폐부 깊숙이 파고든다. 가슴이 뻥 뚫리는 기분이다. 역시 오늘 오길 잘했다고 생각한다. 외국에서 온 주자들도 많이 보인다. 앞서거니 뒤서거니 하며 달리는 동양 여자는 작고 가녀리지만, 몸놀림이 상당히 가볍다.

2차 CP까지는 풍경을 즐길 만큼 여유가 있다. 그러나 이제 지옥이 서서히 다가오고 있음을……. 2차 CP를 지나 임도를 계속 가는가 싶었는데 코스 표시는 오른쪽 산을 가리킨다. 급경사다. 급하게 뛰어오르려니 머리의 맥박이 두근두근 정신없이 뛴다. 더 속도를 내었다가는 큰일 나겠다. 오늘도 쉽지 않은 여정이 될 것 같은 불안한 느낌이 조금씩 다가온다.

오르막은 끝이 없다. 이제 다 왔나 싶으면 또 새롭게 이어지고, 능선인가 싶으면 다시 오르막이다. 코스는 나를 놀리기라도 하듯 좀처럼 마음을 못 놓게 만든다. 내리막이다 싶어 좀 더 즐기려고 하면 다시 오르막으로 방향을 바꾼다. 3차 CP를 가기 위해 반드시 넘어야 할 고행의 길에 들어섰다. 왕방산을 오르는 능선! 몇 번이고 멈춰 선다. 고개를 숙이고 진정되지 않는 가쁜 숨을 억지로라도 죽이려 애쓴다. 다리엔 이미 피로가 쌓여 멈추는 횟수가 점점 더 잦아진다.

오르다 멈춰 서서 뒤에 오는 사람들을 내려다보면 모두 하나같이 중간마다 멈춰서 힘들어 죽겠다는 표정이다. 혼자만의 고통이 아니라 여럿이 똑같은 상황 속에 있기에 누가 더 힘들다고 응석을 부릴 수도 없다. 서로 모르는 얼굴들이지만 같은 고통을 느끼고 있다는 생각에 괜히 동질감까지 싹튼다. 소리를 지를 힘도 없지만 그나마 여유가 있는 사람이 먼저 힘내라며 파이팅을 외쳐준다. 그 응원을 먹고 몸이 얼마의 힘을 더 내주겠느냐마는 그래도 그러한 성의가 고맙다.

코스에 대한 심적 부담은 지난해보다 확실히 줄어들었다. 그러나 문제는 역시 몸의 피로다. 초반의 느낌으로도 지난해보다 힘을 더 못 내고 있음을 알 수 있다. 왕방산을 내려오면 3차 CP까지는 3km 정도의 임도. 거의 내리막길인데도 힘차게 달릴 수가 없다. 몸은 이미 탈

진한 상태다. 주자들이 하나, 둘 추월해 간다. 그들도 조금이라도 빨리 CP에 들어가 쉬고 싶겠지.

CP를 알리는 방울 소리가 들린다. 가장 반가운 소리다. CP에 들어갈 때만큼은 개선장군처럼 당당히 달려 들어가리라 다짐하며 남은 힘을 짜내본다. 어라! 방울 소리가 들린 후 상당한 거리를 달린 듯한데 CP는 보이지 않는다. 힘이 다시 빠지려 한다. 500m 정도를 더 달려 3차 CP에 겨우 도착했다. 점심으로 밥에 달걀부침을 올려 주는데 밥맛이 없다. 힘들긴 힘들었나 보다. 맑은 된장국만 종이컵에 따라 2번을 마셨다. 운영 스텝들이 포기할 주자들을 체크한다. 몇몇 주자가 거기에 응한다. 하마터면 '저요'하고 소리칠 뻔했다. 포기는 당연히 없다고 생각했지만, 국사봉의 가파른 언덕을 오를 생각을 하니 아찔했다.

어느 정도 쉬었으니 이제 출발을 해야 한다. 그런데 마음은 조금 더, 조금만 더 하면서 지체하고 있다. 이때 구현 형이 CP에 들어온다. 반가운 얼굴을 보니 다소 힘이 난다. 먼저 가라는 형을 뒤로하고 국사봉 탈환 작전을 개시한다.

본격 산길을 오르기 전 시원한 개울물을 몇 번이고 얼굴과 팔에 적신다. 그러나 물은 이내 뜨거운 태양에 흔적도 없이 사라진다. 덥다. 갈증이 난다. 조금 전 먹었던 콜라가, 오렌지가, 방울토마토가 벌써 간절해진다. 또다시 긴 고행의 오르막이다. 얼마 못 가 구현 형이 따라왔다. 국사봉 언덕이 힘들긴 했지만 역시 코스를 어느 정도 예감해서인지 지난해보다 공략이 그렇게 어렵진 않았다. 국사봉을 넘으면 급한 내리막이 한동안 이어진다. 이미 지친 주자들이 뛰어가기엔 경사가 너무 심하다. 모두 무릎에 무리를 주지 않으려 지그재그로 뒤뚱뒤뚱 달리며 내려간다. 그래도 조금 전의 사투를 잠시나마 보상받는 기분이다. 그런데 이제 힘든 구간은 다 넘었다고 스스로 위로를 주려는 순간, 잊고 있었던 오르막을 알리는 팻말이 보인다. '아! 이건 아니잖아. 정말 야속하다.' 왼쪽으로 난 내리막길에서 시선을 쉽게 거두질 못한다. 트레일런을 달리다 보면 머릿속의 생각과 다른 코스가 이어질 때 심리적으로 많이 흔들린다. 이럴 땐 포기할 건 빨리 포기하고 현실을 직시하는 게 상책이다. 괜히 미련을 가져봐야 몸과 마음만 괴롭다.

어느 순간 뒤처졌던 구현 형이 뒤에 와 있다. 갖고 있던 파워젤을 다 털어 형에게 주었다. 나에게는 무용지물이다. 형은 힘들어하면서도 곧잘 간다. 역시 울트라마라톤을 많이 뛰어서 그런지 경기운영에 노련함이 있다. 형을 먼저 보내고 한참을 혼자 가다가 어느 지점에선가부터 한 명의 말벗이 생겼다. 통성명을 했으나 이름이 잘 기억나지는 않는다. 그는 이번 대회가 처음이란다. 지난해 영남알프스 트레일런을 통해 처음 트레일런에 입문했다는 그는 코스가 이렇게 힘들 줄은 몰랐단다. 내년에 다시 오겠느냐는 나의 물음에 절대로 다시 달리고 싶지 않단다. 현재로서는 나도 마찬가지다. 그러나 확답을 할 수 없다. 분명 변할 여지가 많기에.

우리는 4차 CP가 왜 이렇게 안 나오냐며, 거리가 잘못된 거 아니냐며 투덜거린다. 한참을 가도 CP를 알리는 방울 소리는 감감무소식이다. 중간에 운영 스텝에게 물어보니 아직 2km나 더 가야 한단다. 둘은 뛰고 걷기를 반복한다. 마지막 CP에 도착했다. 콜라며, 오렌지를 잡히는 대로 흡입한다. 물병에 물을 다시 채우고, 마지막 8km 공략에 돌입했다.

첫 대회 때는 여기서 고전을 했었다. CP를 벗어난 500m쯤 왔었을까? 갑자기 현기증이 일어 뛸 수가 없었던 것이다. 에너지는 바닥이 났다. '조금 걸으면 괜찮아지겠지.' 하며 얼마를 걸었다. 다시 뛰려고 하니 여전히 현기증은 가시지 않았다. 그렇게 타박타박 수 km를 걸은 후 골인 지점인 동두천종합운동장 뒷산에 이르렀다. 마침 벤치가 있어 그대로 드러누웠다. 시원한 바람과 새 소리, 몇 사람이 지나가는 듯한 발소리……. 그 사이로 운동장의 음악과 마이크 소리가 울려 퍼졌다. 몸이 좀 편해졌다. 이제 힘차게 달려갈 일만 남았다고 생각하며 다시 일어나 한 고개를 넘었다. 그런데 대회 주관자인 유지성 대표가 서 있는 것이 아닌가! 가로질러 가는 퇴로를 막아서고는 산 위로 올라가라는 손짓을 한다. '아, 얄밉다. 다 왔는데……. 마지막까지 제대로 고생을 시키는구나!'

이번에는 두 번째라 그런지 그런 절절함은 덜 했다. 단, 시간은 더 걸렸다. 몸도 더 힘을 내지 못했다. 그건 피로한 몸을 이끌고 출발선에 섰을 때부터 예견했던 바다. 단지 외면하고 싶었던 것뿐이었다. 지친 몸을 이끌고 마지막 산에서 내려오며 늘 그렇듯 운동장을 향해 힘차게 달렸다. 이렇게 13시간의 긴 사투가 끝이 났다.

골라인을 넘어선 상황은 언제나 비슷하다. 몸은 견딜 수 없는 노곤함에 둘러싸이고 마음 또한 다른 생각을 할 여력이 없다. 이렇게 모든 게 단순해지면 뇌에는 어떤 행복이나 희열 같은 것이 한가득 밀려온다. 몸은 극도로 피곤한데 정신은 최고로 맑아지니, 도저히 이해할 수 없는 역설이다.

7. 마라톤이 가르쳐준 5가지

아무리 훈련을 많이 하고 실전을 여러 번 달린 베테랑 주자라고 하더라도 골인 지점에 들어올 때 편안한 사람은 없다. 만약 몸과 마음이 편안하다면 그건 마라토너의 자세가 아니다. 혹자는 골인 지점에 편하게 들어올 만큼 내 모든 것을 쏟아붓지 않았다면 제대로 달린 것이 아니라고까지 말한다.

마라톤 입문 초기 몇몇 현상에 놀랐던 기억이 있다. 처음엔 마라톤을 즐기는 사람들이 전국적으로 너무나 많다는 데에 놀랐고, 두 번째는 머리 희끗희끗한 노인들과 가녀린 몸매의 여성들이 나를 추월해 가는 강단을 발휘하는 모습에 신선한 충격을 받았다. 사람은 외면으로만 판단할 것이 아니었다. 이 외에도 달리기를 지속하면서 나는 여러 값진 깨달음을 얻게 되었다. 크고 작은 것이 많지만 그중에서 몇 가지만 추려 본다.

1. 육체와 정신의 오묘한 조화

달리기를 하면서 나는 인간의 신체가 얼마나 오묘하고 신비로운지 매번 감탄한다. 자연히 신체에 더 관심을 갖게 되었다. 운동은 생체시스템을 어떻게 돌리는지, 더는 달릴 수 없을 만큼 지쳤을 때에도 완주하는 힘은 어디에서 나오는 것인지, 가녀린 여성의 몸에서 100km를 거뜬히 달릴 수 있는 힘의 원천은 무엇인지 등등에 대해 생각을 하며 나는 신체에 대한 가능성에 눈을 떴고, 내 몸을 사랑하기에 이르렀다. 세상의 모든 사랑은 관심에서부터 시작되며, 사랑하면 또한 관심을 더 갖게 된다. 나는 내 몸을 사랑하게 되면서 내 몸이 전하는 소리에 귀를 기울이기 시작했다.

우리는 정신에 비해 육체를 한 단계 낮게 생각하는 경향이 있지만, 운동을 체계적으로 한 이후부터 내 생각은 바뀌었다. 몸은 정신에 절대 뒤지지 않는, 나를 구성하는 핵심요소였던 것이다. 강한 신체가 바탕이 된 뒤에라야 강한 정신이 자리하게 되는 것이었다. 역으로, 마음이 도달하고자 하는 어떤 목표를 갖게 되면 마음은 몸을 거기에 합당한 수준이 되도록 유도한다. 그리고 그 마음작용에 몸은 적절히 대응하며 원활한 목표가 달성되도록 돕는다는 사실도 느낄 수 있었다. 이러한 신체와 정신의 오묘한 조화를 느끼면서 어느 것 하나 소홀히 다룰 수 없음을 나는 마라톤을 통해 깨달았다.

2. 인간의 무한한 가능성

우리 사회는 실패에 대해 매우 인색하다. 어떤 사람을 평가할 때 그 사람이 살아온 몇 가지 행위나 그가 몸담았던 직업 등의 단편적인 자료를 가지고 사람을 쉽게 판단한다. 심지어는 고등학교 3년의 학업 성적으로, 혹은 졸업한 대학의 이름으로 그의 인생을 재단해 버리려 한다. 인생에는 수많은 변화가 있고 지금 내 곁에 있는 사람이 언제 어떻게 성장할지 알 수가 없는데도 말이다. 인간은 분명 한계를 지닌 존재이지만 한계에 갇힌 삶을 사느냐, 끊임없는 도전의 역사를 써 내려가느냐는 자신을 바라보는 스스로의 규정에 달려 있다. 우리는 함께 어울려 달리며 불가능을 얘기해 본 적이 없다. 인간은 믿어주는 만큼 그 수준에 도달하려는 의지가 있다.

달리기는 나로 하여금 주변 사람들을 여유롭게 바라보게 한다. 그리고 누구에게나 가능성이 있음을 인정하게 한다. 그것은 인간에 대한 근본적인 긍정이고 신뢰다. 이것은 앞에서 언급한 신체와 정신 모두에 해당하는 말이다. 42.195km의 그 무지막지한 거리도 한발 한발 내딛는 내 작은 다리에서 결국 소화하게 되는 것을 보며 세상의 어떤 어려움도 인간은 헤쳐나갈 수 있다는 확신을 얻었다.

3. 절제의 미덕

마라톤 42.195km를 달릴 때 우리는 초반에 종종 오버페이스의 유혹에 사로잡힌다. 자신의 역량 이상의 욕심을 부리면 어김없이 30km

이후에는 고통을 겪는다. 심하면 완주를 포기해야 하는 상황에까지 이를 수 있다. 함께 운동하는 동호회의 한 형님은 늘 전반 하프까지 무척 속도를 높여 달리는 경향이 있었다. 나 또한 그랬던 적이 있어 몇 번 조언을 해 드렸지만 크게 달라지지는 않았다. 그분의 말씀을 들어 봤더니 역시 내가 예상한 대로였다. 후반에는 어차피 힘이 빠질 거니까 전반에 힘이 남아 있을 때 많이 달려 놓는 게 좋겠다는 생각을 하고 계셨던 것이다.

나는 두어 번의 실제 대회를 통해 이것을 실험해 본 적이 있다. 초·중반 레이스에 절제를 하며 뛰었을 때 오히려 후반에 힘이 나면서 더 상쾌한 레이스가 되었고, 완주 기록도 크게 차이가 나지 않았다. 초반에 1~2분을 앞당기는 것이 심리적으로는 좋을지 모르나 이로 인해 후반에 7~8분, 혹은 그 이상의 시간을 까먹게 된다면 아무런 의미가 없다.

주자 중에는 훈련량이나 목표에만 집착해 스스로 몸을 혹사하는 경우가 있다. 기관차처럼 밀어붙이기만 해서는 자신이 원하는 힘을 낼수가 없다. 쉬는 것도 훈련의 하나다. 마라톤을 오래 한 사람들은 대체로 여유롭다. 긴 거리를 달리듯, 어떤 일이나 관계에 임할 때 절대 서두름이 없다. 그들의 훈련은 고요한 듯하지만, 상당히 체계적이다. 단계적으로 강도를 적절히 증가를 시키며 육체와 마음을 단련한다. 그들의 달리기는 그래서 늘 즐겁다.

4. 정직의 가치

마라톤을 여러 번 달려 본 사람들은 다 안다. 개인의 역량은 절대로 하루아침에 완성되지 않는다는 것을. 그리고 평소 훈련에서 보여준 자신의 역량과 비교해 월등히 뛰어난 결과가 대회에서 만들어지지도 않는다는 사실을. 다시 말하면 마라톤은 절대로 요행을 바랄 수 없는 운동이라는 것이다. 축구 등 상대방과 경쟁을 하는 운동의 경우엔 상대편의 실수를 통해 우리 팀이 좋은 결과를 얻게 되는 때도 있다. 그러나 마라톤에서 이런 일을 기대하기는 거의 불가능하다.

경쟁을 해야 하는 엘리트 선수들이라고 할지라도 라이벌 한두 명이 쓰러진다든가 하는 일이 벌어질 수는 있겠으나 그래도 결국 결승점까지는 내가 온전히 달리지 않으면 좋은 결과를 기대할 수 없다. 그래서 마라톤을 하는 사람이라면 요행을 바라는 마음을 애초에 버려야 한다. 훈련에서도 게으름을 피울 필요가 없다. 그 결과는 대회에서 스스로가 책임지는 것이기 때문이다. 그래서 마라톤을 오래 달리는 사람이라면 자연스레 정직이 몸에 배어 있다. 그들에게 편법은 자신을 죽이는 일이다. 정직한 그들은 일상에서도 늘 유쾌하고 당당하다.

5. 영혼이 이끄는 삶을 위한 용기

달리기를 즐기기 이전에는 마음이 즐거워하는 일은 뒤로 유보해 두는 경향이 있었다. 언젠가 좋은 삶을 살리라며 현재는 늘 질곡의 시간을 받아들였던 것이다. 비즈니스를 하는 동안에는 연애도, 친구랑 술

한잔하는 것도, 여행도 모두 사치로 여겼다. 일상에서 마음의 여유를 가지지 못하니 몸과 마음이 즐겁거나 열정적인 삶이 펼쳐질 리도 만무했다. 마라톤에의 도전은 결과적으로 기존 삶과의 이별 선언이었다. 요즘도 가끔 생각한다. '달리기의 맛을 아직까지 몰랐다면 내 인생이 어땠을까?' 하고……

달리기를 한 이후 나는 달라졌다. 좋아하는 것이 있으면 뒤로 미루지 않는다. 드디어 영혼이 이끄는 삶을 살기 위한 용기가 생긴 것이다. 미국의 빌렐리 젠킨스라는 할아버지의 얘기가 가슴을 때린다.

"그랜드 캐니언에는 휠체어를 타고 내려가는 코스는 없어. 가려면 두 다리가 건강할 때 다녀와야 해."

내 마음이 지금 이렇다.

달리기라는 육체적인 행위 하나가 내 삶에 미친 영향은 실로 크다. 그것은 결코 육체라는 작은 울타리에만 머무르지 않는다. 마라토너들 특유의 대범함이 자연적으로 자리 잡았다. 웬만한 일에는 흥분하거나 화를 내지 않는다. 현실의 모습 그대로를 인정한다. 작은 것에도 감사하는 마음이 더 커졌다.

좀 더 나은 사람이 되도록 도와준 달리기, 네가 정말 고맙다.

8. 소소하지만, 확실한 행복

화창한 주말 오후 친구와 함께 한강 변을 달린다. 동호회원들과 달리는 정기훈련이 아닌 친구와 단둘이 벌이는 훈련이자 놀이다. 간단히 스트레칭을 하고 잠실선착장을 출발하여 여의도를 향한다. 한강 변을 달리는 것은 확 트인 정경과 함께 시원한 강바람, 그리고 산책 나온 사람들을 보는 즐거움이 더해진다. 화려한 복장으로 무장한 여러 무리의 사이클 마니아들도 있다. 그들에 비해 우리의 복장은 너무나 평범하다. 아니 초라한 수준이라고 해야 할까. 러닝셔츠에, 반바지에, 러닝화, 가끔 치장을 한대야 모자나 선글라스 정도다.

여유롭게 잔디밭에 앉아 음식을 먹거나, 혹은 누워있는 사람들이 볼 때 우리의 달리기는 참으로 외롭고 왜소해 보일 것이다. 아니 별 관심조차 없겠지만…….

그러나 우리는 우리 나름대로 이 시간을 즐긴다. 느긋하게 풍경을 감상하며 한강 변을 달리는 기분이란 느껴보지 않은 사람은 상상할 수 없을 것이다. 거리를 정해놓고, 갈 때는 친구가, 돌아올 때는 내가 레이스를 이끈다. 아니면 그날 컨디션이 좋은 사람이 앞장을 선다. 레이스 도중엔 꼭 주자들 몇몇은 만나게 된다. 모르는 사람이라도 달리는 동질감에 손을 들어 인사한다. 돌아오는 길엔 약간의 피치를 올려 훈련의 효과를 높인다. 평소의 주력을 일정하게 유지하기엔 이런 방법이 제격이다.

가끔은 봉화산이나 수락산 등의 둘레길을 찾는다. 트레일을 달리는 묘미는 일반 평지의 그것과 확연히 다르다. 끊임없는 오르막과 내리막을 순환하며 발을 헛디디지 않도록 착지에 신경 써야 한다. 트레일은 평지와 다른 각도에서 근육을 발달시키기에도 좋다. 개인적으로는 평지보다 트레일런이 더 재미있다.

지난 주말에는 승모 형과 영국 형이랑 망우산 순환도로를 달렸다. 원래 공동묘지로 유명했던 곳이지만 성묘객들을 위한 도로가 잘 닦여 있고, 숲과 나무가 우거져 있어 산책을 즐기는 사람들도 많다. 달리기 훈련 장소로 말할 것 같으면 다양한 경사로가 갖춰져 있고, 1km마다 바닥에 거리 표시가 되어 있어 최적의 장소로 손색이 없다. 순환코스로 되어 있지만 4km를 갔다가 되돌아오는 방식으로 왕복 8km를 세 바퀴 총 24km를 돌기로 했다. 편도 4km 코스 중 2.5km 정도까지는 오르막이다. 2km까지 완만하다가 이후는 약 30도 정도의 꽤 가파른 오르막이 이어진다. 2.5km 이후는 내리막이라 한 바퀴를 돌면 두 번씩의 오르막과 내리막을 경험하게 된다.

장마 시즌이라 예측할 수 없는 날씨가, 기어이 주차장에 들어서니 비를 뿌리기 시작한다. 시작도 하기 전에 비를 맞는 건 좀 그렇다. 뛰는 중간에, 어차피 망가진(?) 몸에는 어떤 것이 와도 상관이 없지만 이건 아니다. 차 안에서 조금이라도 더 뭉그적대려니 예의 승모 형이 빨리 나오라고 재촉한다. 아마도 함께 뛰기로 하지만 않았다면 이런 날씨엔 훈련을 접었을 것이다.

게으른 고양이 마냥, 그러나 겉으로는 훈련의 의지로 충천한 듯 달릴 기세를 내비쳤다. 비가 와도 7월의 날씨는 후덥지근했다. 땀인지 빗물인지 분간이 가지 않는 물이 온몸을 적신다. 두 형은 말은 늘 엄살을 떨지만 SUB-3 주자들이다. 잘 뛰는 사람들과의 훈련은 좋은 자극제가 된다. 그들은 대충 뛰어도 나는 최선을 다해야 하니 그 자체로 좋은 훈련이 된다.

곳곳에 펼쳐진 묘들이 아담하고 정겹게 누워있다. 우리에게 익숙한 애국선열들과 작가들의 묘다. 만해 한용운 선생부터, 도산 안창호, 시인 박인환, 소설가 최학송, 방정환 선생까지. 이곳에는 약 40기의 묘가 자리 잡고 있다.

한 바퀴를 돌고 나서 우리는 유니폼 상의를 벗어 던졌다. 서로의 몸을 잠시 탐색하는 것과 동시에 우리는 웃지 않을 수 없었다. 정말 볼품없다. 깡마른 몸. 누가 봐도 영……. 달리니까 망정이지 그냥은 산책 나온 여성들 어느 누구의 눈빛도 받지 못할 몸이다. 그러나 군살이 하나도 없다. 딱 마라톤을 한다는 사람의 몸이다. 이런 마른 장작이 힘은 약할지 몰라도 근성은 대단하다.

축축한 옷의 물기가 아닌 맨몸으로 느끼는 빗줄기는 매끄럽고 상쾌했다. 사실 가장 좋은 유니폼은 우리의 피부다. 피부는 우리가 잘 달릴 수 있도록 땀을 적절하게 배출하여 몸의 열기를 조절해 준다. 두 바퀴까지는 나란히 뛰었으나 역시 세 바퀴째 오르막 급경사부터 조금씩 뒤처진다. 시선에서 놓치지 않으려 줄기차게 따라붙어 보지만 구불구불한 길에 이내 형들의 모습은 사라진다. 마지막 1km를 줄기차게 내려갔더니 형들은 이미 정리 정돈이 끝난 상태. 영국 형이 큰 생수병에 화장실 물을 받아 머리 위에서부터 부어준다. 바로 이 맛이다. 정말 개운하고 시원하다.

훈련이 끝났으니 이젠 허기진 배를 달래주어야 한다. 우리는 상봉동 근처 냉면집으로 향했다. 즉석에서 구워 내놓은 돼지고기가 냉면과 절묘한 궁합을 이룬다. 훈련으로 인한 피로와 수분을 보충하기 위해 먹는 음식은 그대로 기분 좋게 흡수되어 상쾌한 포만감을 준다. 열심히 뛰고 나면 나른하고 피곤하다. 좀 과하게 운동했다 싶을 땐 더욱 그러하다. 이럴 땐 이후 일정이 없다면 1~2시간 단잠을 청한다. 운동이 좋은 건 깊은 잠을 잘 수 있다는 것이다. 잠을 깨고 나면 몸은 한결 탄탄해지고 마음은 가볍고 유쾌하다. 뇌는 모든 때가 말끔히 씻긴 것처럼 평안하다.

달리기는 혼자의 힘으로 완수하는 과업이다. 그런데 혼자 달릴 때와 누군가와 함께 달릴 때의 효과는 상당한 차이가 있다. 혼자서도 정해진 일정한 훈련량을 지속적으로 완수하는 이라면 그는 참 독한 사람이다. 대부분의 사람은 혼자서 하는 훈련에 큰 강도를 가하지 않는다. 그러나 옆에 동료가 함께한다면, 더구나 그 사람이 실력이 비등하다면 서로 견제도 되면서 포기하지 않게 만드는 멋진 파트너가 될 수 있다.

달리기를 해보지 않은 사람들은 함께 달리는 즐거움에 대해 잘 모르기 때문에 달리기라면 재미없고 무미건조한 운동이라 단정을 해버린다. 그러나 함께 달리는 우리는 달리는 매번 즐겁고 행복하다. 야간의 한강 변은 또 다른 운치가 있다. 멋진 서울의 야경을 볼 수 있는 데다가 이마에 스치는 시원한 강바람이 달리는 이 순간을 행복으로 이끈다. 이 순간만큼은 일상의 고민과 갈등으로부터 완벽히 해방된다.

많은 이들이 삶의 평화를 원한다. 우리에게 평화는 언제 오는 것일까? 죽어 세상을 떠나면 평화가 찾아올는지 모르겠다. 그러나 살아있는 동안 평화를 얻기는 쉽지 않다. 그런데도 우리는 평화를 추구한다. 무언가를 소유하고, 더 성취하면 평화가 올 듯하다. 그래서 끝없는 욕망을 가져보지만, 평화는 오히려 멀어진다. 그런데 살아있는 동안에도 평화를 다소 길게 누려 볼 수 있는 순간이 있다. 바로 편안히 달릴 때다. 목표나 기록에 연연하지 않고 흐름에 자연히 몸을 맡기다 보면 모든 상념이 사라지고 달리기에만 집중되는 고요한 순간이 찾아온다. 이때는 뇌가 가벼워지고, 육체적 노곤함만 조금씩 쌓여갈 뿐이다.

당신은 소나기 쏟아지는 빗속을 달려본 적이 있는가? 후덥지근한 습기로 가득한 한낮의 도로는 어떠한가? 가을 햇볕 따갑게 내리쬐는 들판은? 귀가 얼얼할 만큼 차갑고 매서운 바람이 부는 겨울날 강변은 어떤가? 주말이면 사무실을 벗어나 거리로, 강변으로, 숲으로 나가 보라. 똑같은 길을 걷거나 달려도 당신에게는 매번 새로울 것이다. 오월의 싱그러운 햇살과 가을날의 충만한 단풍, 강변의 푸른 물결은 당신을 지상의 천국으로 안내할 것이다. 아무 기계적인 도구의 도움 없이 온전한 내 두 다리로 뛴다는 희열, 헐떡거리는 심장의 고동을 느끼며 진정 살아있는 자신의 존재를 느낄 것이다. 동시에 모든 기관이 영적으로 열리고 주변 모든 사물과 하나가 될 것이다. 어쩌면 당신은 예배당에서보다 더 가까이 신에 다가갈 수도 있을 것이다.

나이가 들어가면서 마음을 쏟을 대상이 없어 건조한 삶을 살아가는 사람이 의외로 많다. 집과 직장, 그리고 가끔 술집에 들르는 게 고작이라면 삶이 참 슬프다. 더 늦기 전에 소박하지만 확실한 당신의 행복을 찾아 나서자. 악기를 배우든, 춤을 추든, 여행을 하든 상관이 없다. 그게 달리기라면 더욱 환영한다. 건강은 물론 건전한 사고와 함께 즐거움까지, 또 함께 달리는 동료들까지 덤으로 생기니 인생을 풍요롭게 살 수 있는 나름 괜찮은 방법 아니겠나.

9. 나는 달리는 예술가

　자신을 잘 표현할 수 있다는 것은 분명 축복이다. 세상은 표현을 하고 싶어도 그게 잘 안 돼 벙어리 냉가슴 앓듯 하는 사람들로 가득하다. 어디에도 구애됨 없이, 누구의 강요도 없이 자신이 원할 때면 언제 어디에서나 끼를 발산할 수 있는 사람은 행복하다. 이들은 모두 예술가다. 예술가는 솔직하고 열정적이며, 동시에 순수하고 용감하다. 나는 예술가의 삶을 사랑한다. 나도 언젠가 예술 행위를 하고 싶다는 생각을 한다. 그리고 가끔은 '나도 예술가가 아닐까?' 하는 즐거운 착각(?)에 사로잡혀도 본다. 그렇다. 나는 예술가다. 그리고 이 글을 읽고 있는 당신도 물론이다. 누구나 예술가가 될 수 있으며, 또 그렇게 되어야 한다고 생각한다.

내가 예술가들을 좋아하는 것은 그들은 자신에게 몰입할 용기를 가진 사람들이기 때문이다. 그 용기는 자신에 대한 정직함에서 나온다. 그들은 세상의 잣대에 아랑곳없이 가장 순수하게 자신을 찾아 떠나는 사람들이다. 그들의 몰입은 그 자체만으로도 감동이며, 그들이 몰입에서 나올 때쯤이면 그들의 한쪽 손에는 어김없이 멋진 작품이 들려있다. 우리는 그들의 작품을 통해서 또 한 번 감동을 받는다.

진정한 예술가는 몰입을 잘하는 사람이다. 글을 쓰거나 그림을 그리는 것뿐만 아니라 나무에 못을 박는 목수라고 할지라도 진정한 예술가는 몰입을 한다. 몰입의 즐거움을 얘기했던 미하이 칙센트미하이의 말처럼 몰입의 순간에는 행복도 불행도 느낄 수 없다. 그야말로 자신을 떠나는 것이다. 이때에서야 우리의 몸과 마음은 자연스러워진다.

달리는 행위는 예술가가 작품을 완성하려 몰입하는 것에 비유된다. 낚시를 해본 적이 있는가? 낚시를 하면 어느 순간 물과 찌만 보인다. 주변의 새소리, 바람 소리, 잡다한 사람들의 소리도 어느새 들리지 않는다. 바로 물아일체, 혹은 몰입의 단계에 들어선 것이다. 달리는 순간이 바로 그렇다. 누군가와 함께 달린다면 처음엔 옆 동료의 거친 숨소리까지 들린다. 그러다 더 나아가면 나의 숨소리만 들리는 순간이 온다. 여기서 조금 더 지나면 이젠 아무 소리도 들리지 않게 된다. 완벽한 몰입에 도달한 것이다.

하트위크대학 철학과 부교수인 J. 제레미 위스뉴스키는 스스로 주자가 되어 자신을 실험해 보면서 '달리기는 한 번 얻기만 하면 여생 동안 존재하는 학교 졸업증명서 같은 것이 아니라 쓰지 않으면 시들 수 있고, 많이 쓸수록 더 우아하게 자신을 표현할 수 있는 능력'이라고 말했다.

달리기는 성취해야 할 최종 목표가 아니다. 자신을 좀 더 잘 표현하기 위해 끊임없이 연마해야 할 기술에 가깝다. 예술가들이 그렇다. 한 편의 멋진 작품으로 만족하는 예술가는 없다. 진정한 예술가는 늘 새로운 작품에 목말라 한다. 하나의 작품을 완성하고 돌아서면 금세 새로운 작업에의 욕구가 샘솟는다. 예술가의 숙명이다. 어쩌면 작품은 그들의 목표가 아닐 것이다. 그들은 자신을 표현하는 일 그 자체에 희열을 느끼는 사람들이며 작품은 그 행위의 부산물에 지나지 않는다.

달릴 때 나는 한 편의 시를 짓는다. 시를 지어 본 적이 있는가? 시는 괴롭게 머리를 쥐어짜서 고통스레 엮는 글이 아니다. 시는 자연스레 나오는 부드러운 노래이자 내면의 울림이다. 그러니 시를 잘 쓰려 어깨에 힘을 줄 필요가 없다. 달리는 것도 이와 같다. 매끈한 빙판길을 미끄러지듯 유연하게 달리는 그 순간은 시인이 시를 짓는 것에 비유된다. 달릴 때 우리는 모든 인위적인 요소를 버리고 그냥 흐름에 몸과 마음을 맡긴다. 그럴 때 우리의 달리기는 한 편의 좋은 시가 된다.

세계적인 살사댄서 조시 네글리아는 "Do not dance with your muscle!"이라고 강조한다. 한마디로 춤출 때 힘을 빼라는 것이다. 달리기도 마찬가지다. 리드미컬하게 달리는 주자들을 보면 감히 아름답다는 말이 부족할 정도다. 한 명의 댄서를 보는 듯하다. 그들의 발소리는 작고 가볍다. 반대로 초보자들의 착지 발소리는 크고 둔탁하다. 그만큼 힘을 쓰고 있다는 증거다.

대학 4학년 여름방학 때 잠시 외도를 한 적이 있다. 한국공연예술원의 배우훈련과정에 들어간 것이다. 짧은 기간이었지만 영광스럽게도 중요무형문화재 제1호 故 심소(心韶) 김천흥 선생님께 궁중무용, 역시 봉산탈춤 보유자이셨던 중요무형문화재 제17호 故 양소운 선생님께 장구 및 민요를 배우는 기회가 주어졌다. 그 외에도 각 분야의 쟁쟁한 분들에게 가르침을 받았는데 유독 기억에 남는 한 분이 있다. 화술을 가르쳐주셨던 분인데, 어찌어찌 얘기를 나누다 보니 내 고등학교 국어 선생님과 함께 양소운 선생님 밑에서 7년간 사사했던 동료였다는 것을 알게 되었다. 자신에 대한 자부심이 넘친, 다소 괴짜였던 분으로 기억된다.

어느 날 이분과 당시 같이 배우던 동료들이 함께 노래방을 가게 되었다. 사건은 당시 극단에서 배우 생활을 하고 있던 여자 후배가 노래를 한창 부르고 있을 때 벌어졌다. 갑자기 이 선생님이 다른 마이크로 후배의 머리를 가볍게 때렸다.

"아! 선생님 아퍼요."
"이년아! 다 주지 말란 말이야!"

우리는 무슨 말인지 영문을 몰라 모두 어리둥절해 하고만 있었다.

"다시 불러 봐."

후배는 같은 노래를 처음부터 더욱 정성을 다해 부른다. 아니 그런데 마이크가 또 날아든다.

"내가 다 주지 말라고 했지."

"아, 선생님 무슨 뜻인지 모르겠어요."

우리도 모르기는 마찬가지였다.

그러나 잠시 후 이유는 밝혀졌다. 선생님은 연기할 때 힘을 빼야 한다는 가르침을 그런 방식으로 전하고 있었던 것이다. 처음부터 에너지를 모두 쓰는 것은 욕심이고 그렇게 하면 클라이맥스에서 강한 에너지를 낼 수 없다는 것이다. 관객들에게 강한 인상을 남기기 위해서는 버릴 때는 버리고 핵심에서 주위를 압도하는 에너지를 발산해야 한다는 것이다.

그 순간의 가르침은 나의 뇌리에 오래도록 강하게 자리 잡았다. 우리는 흔히 무슨 일을 할 때 과도한 욕심이나 기대를 하게 된다. 이것이 부담으로 작용하여 자연히 몸에 힘이 들어간다. 마음이 긴장하면 좋은 작품을 만들어 낼 수가 없다. 이것은 달리기에도 예외가 아니다. 빨리 달려야 한다거나 다른 사람을 이겨야 한다는 마음을 가지는 순간 몸은 경직되어 원하는 레이스를 펼칠 수가 없게 된다. 심하면 다양한 부상을 얻게 되기도 한다.

전문 운동선수들은 몸을 통해 자신을 표현한다. 그 사람의 몸을 보면 대체로 그가 어떤 운동을 하는지 알 수 있다. 몸에 맞춰 운동을 하기도 하지만, 특정 운동을 하다 보면 그것에 맞게 몸이 변화하기도 하기 때문이다. 내가 좋아하는 운동선수의 몸이 있다. 바로 태권도, 축구, 그리고 단거리 육상선수의 몸이다. 그러고 보니 모두가 하체를 많이 쓰는 운동이다. 이들의 몸은 보고만 있어도 기분이 좋다. 특히, 육상선수들의 하체는 미끈하고 상당히 탄력 있어 보인다. 이들은 하나같이 탱탱한 엉덩이를 갖고 있고, 종아리는 적당히 가늘고, 발목은 얇다. 얇은 발목은 상당히 날렵해 보인다. 이들의 달리는 모습을 실제로 가까이에서 보면, 온몸의 역동적인 움직임에 절로 감탄이 나온다. 그야말로 움직이는 예술품이 따로 없다. 이들에 비하면 장거리를 뛰는 마라톤 선수들의 몸은 너무나 볼품이 없다. 상체는 빈약하고 하체는 가늘고 길 뿐이다. 마라톤은 확실히 근육에서 나오는, 순간적이고 폭발적인 힘보다는 꾸준히 힘을 내는 지속성과 가깝다.

사람들의 뛰는 모습은 천차만별이다. 그들의 달리는 모습은 종종 유쾌한 웃음을 선사한다. 평소 근엄하게 보였던 이가 이상한 폼으로 달리는 것만큼 재미있는 구경거리는 없다. 중학교 때 체육대회였을 것이다. 선생님들의 계주가 있었다. 친구들과 나는 한 사람의 달리는 모습에 배를 잡고 웃었다. 그는 바로 우리 담임선생님이었다. 평소의 모습과는 180도 다른 익살스러운 몸동작에 우리는 모두 넋을 놓고 즐거워했다. 한 사람의 다른 모습을 확인하는 순간은 정말로 유쾌하다.

요즘도 나는 사람들의 달리는 폼을 관찰한다. 특별한 이유는 없다.

그냥 재미있기 때문이다. 그러나 재미로만 볼 수 없는 모습들이 있다. 바로 마라톤을 5시간을 넘어서도 달리고 있는 사람들의 그것이다. 이들의 모습은 좀 과장하여 패잔병 같다. 정교한 멋이라곤 찾아볼 수가 없는, 나무로 말할 것 같으면 줄기는 심하게 구부러지고, 잔가지는 많아, 땔감으로밖에 쓰일 수 없는 것과 같다. 달리고 있지만, 전혀 달리는 게 아니다. 자신의 몸을 무거운 짐짝마냥 겨우겨우 끌고 온다는 표현이 더 맞을 것이다. 눈의 생기는 사라졌고, 얼굴은 지을 수 있는 오만상을 다 쓴다. 정말 우스꽝스럽다. 그러나 이들을 보고 우리는 웃을 수 없다. 오히려 나도 모르게 격려의 손뼉이 먼저 쳐지는 것이다. 인간은 누구나 마음을 다해 몰입하는 사람에게서 감동을 받는다. 그들은 지금 온몸을 바쳐 자신을 증명하고, 또 표현하고 있다. 자신만의 감동 드라마를 연출하고 있는 것이다. 그들은 더 이상 느림보 거북이가 아니다. 이 순간만큼은 달리는 예술가로 우뚝 선 것이다.

내가 달리기를 멈추지 않는 것은, 혹은 달렸던 구간을 다시 달리는 것은 매번 새로운 달리기가 펼쳐지기 때문이다. 이전의 달리기가 어떠했든 그것은 이미 지나간 과거다. 난 늘 새로운 예술품에 목말라 있다. 나는 그것을 달리는 지금, 이 순간에 완성해야 한다. 그리고 지금의 이 작업이 이전의 것보다 더 뛰어나도록 애를 쓴다. 그러나 나중에 하는 작업이 모두 이전 작업보다 더 훌륭하게 된다는 보장은 없다. 그럼에도 멈출 수가 없다. 이전 레이스에서의 미진했던 부분, 시도하지 않았던 부분을 이번 레이스에서 시도해보는 데 의미가 있기에.

제4화

달리기를 권하다 _ 그러니, 당신도 달려 봐!

1. 달릴 것인가?
구경만 할 것인가?

어떤 일이나 여행을 할 때 당신은 구경하는 것을 좋아하는가, 아니면 실제로 참여해 체험하는 걸 좋아하는가? 나는 여행을 할 때 체험하는 것을 좋아한다. 좋은 풍경을 보거나 오래된 유적지 및 건물, 전시회 등을 감상하는 여행보다는 현지의 자연 또는 사람들과 부대끼며 어떤 활동을 하는 것이 더 스릴 있고 재미있다. 사람마다 취향과 특성이 다르니 뭐라고 할 여지는 없다. 그래도 제의는 해 봐도 괜찮겠지? 당신이 이제까지 감상형의 사람이었다면 한 번쯤 체험형이 되어보면 어떨까? 멋진 음악회에 가서 감상하는 것도 좋지만 실제 악기나 노래를 배워 사람들과 함께 무대에 선다면 더 큰 즐거움과 의미를 얻을 수도 있을 것이다. 책을 읽는 것과 책을 쓰는 것이 다르듯이.

나는 세상을 좀 더 부딪치며 살 필요가 있다고 생각한다.

오쇼는 《즐겨라! 위험하게 사는 즐거움》에서 다음과 같이 말했다.

"진리는 믿음이 아니라 경험에서 비롯된다. 연구한다고 진리를 아는 것이 아니다. 진리는 그대가 직접 대면하고 부딪쳐봐야 한다. 사랑에 대해 열심히 연구하는 사람이 있다고 치자. 그는 마치 지도를 보면서 히말라야 산에 대해 공부하는 사람과 같다. 지도는 지도일 뿐, 산이 아니다."

오쇼의 말을 달리기로 가져와 보자.

당신이 안방에서 손에 땀을 쥐고 마라톤 중계를 보는 것도 좋지만 (마라톤 자체에 관심 없다고?) 실제 마라토너가 되어 달려보면 손이 아니라 온몸으로 격정을 체험할 수 있게 된다. 이 책을 읽고 있는 당신이 아무리 달리기의 효용 가치나 매력을 알게 되었다고 해도 실제 필드에 나가 달려보는 것만 못하다. 내가 이렇게 말해도 선뜻 달리기를 시작할 사람이 많지 않을 것을 안다. 마라톤 마니아로 알려진 일본의 소설가 무라카미 하루키는 《달리기를 말할 때 내가 하고 싶은 이야기》라는 책에서 "마라톤은 누군가에게 권할 수 있는 성질의 것이 아니다. 자신이 원하면 자연스레 달리게 될 것"이라고 말했다. 그럼에도 나는 외치고 싶다. 당장 자리를 박차고 달리러 나가라고.

마라톤대회 현장에도 한번 나가 보라. 주자로서가 아니라도 좋다. 그곳에서는 TV에서와 달리 사람들의 열정이 날것으로 전해져 올 것이다. '이런 세계를 놔두고 나만 조용히 살고 있었구나!' 하고 자책을 할 수도 있다. 그 속에 잠시라도 있다 보면 당신도 분명 달리고 싶어질 것이다.

데카르트는 '나는 생각한다. 고로 나는 존재한다.'라고 했다. 그의 말은 생각한다는 그 자체로서 내가 존재한다는 사실을 알 수 있다는 뜻이다. 이 말을 달리기에 적용한다면 '나는 달린다, 고로 나는 존재한다.'가 될 것이다. 이 말 또한 가능하다. 왜냐하면, 달리기는 우리가 관념이 아닌 감각을 소유한 살아있는 유기체라는 사실을 인식시켜 주기 때문이다. 달리기 체험에서 얻는 값진 깨달음이다.

1968년 보스턴 마라톤 우승자이자 세계적인 마라톤 잡지 〈러너스 월드〉의 총괄편집장인 앰비 버풋(Amby Burfoot)은 《마라톤은 철학이다》란 책에서 이렇게 말했다.

"달리기는 생각을 위한 훌륭한 시간과 공간을 제공한다. 나는 주로 혼자 달리지만, 간혹 동료들과 함께 달리게 될 때도 다양한 의문들과 씨름하여 왔다. 달리지 않는 사람들은 달리기는 격렬한 신체적 운동이며, 심장과 다리에 부담을 준다고 믿는다. 그러나 달리는 사람들은 다르게 알고 있다. 일단 안정된 상태에 들게 되면, 심장과 다리는 스스로를 너그러이 봐주게 되고, 우리는 달리며 순수한 마음으로 돌아간다. 책상, 모니터, 키보드, 전화 그리고 모임들로부터 벗어나며, 자동조종장치처럼 절로 달리게 되고 달리 할 것은 아무것도 없어진다. 생각하는 일밖에는."

그렇다. 달리는 동안 우리는 생각한다. 사업가가 비즈니스를 생각하고, 작가가 창작의 아이디어를 떠올리듯. 음악가가 작곡을 생각하고, 철학자가 삶의 여러 수수께끼에 골몰하듯이 달리는 우리는 달리는 자체에 골몰한다.

보통사람이 달리기 체험을 하기에는 넘어야 할 장벽이 많다. 일단 당신의 의지나 욕구가, 주저앉으려는 당신의 무거운 엉덩이를 이겨야 한다. 물론 일상으로 달리는 나 또한 달리고 싶지 않을 때도 있다. 몸이 피곤하거나 큰 근심을 떠안고 있는 날은 달리기를 시도하는 것이 고역이다. 이럴 때 도움이 되는 것이 동호회다. 혼자 있었다면 포기하고 말았을 달리기를 동호회 가족들을 핑계로 밖으로 나가게 된다. 그래도 마음에 앙금이 많은 날은 달리기가 좀처럼 가볍지 않다. 이럴 때 나는 종종 실험정신이 발동한다. 달리기 전과 후 나에게 어떤 변화가 생기는지 살펴보는 것이다. 이렇게 하는 이유는 달리기가 만병통치약까지는 아니어도 누구에게나 권할 만큼 정말 좋은지 체험적으로 확인하기 위해서다. 나의 기대 기준에 부합하려면 기분이 우울하거나 심신이 지쳤을 때 달려도 효과가 좋아야 한다.

과연 실험결과는 어떠했을까? 한마디로 기대 이상이었다. 물론 달리는 초반에는 몸이 무겁고 쉽사리 걱정에서 탈출이 되지 않는다. 그러나 서서히 몸이 데워지고 본격적인 궤도에 올라서면 잡생각이 사라지고 어느덧 달리기 자체에 집중하고 있는 나를 발견한다. 10km나 15km를 달리고 나면 찌뿌둥하게 누르던 고민이 많이 사라졌음을 확인한다. 오히려 달리는 동안 새로운 해결 방안 등을 얻어 기분이 더 상쾌해지는 경우도 많다. 이런 것이 어떤 과학적 원리에 근거한 것인지 나로서는 상세히 설명할 능력이 없다. 그래서 마스터스 마라토너이자 운동생리학/영양학 전문가인 이윤희 박사가 《아웃소싱타임즈》에 기고한 칼럼에 기대어 설명해 볼까 한다.

이 박사는 칼럼에서 '운동이란 근육을 쉼 없이 움직이는 과정'으로 묘사했다. 우리가 운동을 하게 되면 근육은 이완과 수축을 반복하면서 저장된 에너지를 사용한다. 그렇기에 운동을 하면 에너지가 소진하거나, 대사과정에서의 부산물이 일시적으로 쌓일 수 있다. 그리고 가해진 운동부하에 따라 근육섬유에 미세한 손상이 발생하거나 근육신경에서 신호를 전달하는 물질의 기능 저하와 함께 재흡수가 늦어지는 현상이 생길 수 있다. 이것이 바로 우리가 흔히 느끼는 운동 후 피로감이다.

그런데 이 피로감은 일상의 피로와는 격이 다르다. 일상의 피로가 쌓였을 때 우리가 운동을 하면 근육섬유의 미세손상이 회복되는 과정을 겪으며 근육섬유의 굵기와 강도가 향상되어 피로감이 오히려 줄어든다. 그리고 운동하는 과정에서 혈관 안의 산화질소가 활성화되고 혈류량을 증가시키기 위해 혈관이 확장되어 자연스럽게 혈압이 내려간다. 이런 과정을 반복하면 혈관이 튼튼해지는데 여기에 뇌하수체 호르몬의 분비가 증가하여 살아 움직이는 행복감과 피로를 이겨내는 쾌적감이 향상된다.

운동 후에 기분이 다소 좋아지는 것은 이런 운동 생리학적 원리가 녹아 있었던 것이다. 그러니 과중한 업무나 인간관계 등으로 하루가 힘들고 피곤했다면 운동화 끈을 질끈 동여매고 야외로 나가 달리기는 게 확실히 도움이 될 것이다. 아니면 매일 아침 일찍 1시간 정도 달린 후 업무에 들어가는 것도 좋겠다. 분명 항스트레스 지수가 높아져 쾌적한 하루의 일상을 만들어나갈 수 있을 것이다.

헤머튼은 《지적 생활》에서 현실에서 돈은 지성의 토양과 같다고 했다. "토양이 충분하고 물을 넘치게 흘려주면 식물의 싹은 저절로 피어난다."라며 이 점을 무시할 수 없는 자본주의 현실이 그는 슬프다고 했다. 젊은 날의 그 역시 기회를 중요하게 생각했더란다. 그러나 노년이 되어보니 정말 간절하고 중요한 것은 시간과 건강이었다고 강조했다. 그렇다. 시간과 건강이 허락하는 한 기회는 늘 찾아온다. 아니면 우리가 기회를 찾으러 가면 된다.

건강은 최소한 현실을 타개해 나갈 아이디어를 구상할 에너지와 의지를 부여한다. 그러나 건강은 안방에서 배 깔고 누워 운동 프로그램을 본다고, 각종 건강 서적을 뒤적인다고 찾아오지는 않는다. 복권에 당첨되고 싶은 사람이 가장 먼저 해야 할 게 복권을 사는 것이듯 건강을 얻기 위해서는 몸을 먼저 움직여야 한다. 편안함을 추구하는 마음과 싸우며, 몸을 불편하게 해야 한다. 가장 쉽게 시작할 수 있는 달리기조차도 시도해 볼 생각이 없다면 건강을 바라는 당신의 생각이 이상한 게 아니겠나.

2. 나이 40,
달리기가 필요한 시간

달리기는 특별한 사람만 하는 운동이 아니다. 축구나 테니스 등 여타의 운동에서 요구되는 특별한 능력자만이 선호되는 것도 아니다. 그것은 달리기가 건강을 위한 단순 운동 이상의 의미가 있다는 뜻이다. 보통의 스포츠는 건강을 위해서 하고, 거기에 승부의 묘미를 집어넣어 재미를 만들어 낸다. 그러나 달리기는 시작에서부터 누구를 이기기 위한 전제가 깔려있지 않다. 물론 엘리트 선수들은 예외이겠지만…….

대부분의 주자가 이겨야 할 대상이 있다면 그것은 자기 자신일 것이다. 자기를 넘는다는 것은 부담이 되지 않는 일이긴 하나 타인을 이기는 것에 비해 결코 쉬운 일은 아니다. 나이가 들어가면서 우리는 정작 중요하고 어려운 것이 자신을 이기는 것이란 걸 알게 된다. 그러나 자기가 이겨야 할 대상인 자기 자신이 누구인지도 모르는 상태에서는 결코 자기를 이길 수 없다.

칼 융은 '삶은 자아가 자기를 찾아가는 과정'이라고 해석했다. 이것을 흔히 '자아실현'이라고 하는데 구체적으로는 자아가 내면의 자기를 깊이 들여다봄으로써 자기의 음성을 들을 수 있으며, 거기에 따라 어떤 실현을 하는 것을 말한다. 그러나 그는 자아실현의 과정이 결코 쉽게 이루지는 것이 아니라고 말했다.

나이 서른을 넘어 마흔에 이르게 되면 우리는 누구나 한 번쯤 내 인생을 돌아보게 된다. 튼튼하게만 생각했던 육체가 젊었을 때 비해 상대적으로 약해짐을 느낀다. 아니나 다를까 밤새 술을 먹어도 거뜬하던 몸은 다음날 이내 숙취로 골골하기 십상이다. 무엇에든 도전하면 이룰 것 같던 자신감도 어디론가 슬그머니 자취를 감춘다. 매사 성취 의욕도 떨어지고 점점 더 왜소해지는 자신을 느낀다. 여기에 불안한 미래를 생각하면 괜히 삶이 서글퍼진다.

한 사람의 생애에 있어서 사십오 년이란 무엇일까.

부자도 가난뱅이도 될 수 있고, 대통령도 마술사도 될 수 있는 시간일뿐더러 이미 죽어서 물과 불과 먼지와 바람으로 흩어져 산하에 분분히 내리기에도 충분한 시간이다.

나는 창세기 이래 진화의 표본을 찾아 적도 및 일천 킬로미터의 바다를 건너 갈라파고스 제도로 갈 수도, 아프리카에 가서 사랑의 의술을 펼칠 수도 있었으리라. 무인도의 로빈슨 크루소도, 광야의 선지자도 될 수 있었으리라. 피는 꽃과 지는 잎의 섭리를 노래하는 근사한 한 권의 책을 쓸 수도 있었을 테고 맨발로 춤추는 풀밭의 무희도 될 수 있었으리라. 질량 불변의 법칙과 영혼의 문제, 환생과 윤회에 관한 책을 쓸 수도 있었을 것이다. 납과 쇠를 금으로 만드는 연금술사도 될 수 있었고, 밤하늘의 별을 보고 나의 가야 할 바를 알았을는지도 모른다.

-오정희, 《옛 우물》

요즘 같은 시대에 인생 마흔은 애매한 나이다. 한쪽에서는 사회 중추 세력으로서의 책임감을 요구받지만, 또 한편으로는 아직 철이 덜 든 새로운 사춘기를 겪는 때이기도 하다. 마흔이 되어 느끼는 정신적 공허감은 단지 더는 젊지 않다는 서른 중반에 느끼는 그 무엇과는 또 다르다. 공자는 마흔을 가리켜 세상의 이런저런 일에 흔들리지 않는다는 뜻으로 '불혹'이라 칭했다지만 평균 수명 100세를 바라보는 오늘날에는 왠지 허무한 경구로만 들리는 것은 나만의 생각일까?

그것도 그럴 것이 오늘날 40대는 직장과 가정, 건강 등에서 심한 심적 갈등과 정신적 혼란을 겪는다. 그러다 보니 그동안 살아온 자신의 정체성에 대한 의문이 들고 새로운 자아를 찾고 싶은 갈망이 새롭게 대두되는 시기이기도 하다. 이런 40대들에게 필요한 것은 용기다. 그동안 세상의 잣대에 맞춘 삶을 살려고 노력해 왔다면 이젠 진정 나를 위한 삶을 살기 위해 결단할 때임을 알아야 한다.

최근 우리 사회에 회자되는 말 중에 '영포티(young forty)'라는 말이 있다. 이전의 중년 세대와는 다른 감각과 가치관을 지닌, 중년이라기엔 너무나 젊은 세대라는 뜻이다. 주변의 40대 친구들과도 간혹 얘기하다 보면 예전의 40대와는 분명 다른 이미지를 느낄 수 있다. 많은 유혹에 흔들리고 이런저런 고민에 방황하는 모습을 보면 '아직 젊음이 사라지지 않았구나!' 하는 안도감이 들기도 한다.

이런 이들에게 달리기를 해보라고 권하고 싶다. 달리기를 통해 내가 더 행복하고 건강해졌기 때문이다. 무엇에든 두려움 없이 도전할 용기가 생겼기 때문이다. 솔직히 3과 4라는 숫자가 주는 느낌은 다르다. 스스로 4라는 숫자에 갇혀 30대를 그리워하고만 있다면 40대인 현실이 처량해진다. 이렇게 가다가는 더 훗날인 50대에는 지금 이 시기를 또 그리워하는 삶이 반복될 게 뻔하다. 40대에 들어서면서 나는 오히려 이전보다 심리적으로 더 여유로워졌다. 행복감에 젖는 순간도 더 잦아졌다. 이것은 분명 달리기를 시작한 궤적과 어느 정도 일치한다.

40대는 아직 자신의 인생의 반에도 이르지 못한 나이일 수도 있다. 숫자에 불과한 나이에 연연하기보다는 육체적 늙음을 조금이라도 늦추고, 정신적 젊음을 오래도록 유지하는 게 좋지 않을까? 나는 운동을 좋아하기에 학창 시절부터 태권도를 시작으로 검도, 합기도, 쿵후 등의 무술을 접해 왔다. 대학교 때는 산악부에 들어가 암벽등반을 하기도 했다. 축구나 야구 등 구기 종목도 좋아한다. 여러 운동을 하면서 각각 나름의 특성을 익히고 거기에서 배움과 깨달음을 얻었지만, 나이가 들어가면서는 달리기만 한 것이 없는 것 같다. 달리기는 타인을 이기려는 승부욕을 내려놓고 나 자신과 온전한 대화를 할 기회가 주어지기에 40대 이후의 사람들에게 제격이라는 생각이다.

마라톤을 시작하는 연령대 분포도 살펴보면 40대가 제일 많다. 나는 한때 '왜 젊은이들보다 나이가 지긋한 형님과 누님들이 마라톤에 이렇게 열성적일까?' 하고 생각해 본 적이 있다. 삶이라는 화두를 대입해 놓고 보면 이것은 분명 어떤 함수관계가 성립한다. 마라톤동호회에서 나는 가장 젊은 축에 속한다. 그래서 친구들에게 늘 얘기한다. 마라톤에서는 40대가 유망주라고. 그런 면에서 마라톤은 중년들의 놀이다. 그것도 자신이 아직 젊은 시절 못지않은 체력을 갖고 있다는 것을 증명해 보이는 일종의 유희인 것이다.

나이가 들면 외로워지기 쉽다. 당신을 찾아오는 사람보다는 멀어지는 사람이 더 많기 때문이다. 더 나이가 들면 이젠 아무도 당신을 필요로 하지 않는 순간이 올 수도 있다. 부인과 남편은 물론 자식까지도……. 모두가 당신을 떠난다.

사람은 누군가 자신을 필요로 할 때, 그리고 그를 위해 내가 뭔가를 해 줄 수 있을 때 삶의 가치와 행복을 느낀다. 다른 사람에게 당신이 더 이상 필요하지 않다면 어떻게 할 것인가?

그런 순간이 오기 전에 먼저 준비하는 사람은 설사 그런 상황이 와도 큰 상처를 받진 않을 것이다. 그러니 늦지 않게 조금씩 홀로서기를 시도해보면 어떨까? 40대는 이제야 진정 그 누군가가 아닌 자신에게 스스로가 필요하다는 사실에 눈뜰 시간이다. 다른 사람에게 돌렸던 시선을 거두고 이제는 자신에게 투영해 보자. 자신이 무엇을 바라는지 곰곰이 들여다보자. 자신이 바라는 정직한 삶을 찾아 떠날 용기를 가져보자. 그러나 이것은 육체와 정신이 건강한 사람의 경우에 해당되는 말일 것이다. 육체가 건강하지 않다면 쉽지 않은 일이다. 그러니 아직 젊을 때, 더 늦기 전에 삶의 변화를 꾀할 필요가 있다.

최근 건강을 중요하게 생각하는 사회 분위기에 따라 다양한 스포츠를 즐기는 젊은이들이 많아지긴 했지만, 마라톤대회만큼은 4~50대가 압도적으로 많다. 한두 번의 실패로 의기소침해 있거나 아니면 내가 원하는 삶을 살지 못한 채로 늙어버릴까 불안한 40대가 있다면 일단 달리고 보라. 달리기가 삶의 새로운 활력과 의지를 다시 채워 줄 것이다.

3. 일생에 단 한 번
마라톤을 완주해 보라.

마라톤 풀코스 완주는 운동을 조금이라도 좋아하는 사람이라면 누구나 인생에서 한 번쯤 가져보는 꿈일 것이다. 그렇다고 해서 내가 지금 당장 당신에게 마라톤을 뛰어보라고 제의한다면 그것은 감당하기 너무나 큰 요구라는 것을 안다. 많이 후퇴해서 일주일에 한두 번 2~30분 정도 달리기를 해보라고 해도 당신에게는 쉽지 않을 것이다.

내가 마라톤을 한다고 하면 사람들의 반응은 대체로 이렇다.
"와! 대단하시네요. 그 먼 거리를 실제로 뛸 수도 있군요."
그러면 나는 이렇게 대답한다.
"네, 누구나 가능해요. 당신도요."
"에이, 아니에요. 저는 못 해요."

혹여 이렇게 말하는 사람이 있다.

"정말요? 저도 한번 뛰어 봤으면 좋겠네요."

그렇다고 해서 내가 반가워서 "그러면 뛰어보실래요? 제가 도와드릴게요."하고 말한다면 이건 내가 잘못 대응한 것이다. 왜냐하면, 그가 바로 "아니에요, 나중에요."라고 대답할 거니까.

그렇다. 운동의 경험이 많지 않은 사람에게 마라톤을 권하기는 쉽지 않은 일이다. 인생에서 마라톤을 하기로 마음먹는다는 것 자체가 보통 일이 아니기 때문이다. 이들을 마라톤으로 인도하기 위해서는 특별한 계기가 필요하다. 선뜻 하고자 해도 무엇부터 해야 할지 잘 몰라 도전이 쉽지 않다. 그러나 최근엔 많은 사람이 건강달리기 수준을 넘어 마라톤을 즐기고 있으며, 마라톤대회 참여의 열의 또한 강하다. 언젠가 황영조 마라톤 국가대표감독은 TV 인터뷰에서 "프로가 아마추어 같고 아마추어들이 프로 같다."라는 말을 했다. 그가 인정할 정도로 아마추어 주자들의 열정은 대단하다. 이들은 평지를 달리는 마라톤에 멈추지 않고 울트라마라톤과 트레일런, 나아가 철인 3종 대회에도 도전하고 있다. 심지어는 외국의 국제마라톤대회에 참가하는 것은 물론 죽음의 레이스라 불리는 사막 레이스에까지 참가하여 자신의 한계를 시험하고 있다.

마라톤에 한번 맛 들이면 좀처럼 멈추기 쉽지 않다. 오히려 너무 사랑하다 보니 무리를 해 몸에 탈이 나서 못 뛰게 된다면 모를까, 그전에는 누구도 멈출 수가 없다. 그만큼 중독성이 강하다. 그러나 이런 중독은 몇백 번이어도 좋지 않을까? 운동을 하고 싶은 사람 중에는 이런 중독이 무서워 지레 시도를 못 하는 사람도 있다. 그러나 걱정하지 마시라. 이런 중독은 오히려 당신의 삶을 영화롭게 해 줄 테니.

내가 많은 이들에게 마라톤 도전에 대해 힘주어 얘기하고 싶은 것은 크게 두 가지 측면에서다. 하나는 육체와 건강에 대해서이고, 다른 하나는 사회·문화적, 심리적인 측면에서다. 나는 이 책을 쓰기 위해 마라톤을 즐기고 있는 많은 이들에게 몇 가지 질문을 해보았다. 마라톤을 통해 변화된 부분은 무엇이며, 왜 마라톤을 즐기는지, 그들에게 마라톤은 어떤 의미인지 등등에 대해서 말이다. 나이는 30대에서 70대까지 다양했고, 이제 하프를 완주한, 본격적으로 달리기의 맛을 알아가는 사람에서부터 10년 이상의 베테랑 주자들도 상당수 있었다. 답변은 다양하게 나왔지만, 종합하면 일관된 방향성이 있다. 달리기를 시작한 지 오래되지 않은 사람들은 대체로 육체적 건강 혹은 인체의 신비를 알아가는 즐거움에 대해 답변을 한 반면, 오래된 주자들은 대부분 영적 성장이나 자기 발견 등 심리적이고 정신적인 부분의 얘기를 많이 했다. 마라톤이 종교와 마찬가지로 사람들의 영적인 부분에 많은 영향을 주고 있음을 이 결과를 통해 추론할 수 있었다.

먼저 건강 측면에서 살펴보자. 사실 이것은 앞 장에서 여러 번 얘기한 사실과 크게 다르지 않다. 인간이 생명을 유지해 나가는 데 가장 중요한 것이 호흡이다. 구체적으로는 호흡을 통해 산소를 잘 순환시켜야 한다. 산소는 피를 맑게 한다. 맑은 피는 우리 몸속 곳곳에 영양분을 제공하고 노폐물을 제거한다. 성인병의 대부분은 탁한 혈액과 관련이 있다. 달리기는 대표적인 유산소 운동이다. 달리기를 하면 기본적으로 대량의 산소가 공급되어 피가 맑아지고, 땀을 통해 몸 안의 노폐물이 빠르게 배출된다.

건강한 사람은 쉽게 말해 잘 먹고, 잘 자고, 잘 배출한다. 한마디로 신진대사가 원활하다. 달리기를 지속하면 신진대사가 활발히 이루어지는 것을 경험하게 된다. 어떤 사람은 마음껏 먹는 즐거움을 누리게 되었다며 달리기를 예찬하는 사람도 있다. 달리기를 한 후 병원에서도 원인을 찾지 못한 두통, 요통뿐만 아니라 만성 소화불량, 비만, 탈모, 그리고 여성들은 냉증이 해결되었다는 사람도 있었다. 이들은 자신의 몸의 변화를 느끼면서 점점 더 인체의 신비로움에 관심을 갖게 된다. 우리 인체가 어떠한 메커니즘으로 돌아가고 무엇을 단련해야 할지를 공부하게 된다.

가장 놀라운 점은 잠시 놓치고 있었던 부분인데, 바로 우리는 인간인 동시에 동물이라는 사실을 인식하게 된다는 것이다. 만물의 영장이라는 찬사에 가려져 우리가 동물이라는 사실을 인간들은 종종 잊고 지낸다. 그런데 달리기를 하면서 인간은 드디어 자신의 동물성을 자각한다. 놀라운 체험이고 발견이다. 현대인들이 건강을 잃는 가장 큰 이유는 바로 문명의 안온함 속에 숨어 자신이 동물이라는 사실을 망각하기 때문이 아닐까? 추우면 따뜻한 곳을 찾고, 더우면 그늘을 찾는 자연스러운 육체의 동물성을 깨달을 때, 우리의 육체가 얼마나 소중한지 알게 될 것이다.

정신적인 측면에서 보면 마라톤을 즐기는 사람들은 일단 끈기가 있다. 그것도 오랜 시간 지치지 않고 집중할 수 있는 힘 말이다. 마라톤을 하며 자연스레 몸에 밴 끈기와 집중력은 그들이 하는 사업이나 직무에서도 그대로 발현된다. 마라톤에서 수시로 일어나는 변수를 조절한 경험이 많다 보니 일상에서의 일이 중간에 틀어져도 당황하지 않고 차분하게 매듭을 지어 나간다. 그들은 한마디로 포기를 모른다. 그들은 심리적으로 매우 안정되어 있다. 그러다 보니 대인관계도 대체로 원만하다. 스트레스를 덜 받으니 정신이 늘 맑고 건강하다.

주자들의 일상생활은 심플하고 건전하다. 일을 제외하면 그들의 관심사는 오직 달리기뿐이다. 이성에게도, 쾌락을 가져올 각종 잡기에도 관심이 없는 듯하다. 그들은 부지런하기까지 하다. 특히, 철인 3종을 하는 사람들은 아침엔 달리고, 퇴근 후 저녁에는 수영, 그리고 주말엔 장거리 사이클 등으로 일주일이 운동 스케줄로 가득하다. 일반인들이 보면 입이 벌어질 정도이지만 이들에게는 그것이 너무나 즐거운 과업이다.

많은 이들이 마라톤을 한 후 자신감이 높아졌다고 한다. 삶의 활력이 생겼고, 인생을 긍정적으로 바라보게 되었단다. 마라톤의 무엇이 그들을 변화시켰을까? 그 비밀이 무엇인지 느껴보고 싶지 않은가? 마라톤을 뛰면서 느끼는 고통과 특별한 감정은 인생에서 좀처럼 맛볼 수 없는 것이다. 마라톤은 확실히 정신과 영혼에 관계된 행위다. 한 사람을 성장시키고, 그의 인생을 송두리째 바꿔 놓는 일이다.

아버지와 아들이 있었다. 대학 졸업 후 취업에 여러 번 실패한 아들은 매사 의욕이 없이 집안에서 뒹굴고 있었다. 그나마 게임이 의욕을 갖고 하는 일의 전부였다. 보다 못한 아버지는 아르바이트라도 해보게 했지만, 아들은 어떤 것도 하기 싫어했다. "취업 안 된 사람이 너밖에 없냐?"며 혼을 내보기도 했지만, 소용이 없었다.

어느 날 아버지는 아들에게 마라톤을 함께 해보자며 제의를 했다. 아버지의 황당한 제의에 아들은 일언지하에 거절한다. 그래도 몇 번씩이나 제의하는 아버지에게 아들은 웬일인지 하겠다고 했다. 그때부터 매일 아침 아버지는 아들을 깨워 달리기 훈련에 들어갔다. 그러나 그것도 쉽지는 않았다. 아침잠이 많은 아들은 번번이 일어나질 못했다. 아들은 그까짓 하프 거리를 못 뛰겠냐며 훈련을 소홀히 했다.

드디어 대회가 열렸다.

아버지는 아들과 보조를 맞춰 즐겁게 달렸다. 녀석이 그래도 나름 아버지의 마음을 이해해 준 것 같아 고맙기도 했다. 15km를 조금 넘어섰을까? 갑자기 아들의 얼굴이 일그러진다. 속도가 계속 느려지는가 싶더니 결국 멈춰 선다. 아버지는 다시 달려보자며, 주저앉으려는 아들의 팔을 잡아당겼다.

순간 아들은 "그러니까 내가 안 한다고 했잖아요."라며 퉁명스레 소리친다. 분노가 가득한 얼굴에 고통으로 울상이 다 되었다. 아버지는 몇 번씩 달래어 보았지만, 아들은 더는 못 가겠단다. 하는 수 없이 아버지는 아들을 남겨 두고 혼자 달리기 시작했다.

달리는 내내 아들 생각에 맘이 편치 않았다.

'화가 나서 집으로 가버렸겠지. 괜히 마라톤을 하자고 했나? 관계를 좋게 해보려 했는데 오히려 더 나빠져 버렸네.'

맘이 불편해서인지 평소보다 더 힘든 것 같았다.

그런데!

골인 지점에 이르렀을 때 아버지는 자신의 눈을 의심했다. 아들이 먼저 와 아버지를 기다리고 있었던 것이다. 힘들게 들어온 아버지에게 주뼛주뼛 다가온 아들은 고개를 들지 못했다. 아들은 울고 있었다. 아버지는 괜찮다며, 수고했다며 아들을 가만히 안아주었다.

"죄송해요. 아빠. 제가 잘못했어요."

"아니다. 많이 힘들었지?"

그때부터 아들의 생활 태도는 몰라보게 달라졌다. 아버지 친구 회사에서 1년 정도 아르바이트를 하고서는 성실성을 인정받아 다른 중소기업에 추천을 받아 입사했다. 대기업만 바라봤던 자신의 생각이 얼마나 좁은 것이었는지도 깨달았다. 현재 아들은 모기업 해외구매 부서에서 성실히 자신의 경력을 쌓아가고 있다.

내 지인의 얘기다. 한 번의 마라톤의 경험이 아들의 인생은 물론, 부자지간의 관계도 몰라보게 회복시켜 준 사례다.

4. 달리기를

처음 시작하는 이에게

먼저 알아야 하고 믿어야 할 것이 있다. 이 글을 읽고 있는 당신도 마라톤 42.195km를 완주할 수 있다는 것이다. 당신이 20대이건, 60대이건, 여자이건, 장애인이건 상관이 없다. 실제로 시각장애인들조차 동호회를 만들어 함께 달리고 있다. KBS '인간 극장'에 나왔던 김효근 씨는 시각장애인인 부인 김미순 씨와 함께 308km 국토횡단과 537km, 622km에 이르는 국토종단마라톤을 할 정도로 건각을 자랑하고 있다.

달리기에 본격 입문하게 되면 당신은 '이렇게나 많은 사람이 달리고 있구나!' 하면서 놀랄 것이다. 실제로 서울국제(동아)마라톤, 조선일보 춘천마라톤, 지금은 JTBC로 변경된 서울중앙마라톤 등 3개 메이저 대회에는 해마다 엘리트 선수뿐만 아니라 2만 5천 명 이상의 주자들이 참여한다. 최근에는 2~30대 젊은이들로 구성된 달리기 모임들도 많이 생겨나고 있다. 이들은 주로 인터넷 카페를 통해 가입 후 1주일에 1~2번 만나 5~10km를 달린다. 개인적으로 운동을 즐기는 사람들도 많다. 주말에 한강 변에 나가보면 이어폰을 꽂고 달리는 젊은 여성이나 중년의 남성들을 흔치 않게 만날 수 있다.

☞ **달릴 이유를 찾고 무조건 시작하라.**

등산하려는 사람이 멋진 등산화와 등산복이 있어야 산을 오를 수 있다고 생각한다면……. 달리는 사람이 준비물이 완벽해야 달릴 수 있다고 한다면…….

요즘 집집마다 가보면 실내 러닝머신이 있는 경우가 많다. 그런데 나는 그것을 달리기가 아닌 세탁물 건조대로 사용하고 있는 경우를 많이 보았다. 거창하게 마음먹고 운동을 해 볼까 하고 구입을 했을 테지만 작심삼일로 끝난 것을 알 수 있다. 달리기를 처음 하는 당신이라면 장비구입이 우선이 아니다. 일단 밖으로 나가 조금이라도 달려보는 게 제일 먼저 할 일이다. 특별한 장비는 필요 없다. 편안한 트레이닝복에 러닝화면 충분하다.

나는 어떤 일을 할 때 가장 먼저, 그것을 하고 싶어 하는 마음이 내 안에 있는지부터 살핀다. 수행할 수 있는 역량을 갖추고 있는지는 다음 문제다. 그러다 보니 대부분 준비가 덜 된 상태에서 시작한다.

일단 저질러 놓고 실력은 수행해나가는 과정에서 그것에 맞게 갖추면 된다는 생각을 한다.

내 경험 몇 가지를 소개하겠다.

나는 20대 중반에 호주로 워킹홀리데이 여행을 떠났다. 서점에서 본 하나의 책에 영감을 받아 추진한 일이었지만 지금 생각해도 참 잘 했다는 생각을 한다. 호주에서 고등학교 동창과 편지를 주고받았던 기억이 난다. 그 친구는 "네가 부럽다."라고 했었다. 내가 답장을 어떻게 했을 것 같은가? "어렵지 않아. 지금 당장 공항으로 가. 그리고 호주행 비행기를 타면 돼." 친구는 알지만 그걸 못하겠더란다. 당시 나 또한 워킹홀리데이 비자가 허락될지 알 수 없었다. 그러나 가고 싶다는 마음에 집중했고, 워킹홀리데이 비자가 안 되면 관광 비자를 받아서라도 갈 생각을 했었다.

사람과의 만남이나 교류에서도 마찬가지다. 요즘은 소셜네트워크서비스(SNS)의 시대라 할 만큼 사람들이 카카오톡, 페이스북, 인스타그램 등 다양한 SNS를 사용하고 있다. 나 또한 네이버 블로그를 시작으로 이것들을 이용하고 있지만 실제로 그 많은 사람과 제대로 관계를 유지해 나가기는 어렵다. 그러나 소통하고픈 사람이 있으면 메시지(쪽지)를 보내는 등 적극적으로 어필한다. 페이스북 활용 초창기에 튀니지의 젊은 여성과 열심히 채팅했던 기억이 있다. 언어 소통을 걱정하는 사람이 있을지 모르겠으나 구글 등의 번역 서비스를 활용하면 된다. 시차가 8시간이나 나기 때문에 새벽에 잠을 줄여야 했던 적이 한

두 번이 아니었지만, 이슬람 문화권 사람들의 사고방식과 그들이 처한 상황에 대해 이해의 폭을 넓혀준 좋은 계기가 되었었다. 그리고 《공부는 내 인생에 대한 예의다》라는 책의 저자이자 당시 예일대생으로 유명했던 이형진 군의 어머니와도 메시지를 주고받았다. 메시지 질문을 통해 자녀의 멋진 성장과 함께 행복한 가정을 일구기까지, 그리고 현재 그러한 행복을 유지하기 위해 부모들이 어떻게 혼신의 힘을 쏟고 있는지도 알게 되었다.

나는 현재 프리랜서 작가로 다양한 글을 의뢰받아 쓰고 있다. 지금 책을 쓰고 있는 것도 그렇지만 내가 글을 쓰리라고는 생각을 하지 못했었다. 다만 언제부터인가 막연했던 것이 희망 사항으로 발전했고, 그 욕구가 점점 강해지면서 시도를 한 것이 지금에 이르게 된 것이다. 처음 인터넷 재능마켓을 통해 글쓰기 재능을 등록해 놓았을 때는 한 달에 1~2건의 글쓰기 의뢰가 고작이었다. 그러나 나를 위한 글이 아니라 돈을 받고 하는 타인을 위한 글을 쓰는 경험은 가장 좋은 글쓰기 훈련이 되어 주었다. 이것은 가장 좋은 달리기 훈련은 실제 대회 참가를 하는 것이라는 것과 일맥상통한다. 이렇게 시작된 나의 글쓰기는 하루에도 4~5건의 의뢰가 있을 만큼 고객들이 늘어났고, 그에 따라 나의 노하우와 함께 글쓰기 역량도 늘어갔다.

위와 같은 일을 시도할 수 있게 된 원동력은 무엇이었을까? 그것은 바로 하고 싶다는 마음을 존중했기 때문이다. 내 마음에 귀를 기울였고 그것을 실행할 용기를 내었을 뿐이다. 그러면 이 용기는 어디에서 나오는 것일까? 일반적으로 사람들은 완벽한 준비를 하면 용기가 자연히 생길 것으로 생각한다. 그러나 용기는 그런 외부 환경에 좌우되는 성격의 것이 아니다. 내 마음의 간절함이 바로 용기의 원천이다. 강력한 이유, 즉 Strong Why가 곧 용기를 불러오는 것이다. 달리고자 하는 당신의 Strong Why는 무엇인가?

☞ 함께 하면 더 멀리 간다.

당신이 달리기를 시작했다고 해도 제대로 달리기의 매력에 빠지기까지는 상당한 시간이 걸릴 것이다. 그것도 혼자서는 쉽지 않다. 웬만한 고수가 아니고서는 혼자 뛰면서 달리기 실력을 키우는 사람은 극히 드물다. 혼자 뛰는 사람의 가장 큰 맹점은 일정한 달리기 습관을 만들기 어렵다는 것이다. 모든 분야가 그렇겠지만 반복적이고 일정한 달리기 생활을 하지 않고서는 좀처럼 달리기의 맛을 느낄 수 없다. 당신이 달리기를 하고 있는데 큰 변화가 없거나 좀처럼 일정한 습관이 형성되지 않는다면 가까운 동호회를 찾아볼 것을 권한다. 동호회에 가면 다양한 경력의 주자들을 만날 수 있다. 그곳에서 당신은 달리기에 미친 사람들(염려마시라. 진짜 미친 것은 아니니까.)을 만날 것이고 그들이 펼쳐내는 다양한 정보와 발전적 스킬에 대해 도움을 받을 수 있을 것이다.

달리기 경험이 전혀 없어도 괜찮다. 당신이 달리고자 하면 그들은 매우 기쁘게 반길 것이다. 그들은 기본적으로 친절한 사람들이다. 당신은 그들에게서 초보적인 다리와 팔 동작에서부터 호흡법, 완주를 위한 레이스 운영과 부상 방지법, 나아가 기록 단축을 위한 고강도 훈련

등 다년간의 노하우를 전해 받을 수 있을 것이다. 물론 무료다.

어떤 활동이든 지속하려면 재미가 있어야 한다. 그런데 동호회 활동은 재미가 있다. 그들과 함께 달리는 것도 좋지만 다양한 연령대, 그리고 하는 일도 천차만별인 그들과의 대화는 더욱 즐겁다. 내가 몸담은 달리기 동호회는 가톨릭마라톤동호회다. 지난 2002년에 창단한, 천주교 서울대교구에서 인증을 받은 단체다. 창단 시 故 김수환 추기경님께서 '달려라! 기쁜 소식을 전하는 사람들'이란 친필 휘호도 하사해 주셨다. 지방에도 지역별로 가톨릭마라톤동호회가 있다. 서울은 7개 지역으로 나눠 매주 정기훈련이 활발하게 이루어지고 있으며, 매달 봄과 가을 메이저 대회를 위한 합동훈련이 중앙에서 이루어진다. 회원들은 가톨릭 신자나 성직자, 수도자가 대부분이지만 예비 신자나 타종교인도 차별 없이 어울려 활동하고 있다. 우리는 매달 정기적으로 시각장애인 마라토너들의 눈이 되어 함께 달리기도 한다.

입회 당시 나는 가톨릭 신자가 아니었다. 친구와 마라톤에 입문한 지 얼마 되지 않았을 때 친구가 먼저 가입하면서 나도 인연을 맺게 되었다. 회원들은 20대에서 70대까지 다양한데 마라톤 풀코스 100회, 국토 종횡단, 미국 하와이 철인 3종 대회 아시아권 입상 등 쟁쟁한 기록을 가진 이들이 많다. 이곳에서 나는 공동체적 유대감을 맛보았고, 동호회원들의 사랑을 먹고 챙김을 받으면서 달리기 역량을 크게 끌어올릴 수 있었다. 바쁜 일정에 쫓기다 보면 종종 달리기 훈련에 빠지고 싶을 때가 있다. 혼자라면 물론 그렇게 했겠지만, 동호회 모임이다 보니 억지로라도 몸을 일으켜 나간다. 이들과 몇십 분을 달리다 보면 '아, 역시 나오길 잘했어.'라는 생각을 매번 한다.

☞ 늘 발전을 모색하라.

달리기에 어느 정도 익숙해지면 자연히 좀 더 잘 달리고 싶어진다. 속도를 높이고, 기록을 단축하고 싶은 단계로 발전한다. 마라톤에 출전하고 싶은 것은 당연지사. 편안한 달리기도 좋지만, 너무 변화가 없으면 몸의 단련도, 더 이상의 재미도 없게 된다. 일단 달리기를 시작하고서, 익숙해지기 시작했다면 더 발전적으로 자신의 몸을 만들어가는 것이 바람직하다.

당신의 달리기 실력은 좋은 훈련 파트너와 함께할 때 더욱 배가된다. 파트너는 자신과 주력이 비슷하거나 조금 더 잘 뛰는 사람이면 좋다. 그와 선의의 경쟁, 혹은 격려를 하며 달리다 보면 자신도 모르게 실력이 향상되어 있음을 발견하게 될 것이다. 그렇다고 너무 기록에 연연하면 달리기가 부담이 된다. 함께 뛰는 상대를 경쟁자로만 인식하면 달리는 순간을 제대로 즐길 수 없다. 서두르지 말고 일단은 달리는 그 자체의 즐거움을, 그것으로 인해 몸과 마음이 달라지는 느낌을 파트너와 공유하라.

이제 당신은 마라톤 완주를 목표로 세웠다. 지금부터는 모든 훈련에 충실히 임하게 될 것이다. 매일 매일 자신의 달리기를 점검하고 내면에서 체계화할 것이다. 훈련을 거듭할 때마다 부족한 부분을 찾아 다듬으며 자신의 달리기 실력이 어느새 성장했음을 느낄 것이다. 동호회의 한 여성 회원은 마라톤 완주를 목표로 하고서는 겨우내 훈련에 빠지지 않고 임했다. 안 된다고 했던 하프 거리도, 32km도 거뜬히 소화하는 자신을 보며 풀코스 마라톤에 대한 자신감을 갖게 되었다. 그녀는 처음 출전한 풀코스 마라톤에서 4시간 24분의 좋은 기록으로 완주에 성공했다. 그녀가 달리기를 시작한 지 1년 만에 달성한 쾌거다.

달리기 경험이 없던 사람이 100m 달리기에도 두렵고 헉헉대던 기억을 잊고 5km, 10km를 쉬지 않고 거뜬히 달린다. 더구나 마라톤 풀코스까지 완주하는 것을 보면 인간의 능력에 놀라지 않을 수 없다. 그래서 마라톤을 완주해 본 사람은 자신의 존재에 대해 긍정적 인식을 하게 된다. 이것이 계기가 되어 일상의 다른 일에도 목표만 설정하면 달성할 수 있으리라는 의욕으로 충만해진다.

마지막으로 다시 한번 말한다.
달리기를 해 보고픈 당신!
그 마음이 간절하다면 다른 어떠한 것도 준비할 필요가 없다. 최소한의 러닝화와 가벼운 반바지와 티셔츠만 걸치고 집 밖으로 나가라. 혼자 하기 쑥스럽다면 함께 할 친구를 찾고, 그것도 여의치 않으면 동호회 문을 두드려라. 6개월이 지난 후 당신은 10km, 20km를 가볍게 달리는 멋진 주자가 되어 있을 것이다.

5. 절제와 불사름의 조화

내 어릴 적 어머니는 겨울이면 멋을 낸답시고 얇게 옷을 입은 나를 보며 감기에 걸린다고 염려를 하시곤 했다. 그럴 때마다 나는 감기 같은 것에는 걸리지 않는다며 응수를 했는데 그럴 때면 꼭 다음날에 감기에 걸리는 것이었다. 어머니는 늘 무엇에든 과신하지 말고 말조심을 하라고 당부하셨다. 어머니는 아들이 겸손과 절제를 갖추기를 바라신 것이다.

마라톤대회에 출전하는 마라토너가 이성적으로 절제하며 달리기란 쉽지 않다. 초반 5km까지는 대회 분위기에 들뜨고, 10km를 지나 하프까지는 아직 여유 있는 힘을 믿으며 속도를 높이기 마련이다. 초반의 오버페이스는 후반의 급격한 체력 저하를 가져와 원하는 레이스를 펼칠 수 없게 만든다. 이점을 주자들은 알고 있다. 그러나 이론적으로 아는 것과 실제에서 적용하는 것과는 다른 문제다.

마라톤대회에 여러 번 참가하고 있는 주자들의 목표는 더 이상 건강이 아니다. 그들은 최고의 기록을 내고 싶어 한다. 그러다 보니 때론 부상의 위험을 무릅쓰면서까지 몸을 혹사한다. 연습할 때에도 탈진할 정도로 자신의 몸을 혹사하는 사람이 있다. 전설적인 육상 코치인 빌 바우먼은 '대회에 잘 달리지 못했다면 그것은 연습을 너무 많이 했다는 증거'라고 말한 바 있다. 내 주위에도 자신의 현재 능력보다 높은 목표를 설정하고서는 그 목표에만 집착해 자신을 몰아붙이는 이가 있다. 그런데 그가 대회에서 자신의 목표를 달성하는 경우는 한 번도 보지 못했다.

마라톤에서는 절제와 불사름의 조화를 잘 유지해야 한다. 마라톤이나 장거리를 달리는 전문 선수들의 경우, 초·중반에는 경쟁자들을 적당히 견제하며 자신의 힘을 절제한다. 그러다가 어느 순간에 이르면 자신의 모든 것을 불태워 승부를 결정짓는다. 그 순간이 너무 빨리 와도 문제지만 너무 늦어도 원하는 결과를 얻을 수가 없다.

1992년 바르셀로나 올림픽에서 황영조 선수가 승부처로 삼았던 곳은 몬주익 언덕이었다. 그는 이 길을 몇 번이나 점검하고 승부를 위한 이미지 트레이닝을 했을 것인가! 내리막길이 시작될 즈음 일본의 모리시타 선수를 따돌리며 치고 나가는 황 선수의 모습은 언제 봐도 짜릿하다. 이후 끈질기게 달라붙는 모리시타 선수에게 선두를 내어 주지 않으려 그는 이를 악물고 정신력으로 밀어붙이며 우승을 거머쥐었다. 손기정 이후 대한민국 최초의 올림픽 마라톤 우승이었다.

전문 선수가 아니어도 마찬가지다. 자신의 달리기 목표에 맞는 전략을 세워야 한다. 대회 전 여러 번의 훈련을 통해 자신의 능력을 일정한 수준에 도달하도록 해야 한다. 그 가운데 몇 번은 자신의 목표를 넘어선 한계상황까지도 밀어 올려보아야 한다. 훈련에서 너무 소극적이면 자신의 기량을 제대로 체크할 수 없게 된다. 훈련에서는 좀 더 높은 목표를 설정해 놓고 끊임없이 시도를 해보는 것이 좋다. 1차적인 불사름은 훈련에서 경험해야 할 것이다.

흔히 마라톤은 32km부터라고 말한다. 마지막 10km가 성공의 향방을 결정한다고 해도 과언이 아니다. 32km까지는 훈련을 충실하게 한 사람이면 그리 어렵지 않게 달릴 수 있다. 그러나 이후 10km는 대체로 낯설다. 나머지 10km의 어려움은 육체의 피로 누적도 있겠지만 어떤 면에서는 심리적인 위축이 주자들을 더 힘들게 하기도 한다. 그렇다면 우리는 왜 32km 이후 '마의 벽'이라고 하는 심리적 위축 상태에 들어가게 되는 것일까? 그리고 그 기준은 왜 하필 32km일까?

우리는 흔히 겪어보지 않은 일에 대해서는 낯설거나 당혹감을 느낀다. 대부분의 주자들(그들이 1주일에 수십 km를 달리는 성실한 주자라고 해도)은 한 번에 32km 이상을 달리는 경우는 많지 않다. 나 또한 훈련에서 그 이상의 거리를 달린 경험이 손에 꼽을 정도로 적다. 만약 훈련에서 마라톤 풀코스를 여러 번 경험한다면 어떨까? 당연히 32km 이후 자신의 몸이 어떻게 변할지, 그래서 어떻게 대처해야 할지 경험으로 알게 될 것이다. 속도 차이가 있어 뭐라고 단정 짓기는 어렵지만, 울트라마라톤을 달릴 때는 40km 거리도 짧게 느껴져 심리적인 부담이 전혀 생기지 않는다. 왜냐하면, 이미 마음이 그 이상의 거리에 맞게 세팅이 되었기 때문이다.

실제 대회는 실험의 장이 아니다. 평소 훈련이 잘되었어도 대회에는 늘 변수가 생기기 마련이다. 평소 훈련에서 32km 이후를 경험해 보지 못했다면 심리적인 벽에 봉착할 것은 당연하다. '겨우 10km밖에 안 되니 어떻게든 잘 갈 수 있겠지.'라고 생각한다면 큰 오산이다. 왜 그런지는 실제로 달려보면 알 것이다. 마지막 10km의 장벽과 처절히 사투를 벌이며 뛸 것이냐 아니면 좀 더 수월하게 넘어갈 것이냐는 이전의 훈련에서 이미 판가름 났다고 봐야 한다. 다시 말하지만, 마라톤은 정말 정직하다. 훈련에서 검증이 되지 않았던 것을 대회에서 시도한다고 해서 잘 될 리가 만무하다. 잘못하다가는 오히려 몸에 탈이 생길 수 있다.

대회는 예정된 전략과 계획 속에서 치르는 것이 안전하다. 평소 훈련이 만족스러웠다면 대회 날에는 그 수준에서 최적의 결과를 위해 노력하는 게 옳다. 초반은 역시 속도의 절제에 달려 있다. 자신의 평소 페이스를 유지하며 자기 나름의 승부처까지 접근해 나아가야 한다. 힘이 상대적으로 남아 있는 초반 레이스에 얼마나 절제를 잘하느냐에 따라 후반에 즐거운 달리기가 되느냐 아니냐, 나아가 목표 달성 여부까지 결정된다. 컨디션이 좋은 것 같다고 해서 초반에 1~2분을 앞당기겠다고 욕심을 부리다 보면 후반에 8~10분을 까먹는 사태를 우리는 심심찮게 목격하며, 나 또한 그런 실수를 여러 번 해 왔다. 다시 한번 말한다. 대회는 실험장이 아니다.

그러나 32km를 지난 시점이라면 이제는 훈련의 성과를 실험해 볼 여지가 있다. 이때부터는 아껴두었던 모든 힘을 불살라야 한다. 훈련이 충실히 된 몸이라면 어렵지 않게 레이스를 펼칠 수 있을 것이다. 대회에서는 훈련 때 나오지 않던 괴력이 종종 나오기도 한다. 훈련으로 몸이 이미 준비가 되어 있어 그렇기도 하겠지만 확실히 대회에서는 정신력이 훈련 때보다 높아지는 것은 사실이다.

훈련이 안된 주자는 있어도 대회에서 게으른 주자는 없다. 훈련 때 제대로 불사르지 않으면 대회에서 잘못 불사르게 된다. 다시 한번 강조하지만, 대회에서는 절제해야 한다. 그것이 곧 온전히 불사를 수 있는 최선의 기회를 가져옴을 명심하자.

6. 마라톤 완주를 위한 마인드셋

참가할 대회를 선정할 때 나는 많은 고민을 하지 않는다. 그 코스에 비록 처음 참가하는 것이라고 하더라도 말이다. 시간적 여건 등이 맞지 않을 때를 제외하고는 신체적인 이유는 큰 장애를 유발할 고려 대상이 아니다. 그것은 이미 내 몸이 가능하다고 나에게 속으로 신호를 보내주기 때문인지도 모른다. 몸이 괜찮다 하면 신청부터 하고, 다소 버거운 것 같으면 대회 직전까지 몸을 만든다.

여기에서는 마라톤 완주에 필요한 마인드 세팅에 관해 얘기하려 한다. 물론 그 이전에 신체적인 수준을 올려놔야 하겠지만 그것은 기본이니 여기에서는 논의의 대상에서 제외하자.

나는 지금까지 마라톤 풀코스나 100km, 200km 이상의 울트라마라톤, 그리고 수십 km의 트레일런 등의 대회에 참가하면서 완주를 못한다는 생각을 해본 적이 없다. 골인은 시간의 문제일 뿐이지 잠시 후에 벌어질 당연한 사실이다. 여기에 중도 포기의 선택지는 없다. 이것은 달리 말하면 완주가 어려울 것 같은 대회에는 참가하지 않았다는 의미도 된다. 참가하지 않은 이유는 시간이 없었다든가, 체력적 준비를 못 했다는 등 여러 가지가 있겠지만 참가의 결정을 했을 때만큼은 완주는 기정사실이다.

그렇다고 완주를 쉽게 봤느냐 하면 그런 것은 아니다. 모든 주자가 그렇듯 자신이 참가한 대회에서 설렁설렁 뛰는 주자는 없다. 모두 진지하게 자신의 능력을 충분히 발휘하려 정직하게 최선을 다한다. 그러니 자신의 속도에 맞게 완주하기란 그리 쉬운 일이 아니다. 특히 무박 3일간 벌어지는 가톨릭 성지순례 222km 울트라마라톤대회는 완주율이 50~60% 정도로 결코 쉽지 않다. 그런데도 나는 완주를 못 할 것이란 생각은 단 한 번도 한 적이 없다.

마라톤을 달릴 때에는 철저한 마인드 세팅이 요구된다. 먼저 내가 뛸 전 구간을 마음속에 담는다. 코스를 알고 가는 것과 모르고 가는 것은 하늘과 땅 차이다. 특히 막판에 예상치 못한 코스의 변화가 있다든가 하면 기운이 쭉 빠지게 된다. 심리 기제가 무너지는 것이다. 그래서 장거리 달리기에서 코스 분석은 그 어떤 것보다 중요하다. 트레일런을 처음 시작했을 때 몇몇 대회를 코스를 제대로 보지 않고 호기롭게 덤벼들었다가 코스 종반에 심리적 압박과 육체적 고통에 시달렸던 경험이 있다. 그렇기 때문에 긴 거리를 달리기 전에는 코스맵을 보면서 마음속에 이미지 트레이닝을 한다. 그러면 심리적 공황을 극복할 수 있다.

또 하나 신경 써야 할 것은 힘의 적절한 분배다. 마라톤에서는 에너지 효율을 최대한 높여야 한다. 그러기 위해서는 불필요한 힘이나 에너지 낭비 요소를 적절히 차단해야 한다. 긴 거리인 만큼 조급함을 버리고 마음과 몸을 이완하여 여유롭게 달리는 것이다. 때론 달린다는 사실조차 잊을 만큼 몸을 일정한 흐름에 맡긴다. 그리고 달리면서 만나는 수많은 풍경과 사람들을 유유히 바라보며 한 편의 여행을 즐긴다. 마음이 편안하면 몸도 함께 리드미컬해진다. 우리 몸은 그렇게 나약하지 않다. 무리하지만 않는다면 내가 가고자 하는 대로 몸은 반응해 줄 것이다.

완주나 속도에만 집착하면 달리기가 재미없어지고 무엇보다 견디기 어려운 고역이 된다. 기록에 대한 욕심이 과해 초반 페이스를 오버하게 되면 자신이 생각한 대로 레이스를 즐기지 못하고 중도에 포기할 수밖에 없다. 그래서 장기 레이스는 한편의 서사극처럼 진지하면서도 조심조심 다가가야 한다. 그렇다고 너무 소극적으로 달리라는 얘기는 아니다. 지레 겁먹을 필요는 없다.

달리는 순간 우리 몸은 수시로 변화한다. 피로가 누적되어 곧 죽을 것 같다가도 일정한 시간이 지나면 무슨 약을 먹은 것도 아닌데 다시 살아나기도 한다. 그러니 힘들다고 곧바로 포기하는 것은 어리석은 것이다. 마라톤은 육체의 산을 넘어 정신의 강을 건너는 것이다. 시시각각 다양한 내외적 환경이 다가오고 거기에 따라 나의 달리기도 다르게 춤을 춘다. 나의 호흡과 내딛는 발소리, 심장 박동의 리듬을 들으며 작고 조용한 세계에 몰입한다. 그 세계는 무척 평화롭다. 달릴 때면 우리는 종종 조금 전 지나온 구간도 선명히 떠오르지 않는 경험을 한다. 그만큼 달리는 데 집중했다는 뜻이다. 달리기에 집중하면 물리적인 시간은 감성적으로 흘러간다. 멀고 길게만 느껴졌던 시간과 거리가 인식할 때쯤에는 어느새 훌쩍 지나가 버린 것이다.

골인 지점이 가까워지면 모든 주자에게는 육체적 피로와 고통이 엄습한다. 이제 본격적인 싸움에 대비해야 한다. 그 상대는 깨지는 마음의 평화와 정신의 분산이다. 상대를 잘 붙들지 않으면 나를 앞질러간 선수도, 주변의 아름다운 풍경도, 눈 부신 햇살도 모두 야속해질 뿐이다. 거리를 알려주는 표지판만을 자꾸 찾게 된다. 누가 저 멀리 있는 표지판을 내 발 앞으로 옮겨다 주면 좋겠다. 시선이 분산된다. 그만큼 지쳤다는 얘기다. 이럴 때일수록 주자는 마음의 여유를 갖고 달리기 자체에 더욱 집중해야 한다. 진정으로 높은 수준의 정신력을 발휘해야 할 때가 온 것이다. 수많은 마라토너는 이때가 진정한 마라톤 레이스의 시작이라고들 말을 한다.

주의 산만함을 다스리는 방법은 시선을 한 곳에 고정하는 것이다.

트레일런에서 긴 오르막을 오를 때 나는 스스로 실험을 해보았다. 오르고 오르다 지치면 이 지겨운 오르막이 도대체 어디에서 끝날 것인지 조바심을 내며 자꾸 위를 쳐다보게 된다. 그럴수록 오르막의 끝은 저 멀리 아득하게 존재한다. 자연히 심리적으로 위축된다. 이런 때는 시선을 내 앞 2~3m로 좁힐 필요가 있다. 오직 내가 곧 내디뎌야 할 부분에만 집중한다. 시선을 분산하지 않는 게 핵심이다. 그러면 오르막의 경사가 얼마인지는 잘 모르게 된다. 급경사라 할지라도 발을 내디딜 부분에만 집중하다 보면 어느새 언덕이 공략된다. 이것은 평지를 달리는 도로 마라톤에서도 유효하다.

경험이 많은 마라토너는 고통 관리에도 뛰어난 능력을 발휘한다. 마라토너가 고통을 회피한다는 것은 말이 안 된다. 오히려 고통 속으로 질주해야 한다. 그러나 같은 고통도 어떻게 제어하느냐에 따라 고통이 아닌, 고통으로 탈바꿈시킬 수 있다. 긴 거리를 달리는 주자들에게 고통은 상존하는 친구다. 그렇게 자주 경험하지만, 어느 순간도 쉽지 않다. 나는 고통으로 인해 괴로움이 엄습하게 되면 의도적으로 다른 생각을 한다. 흔히 달린 후의 달콤한 휴식을 상상하거나 사랑하는 사람들과의 유쾌하고 밝은 추억을 떠올린다. 그러면 마음이 한결 편안해지면서 고통도 잠시 잊힌다. 다시 달리기가 수월해진다. 이렇듯 마라톤은 수시로 다가오는 육체적 고통을 어떻게 잘 다독이며 갈 것인가 하는 마인드의 레이스인 것이다.

7. 작지만 도움이 되는 것들

누구나 신발 속에 있는 작은 돌 알갱이가 신경 쓰였던 경험이 있을 것이다. 그때 느낌으로 잠시 돌아가 보자. 여러 사람이 있는 공개 석상이라 신발을 벗기도 뭣해 그냥 놔두면 걷는 내내 신경을 거슬린다. 큰 아픔까지는 아니지만, 꽤 거추장스럽고 기분도 언짢다.

자 이제 달리기로 돌아오자. 짧은 거리를 달리는 데는 크게 상관이 없으나 긴 거리를 달리는 주자라면 작고 사소한 것에도 신경을 써야 한다. 장거리를 달리는 것은 육체적인 면뿐만 아니라 심리적, 정신적인 면과도 매우 밀접하게 연관되는 일이다. 작은 일이라 해서 가볍게 넘겨버렸을 때 레이스를 중도에 포기해야 하는 일들이 발생한다. 아니면 내내 고통을 끌어안고 달리든지.

먼저 밝혀 두는데 나는 생체역학 전문가가 아니다. 그러니 어떤 장비가 신체에 어떤 원리로 어떻게 작용하는지 자세히 알지 못한다. 단, 나의 개인적 경험이나 얕은 지식에 근거해서 초보 주자들이 안전하고 즐거운 달리기를 하도록 돕고 싶을 뿐이다.

앞에서 밝혔지만 달리기는 다른 운동과 달리 많은 장비가 필요 없다. 신발과 러닝셔츠와 반바지만 있으면 된다. 신발이 없다면 맨발도 괜찮다. 그런데 이런 간단한 달리기도 장거리를 달릴 때는 물품에 신경을 써야 한다는 것이다. 우리나라 사람들, 특히 등산하는 사람들을 보면 하나같이 고급 브랜드로 치장하고 있다. 동네 뒷산 규모의 산을 오르면서 고어텍스가 들어간 중 등산화를 신는 경우도 낯설지 않은 풍경이다. 외국에 있다가 온 친구가 그러는데 해외여행 온 한국 사람들 무리를 보면 하나같이 비싼 등산복 차림을 하고 있는데 그게 그리 좋아 보이지는 않더란다.

얘기가 잠시 옆길로 샜다. 내가 하고픈 이야기는 이것이다. 좋은 장비가 그 사람의 등산 실력을 말해 주는 것이 아니듯 좋은 브랜드로 치장을 한다고 해서 달리기를 잘하는 것도 아니라는 것이다. 그렇지만 장거리, 특히 마라톤이나 트레일런 등을 즐기는 사람이라면 얘기가 좀 달라진다. 이들에게는 어느 정도 기능성이 들어간 장비가 필요하다. 자신에게 맞지 않거나 기능성이 떨어지는 장비는 육체적인 부상은 물론 심리적인 요소에까지 영향을 주어 결국 레이스를 망치게 할 소지가 다분하기 때문이다.

당신이 마라톤대회를 앞두고 있다면 어떤 장비를 준비해야 하고 무엇을 신경 써야 할까?

우선 신발부터 살펴보자. 처음 달리기에 입문한 사람 중에는 워킹화와 러닝화조차 구분하지 못하는 사람도 있다. 그들에게는 그냥 운동화로 통한다. 사실 자세히 살펴보면 축구화, 농구화가 다르듯이 배드민턴, 테니스화도 다르다. 러닝화는 워킹화와 달리 겉이 천으로 되어 굽히고 폄이 편하고 가볍다. 그리고 훈련용과 전문 대회용 마라톤화가 또 다르다. 사람들은 보통 밑창이 두꺼우면 쿠션이 많아 좋을 것으로 생각한다. 그러나 꼭 그렇지는 않다. 대회용 마라톤화는 밑창이 오히려 얇다. 속도를 위해 특별히 고안된 것이다.

처음 달리기를 하는 사람이 값비싼 러닝화를 구매할 필요까지는 없다. 중요한 것은 자신의 발에 잘 맞느냐이다. 사람마다 발의 형태는 천차만별이다. 발등이 높은 사람이 있는가 하면 평발인 사람도 있다. 서양 사람들처럼 발볼이 좁고 긴 칼발 형태가 있는가 하면 동양 사람들처럼 발볼이 넓은 경우도 있다. 그리고 달릴 때에도 지면에 닿는 힘의 부위가 다르다. 그러니 먼저 자신의 발에 대해 잘 알아야 한다. 자신의 신발을 수평으로 올려놓고 잘 살펴보라. 어느 쪽으로 기울어지는지. 그리고 밑창도 살펴보라. 많이 닳은 부위가 바깥쪽인지, 안쪽인지, 중앙인지, 그리고 그 강도가 한쪽으로 심하게 쏠려있는지 아닌지도 살펴보기 바란다.

한 번쯤 신발 전문점에 들러 자신의 발을 점검해 보는 것도 좋다. 양발의 크기도 다른 사람이 참 많다. 그리고 실제 러닝화를 구매할 때에는 평소 자신의 운동화보다 많게는 5m 정도 여유가 있는 것을 고르길 권한다. 왜냐하면, 달릴 때 우리 발은 혈액의 순환으로 인해 평소보다 부피가 커지기 때문이다. 발에 꽉 끼는 신발을 신고 달렸다가 발톱에는 피멍이 들고 발등의 통증으로 한 달 넘게 고생한 기억이 있다. 발의 다양성에 비해 시중에 있는 신발의 범위는 한정적이다. 그리고 같은 치수라고 해도 회사별로, 모델별로 약간씩 차이가 있을 수 있다. 그러니 직접 신어보고 자신의 발에 편안한 것을 고르는 것이 가장 좋다.

다음은 러닝셔츠와 팬츠에 대해 얘기해 보자. 아무거나 입으면 되지, 얇은 러닝셔츠 한 장에 무슨 신경을 써야 할까 싶겠지만 그게 그렇지 않다. 달리는 동안 우리 몸은 생각보다 상당한 양의 땀을 배출한다. 마라톤을 골인했을 때 자신의 얼굴이 소금기로 허옇게 칠해져 있는 경우를 누구나 경험해 보았을 것이다. 이 책의 앞부분에서 언급했을 것이다. 인간은 땀을 잘 배출함으로써 장거리 달리기를 할 수 있다는 것을……

인체 밖으로 나온 땀은 빨리 증발을 시켜 주어야 한다. 기분을 상쾌하게 하는 것보다 더 중요한 것은 땀의 증발이 우리 몸의 온도를 적절히 유지해 준다는 사실에 있다. 맑고 건조한 날과 덥고 습한 날의 달리기를 비교해 보면 알 것이다. 몸을 건조하게 해 주는 것은, 추운 날씨에는 따뜻하게, 더운 날씨에는 몸을 시원하게 만든다는 얘기와 같다. 그래서 장거리 달리기를 위해서는 수분을 신속히 건조하는 기능성 옷을 입는 게 중요하다. 달리기를 좀 해본 사람이라면 자연히 쿨-맥스(Cool-Max), 드라이-라인(Dri-Line), 드라이-피트(Dri-Fit) 등을 따져보고 선택할 것이다. 절대 면으로 된 소재는 입지 말기 바란다. 무거운 물을 통째로 안고 달리고 싶지 않다면.

달리기 팬츠는 힐렁한 반바지와 몸에 착 달라붙는 타이츠 형태가 있다. 어떤 형태든 상관없으나 연습 때 충분히 입고 자신에게 편한 것을 고르면 되겠다. 여기서 주의할 것은 자신의 하체 치수를 생각했을 때 달릴 때 무리가 없는 것을 고르도록 해야 한다는 것이다. 나는 이 부분에 실제 고통을 겪은 경험이 있다. 나는 하체가 상체보다 더 발달하여 있다. 상체는 100이나 경우에 따라 95도 가능하지만, 하체는 무조건 100이어야 한다(혹시 선물을 할 사람은 잘 생각해 두시길). 그런데 사람들은 나를 실제보다 마른 사람으로 인식한다. 언젠가 동호회 형님이 타이츠를 선물로 주셨다. 다소 작은 감이 있었지만, 성의가 감사해서 대회에 입고 나갔다. 결과는 어땠을까? 15km 정도 지나자 허리에 심한 통증이 느껴졌다. 허리가 불편하니 호흡도 원활히 이루어지지 않았다. 숨을 잘 쉬지 못하니 힘을 내서 달릴 수도 없었다. 나머지 거리는 정말 고통의 연속이었다. 문제는 훈련 때 충분히 입고 점검하지 않은 나 자신에게 있었다.

마라톤에서는 양말도 고려 사안이다. 기능성은 물론이고 두껍고 얇은 것에도 차이가 있다. 일정한 기준은 없으니 자신에게 맞는 스타일을 선택하면 되겠다. 트레일 전문가인 심재덕 선수의 경우 주로 발가락 양말을 많이 신는다. 나는 집에 모셔만 두고 아직 시도를 해보지는 않았다.

마라톤을 달리는 당신에게 해 줄 가장 확실한 진리의 말이 있다.

'모든 새것은 멀리하라.'

새것이 일반적으로는 좋지만 달리기에서는 아니다. 새것은 검증이 되지 않았다. 새 신발을 신고 달리다가 발가락이 까진 경우도 심심치 않게 본다. 그래도 새것을 고집할 사람이라면 그것을 장착하고 달려보라. 내가 왜 강조하는지 뼈저리게 느끼게 될 것이다. 새 신발, 새 양말, 새 유니폼. 모두 멀리해야 한다. 오직 훈련에서 검증된 것만을 장착하라. 자신에게 편안한 것이 가장 좋은 것이다.

그 외 몇 가지를 덧붙인다면 남성의 경우 마찰 방지용 밴드를 젖꼭지에 붙이면 좋다. 이 얘기를 했더니 마라톤에 입문한 지 얼마 되지 않은 여성분이 무척 의아해했다. 오래 달리며 팔 치기를 하다 보면 상의의 움직임에 의해 젖꼭지가 쓸려 심하면 피가 난다. 달리는 데 집중하느라 아픔을 심하게 느끼지는 않지만, 완주 후에는 꽤 쓰라리다. 여성들도 마찬가지다. 스포츠용 기능성 브래지어를 통해 가슴이 달리기에 누가 되지 않도록 하는 게 좋다.

사람에 따라서는 물집 방지나 사타구니 쓸림 방지용 크림을 바르기도 한다. 자외선이 두렵다면 고기능의 자외선 차단 크림을 사용해도 좋다. 나의 경우에는 머리나 이마에서 흐른 땀이 간혹 눈으로 들어가 달리기를 방해할 때가 많았다. 그래서 헤어밴드나 모자를 통해 차단하기도 한다. 바람이 심하게 부는 날이나 햇빛이 강한 날에는 선글라스 착용도 도움이 된다.

제5화

더 나은 달리기를 희망하다 _ 새로운 여정

1. 인간에 대한 사랑

　세상은 마라톤 풀코스 기록이 언제 2시간 벽이 깨어질지 주목하고 있다. 현재 세계 최고 기록은 2018년 베를린국제마라톤에서 케냐의 엘리우드 킵초게가 세운 2시간 1분 39초다. 40여 km 거리를 몇 분 몇 초 더 빨리 뛰는 게 뭐 그리 대단한 일이라고 호들갑들일까? 자동차나 헬리콥터를 이용한다면 금방일 거리를……. 그러나 이들 기계적 도움을 받아 성취하는 것이 무슨 의미가 있겠나. 인간의 두 발로, 나약한 인간이 거뜬히 해내는 그 사실이 의미가 있고 경이로운 것이겠지.

　세계 마라톤 공식 기록이 시작된 것은 1896년 제1회 아테네올림픽부터다. 이 대회 우승자인 그리스 목동 출신의 스피리돈 루이스는 3시간 3분 5초에 달렸다. 거리는 40km이었다. 현재와 같은 거리인 42.195km는 제4회 런던올림픽에서부터 정식 채택되었다. 이 대회에서 미국인 존 헤이스는 2시간 55분 18초 4로 우승했다. 이후 1925년 미국의 앨버트 미첼슨이 2시간 29분 2초의 기록으로 2시간 30분대의 벽을 깨는가 싶더니 1967년 호주의 데릭 클레이턴이 2시간 9분 36초 4로 본격적인 기록 레이스에 불을 지폈다.

인간은 기본적으로 한계를 지니고 있다. 그러나 그렇기에 발전의 가능성이 있다. 한계를 체험하고자 도전하는 그 과정 자체가 값지다. 인간은 수많은 도전을 통해 한계를 극복해 왔다. 지나오고 보면 그것은 진짜 한계가 아니라 우리 마음의 한계였음이 증명되고 있다. 마음의 한계를 두던 빗장을 벗기는 순간 무한 가능성의 세계가 열린다.

통일 마라토너 강명구 씨는 59세에 특별한 여행을 시작했다. 미 서부 샌터모니카에서 동부 뉴욕까지 장장 5,200km의 거리를 125일간 횡단한 것이다. 그것도 두 발로 말이다. 그는 다음 도전 계획을 묻는 기자의 질문에 얼떨결에 유라시아 실크로드를 달려보고 싶다고 말해 버렸다. 그는 자신의 말에 책임을 지기 위해서라도 한계를 극복할 대모험에 도전했다. 2017년 9월 네덜란드 헤이그에서 임진각까지 1만 5,000km의 '유라시아 대륙횡단 평화 마라톤'을 시행해 2018년 12월 완주했다. 이것으로 그는 뛰어서 지구를 한 바퀴 횡단한 최초의 사람이 되었다.

그의 성취는 위대한 것이다. 단순히 긴 거리를 달렸다는 사실이 위대한 것이 아니라 한계로 생각되는 일을 저질렀고 완수해 냈다는 사실에 우리는 위대한 평가를 해야 할 것이다. 누군가의 도전이 가치 있는 것은 그의 뒤를 이은 도전의 물결이 이어질 것을 알기 때문이다. 인간은 이렇게 서로의 도전을 보고 배우며 함께 성장, 발전해 왔다.

이제 강명구 씨의 뒤를 이을 주자는 누구인가? 이 글을 읽는 당신일 수도 있고 글을 쓰고 있는 필자일 수도 있다. 아니면 또 다른 창의적인 도전의 상상을 하고 있을 그 누군가일 수도 있다. 수많은 이들이 지금, 이 순간에도 새로운 도전을 꿈꾸고 그것의 달성을 위해 몸과 마음을 단련하고 있을 것이다.

마라톤은 사람을 사랑하게 만든다. 주로에서 30km 이후의 사람들을 보면 사랑스럽다. 힘들게 자신의 레이스를 묵묵히 펼쳐나가고 있는 사람, 때로는 몸이 아파 잠시 멈춰 통증을 호소하고 있는 사람, 이들 모두가 사랑스럽다. 그들은 경쟁자인 동시에 함께 수행을 해나가는 도반인 것이다.

미완의 존재인 인간은 더 완벽한 인간이 되려고 고행도 기꺼이 받아들인다. 지구상 어떤 포유류도 스스로 부족함을 알고 발전을 치열하게 꾀하는 동물은 없다. 미완이라고 좌절하여 멈춰버린다면 인간의 가치는 없다. 미완을 인정하면서도 끊임없이 미완을 넘어서려는 노력을 할 때 인간은 더욱 가치 있는 존재가 된다. 이것은 한계를 모르고 덤비는 어리석음이나 미련과는 차원이 다른 얘기다.

많은 사람이 과학의 힘을 빌려 신의 영역에 도달할 것 같은 요즘이다. 신의 존재까지 규명해 낼 듯하다. 나는 신화가 설사 사실이라고 해도 신이 되고 싶지는 않다(어릴 때에는 되고 싶었던 것 같기도). 신화에 의하면 신들도 인간처럼 시기, 질투하고, 싸우고, 슬퍼하며 운다. 심지어는 상대를 죽이기도 한다. 신의 모양을 본뜬 것이 인간이라면 우리 인간은 외적인 모습뿐만 아니라 내적인 감정도 신의 그것을 닮았을 것이다. 그렇다면 굳이 인간을 부정하고 신이 되려고 매달릴 이유가 무엇인가?

존재의 실체를 부정하면 괴롭다. 인간으로 태어난 자가 인간이 아닌 다른 존재를 부러워하거나 그것을 추구한다면 발은 현실에 딛고 있지만, 마음은 콩밭에 가 있는 것이다. 내 몸이 있는 곳에 내 마음이 있을 때만이 인간은 성장의 고삐를 당길 수 있다. 인간 삶의 최고의 가치는 도달할 수 없는 완성을 향해 끊임없이 자신을 성장시켜 가는 데 있는 게 아닐까?

송강 정철의 《관동별곡》은 관찰사 신분인 정철 자신을 내적으로는 끊임없이 신선이 되려는 화자로 그린 빼어난 기행 가사다. 그러나 그는 꿈에 신선을 만남으로써 자신이 원래 하늘나라의 신선이었다는 것을 깨닫는다. 그제야 신선이 되려는 마음을 접고 현실을 직시하는 것으로 이야기는 마무리된다.

달리기도 꿈에 못지않다. 달리기는 관념이 아니다. 쿵쾅거리는 심장의 고동 소리와 헐떡이는 거친 호흡, 무거운 다리와 뻑적지근한 무릎의 압박은 관념의 가르침이 아닌 현실이다. 당장 내 앞에 닥친, 해결하고 넘어가야 할 실체인 것이다. 저 멀리 아무리 맛있는 능금이 있다고, 달짝지근한 시원한 감로수가 있다고 해도 현실의 이 치열함을 이길 수는 없다.

2. 무엇에 의지할 것인가?

평소 마음속의 변화나 느낌을 관찰하는 버릇이 있다. 오늘도 내면을 들여다보다 갑자기 스쳐 지나가는 화두를 발견했다.

인간은 과연 무엇에 의지해 살아가는가!

사람은 누구나 무언가에 의지해 살아간다. 그것이 돈일 수도 있고, 권력이나 직업, 아니면 자신의 재능이나 육체, 주변의 가족, 친구들일 수도 있다. 그러나 이런 모든 것이 언제나 고정적으로 의지의 대상이 될 수 있느냐 하면 그건 또 아니다. 돈이 없어 늘 마음이 무겁던 사람이 그 순간이 지나기만 하면, 혹은 번듯한 직업만 갖게 되면 마음의 희열과 평화가 찾아올 것으로 생각하지만 막상 그런 순간이 찾아와 그것이 현실이 되고, 익숙한 나날이 되면 내적 평화는 어디론가 자취를 감추게 된다. 그래서 우리는 좀 더 근본적인 의지처를 찾아 나선다.

의지처를 찾는 여정에서 여러 고난을 겪은 사람들이 대부분 이르는 곳은 종교다. 현재 대한민국에 사는 40~60대 대다수가 종교를 갖고 있다. 특히 직장의 일로 바쁘지 않은 중년의 여성들이 일상에서 가장 많은 시간을 할애하는 것 또한 종교 활동이다. 혹여 그들이 절이나, 성당, 교회 등 모임의 대표라도 맡게 되면 자신의 시간이 거의 없을 정도로 바쁘다. 우리나라 사람들은 종교 생활도 거의 투쟁적으로 한다. 무엇이든 한 곳에 심취하면 그 열정이 실로 대단하다. 그들에게 신앙은 좋은 의지처 역할을 한다. 그러나 종교가 모든 사람에게 그러한 것은 아니다.

우리는 종교를 범접하지 못할 대단한 그 무엇이라고 생각하지만, 이것 또한 근본적인 의지처는 되지 못한다. 종교인을 자처하는 사람들의 일상적 모습이나 행동이 어떠한지 여기에서 굳이 언급하지는 않겠다. 그렇다고 특정 종교들이 내세우는 의지처에 도달하기 위해서 종교인의 깊은 신심을 따지고 논한다면 그건 더 웃기는 일이다. 그렇게 영적으로 깊이 들어가고, 고도로 수양 된 사람들만 이르는 의지처라면 이미 보편적인 사람들 모두의 의지처는 될 수 없다는 것이 증명된 것이 아니겠는가?

종교가 정말 인간을 구원하는지도 의문이다. 우리가 생각하는 구원이란 어떤 것인가? 가난한 자에게 일용할 양식을 주는 것인가? 아니면 힘든 마음에 위안과 안식을 주는 것인가? 아니면 내세의 삶을 보장해 주는 것인가? 구원의 정의부터가 쉽지 않다. 과연 인간 모두에게 해당하는 보편적인 구원이 존재하기나 한 것일까?

하루 세끼 밥이 절실한 사람에게, 혹은 채권자의 독촉과 압력에 시달리는 채무자에게 종교적 경전의 경구를 들이미는 것이, 건조한 콘크리트 건물 안에서 기도만을 종용하는 것이 진정 그들을 구원으로 이끄는 것으로 생각하는가? 당신이 정말 그러한 상황이라면 말씀 하나에만 매달려 있을 것인가? 말씀도 상황이 되어야 들어오는 법이다. 물질이 필요한 사람에게는 물질을 주어야 하고, 영적 갈증이 있는 사람에게는 그에 합당한 것을 채워 주어야 한다.

'울지 마! 톤즈'로 화제가 되었던 고 이태석 신부는 아프리카 수단 톤즈에 가서 교회가 아닌 병원과 학교를 먼저 지었다. 그는 '예수님이라면 이런 상황에서 어떻게 하실까?'라고 깊이 생각했다고 한다. 보통의 선교사였다면 아마 교회부터 짓고 그들을 개종시키려 했을 것이다. 구원은 종교를 거들먹거린다고, 거창하게 신을 내세운다고 이루어지는 것이 아니다.

그러면 문학, 음악 등의 예술은 어떤가? 예술가들은 자신의 작품에 몰입할 때 종종 현실을 잊는다. 그들이 예술 행위를 계속하는 것은 어쩌면 위대한 작품을 남기기 위해서가 아니라, 예술을 하는 그 순간 자신과 현실을 벗어나는 경험이 너무 짜릿해서일지도 모른다. 그러나 그들에게도 어김없이 현실은 기다리고 있다. 이상적 세계 여행에서 깨어나는 순간 현실의 고통이 그들의 발목을 잡는다. 실제로 돈 많은 부자의 세계에서는 예술이 이야기의 소재로 자주 올라오지만 정작 예술가들의 모임에 가면 돈이 주된 화제가 된다는 웃지 못할 얘기도 있다.

달리기를 즐기는 사람들도 맥락은 같을 것이다. 아무리 열심히, 그리고 자주, 혹은 빠르게 달린다고 해서 그들이 현실을 벗어나 살지는 않는다. 달리는 짧은 시간이 지나면 그들 역시 현실로 돌아와야 한다. 그러나 종교와 예술이 그렇듯이 달리기를 하고 나면 현실을 더 밝고 건강하게 살아낼 수 있다는 것은 확실하다. 뭔지 모르지만 달리는 과정에서 영적 에너지가 더 충만해지는 것은 분명하다. 그런 면에서 보면 달리기 또한 종교적 생활이나 예술적 행위와 크게 다르지 않다.

인간은 기본적으로 육체와 감정, 그리고 고차원의 영이라고 하는 정신의 조화로 살아가는 존재다. 그런데 영적인 부분은 쉽게 맛보거나 채워지는 것이 아니라서 인간은 늘 목마르다. 자연히 마음은 현실 너머를 보려 한다. 그러다 보니 인간의 정신을 이용한 이상한 종교들이 세상에는 넘쳐난다. 우리가 혼동하지 말아야 할 것은 이상을 추구한다고 해서 모두 건강한 영을 만나는 것도 아니며, 현실에 충실하다고 해서 세속적으로 타락하는 것도 아니라는 점이다.

우리의 현실에서 만나는 모든 활동은 그 나름의 가치가 있다. 어떤 행위나 만남이든 깊게 들어가면 진리에 다가가는 그 무엇이 있다. 그럼에도 잊지 말아야 할 변하지 않는 사실이 있다. 바로 우리는 인간이고 인간은 불완전한 존재라는 것이다. 불완전하다는 것을 꼭 부정적으로 볼 필요는 없겠다. 아직 완전에 이르지 않은, 그래서 늘 완전을 향해 달리는 존재로 인식하면 어떨까? 그러니 미완이 불안하다고 해서 쉽게 완전에 이르게 해 주겠다는 달콤한 급행열차를 섣불리 타지는 말길 바란다.

의지처가 있는 자체는 좋은 것이다. 그러나 모두가 똑같이, 하나도 예외 없이 의지할 수 있는 것은 이 세상 어디에도 존재하지 않는다. 각자가 의지하는 바가 다를 수 있으며, 의지 대상도 영원한 것은 아니다. 그러니 어떠한 것에 의지해도 상관이 없고 또 그렇게 살아가는 것이 부정할 수 없는 현실이다. 의지처가 어떤 이에게는 목적이지만 다른 누군가에게는 좀 더 성숙한 자아나 진리를 찾아가는 길에서 만나는 수단일 수 있다. 수단은 상황에 맞게 갈아타는 것이 정상이다. 그게 오히려 상식적이고 건강한 삶이다.

외경으로 여겨지는 〈도마복음〉에서 예수는 이렇게 말했다. "찾는 사람은 발견할 때까지 찾는 것을 멈추지 말라. 발견하면 혼란스러워지고 그 혼란스러움은 경이로움으로 바뀔 것이다. 그때 그는 모든 것 위에 올라서게 될 것이다."

우리는 무엇을 찾기 위해 삶을 살아가는가? 각자가 찾고자 하는 것은 무엇인가?

신? 진리? 참나?

일상의 잔잔한 물결에 돌을 던지면 일순간 물결은 출렁인다. 혼란스러움은 변화, 그리고 새로운 질서의 시작이다. 그러나 새로운 질서가 굳어질 때 우리는 또다시 돌을 던져야 한다. 진리를 찾아 떠나는 길에는 혼란과 고통이 수반된다. 그러나 그 혼란과 고통은 영적 성장을 위한 통과 의례적 아픔일 뿐이다.

당신이 의지하는 것이 무엇이든 상관없다. 진리를 찾고자 하든, 신을 찾고자 하든, 우리는 수많은 활동에서 영적 성장을 할 수 있다. 그것이 종교든, 예술이든, 몸을 쓰는 운동이든 모두가 그 나름대로 가치가 있다. 제발 어떤 것만이 진리에 이르는 길이라고, 근본적인 의지처라고 아집을 부리지는 말기를……

3. 인 생 은 마 라 톤 이 아 니 다.

그 러 나

사람들은 인생을 마라톤에 비유하곤 한다. 그만큼 살아내기가 녹록지 않음을 말하는 것이리라! 마라톤에서는 초반에 빠른 사람이 후반에도 빨리 목적지에 도달한다고 보기 어렵다. 먼 거리의 버거움에 중도에 포기하는 사람도 있다. 삶도 마찬가지다. 서두른다고 더 단단하게 서는 것도 아니며 완주하기도 전에 삶의 주로에서 이탈하기도 한다. 둘 다 모든 평가는 완주 후에 이루어지는 것이다. 그런 면에서 삶은 마라톤을 닮았고, 마라톤은 삶의 모습을 녹여 놓은 축소판이라고 얘기할 수 있겠다.

그러나 마라톤과 삶은 엄연히 다르다. 마라톤에는 일정하게 정해진 거리가 있지만 우리네 인생에는 가야 할 거리와 시간이 정해져 있지 않다. 그 길은 사전에 코스를 점검해 볼 수도 없다. 단지 먼저 달린 사람의 삶을 통해 유추해 볼 수 있을 뿐이다. 그래서 앞서 살아간 선배의 얘기에는 귀를 기울일 충분한 가치가 있다.

100세의 고령임에도 활발한 강연과 저술 활동을 하고 있는 김형석 연세대 명예교수는 참으로 존경할 만한 어른이다. 그는 한 강연에서 우리의 인생을 0~30세, 30~60세, 60세 이후의 3단계로 분류했다. 30세까지의 삶은 인생의 뿌리를 형성하는 시기로 무조건 많이 배워야 한다고 말했다. 또 30~60세까지는 일에 대한 가치관을 확립하는 시기로 직업을 선택할 때 돈보다 가치를 좇아야 한다고 강조했다. 특히, 그는 60~75세까지를 인생의 황금기로 규정했다. 그때는 제2의 인생을 시작하는 동시에 열매를 맺는 시기로 60살쯤 되면 사람은 자기에 대한 신뢰가 싹터 가장 행복할 수 있다는 것이다. 그러면서 75세 이후에도 사람은 성장할 수 있으니 성장의 고삐를 늦추지 말고 노력해야 한다고도 말했다.

우리는 삶에서 수많은 사건을 만난다. 삶에서 넓은 파장의 극적 체험을 한 사람은 그만큼 생존의 면역력이 강하다. 온실의 화초보다는 비바람을 온몸으로 겪은 야생초가 강한 생명력을 지니고 있음을 우리는 알고 있다. 최근에 알게 된 사실인데 진달래나 개나리 같은 꽃들은 혹독한 겨울을 나지 않으면 봄이 와도 제대로 꽃을 피우지 않는단다. 그러니 우리 인간도 평안한 일상의 삶을 살고 있다면 힘든 어느 순간을 대비한 극적 훈련을 일부러라도 가끔 해보는 것도 나쁘진 않을 것이다. 만약 그 힘든 순간이 현재, 일상이 되어 나를 엄습하고 있다면,

더구나 그 고통이 나의 인내를 시험하는 수준이라면, 그것은 오히려 돈을 주고도 살 수 없는 값진 체험이자 생명력을 배가시키는 축복이라고 생각해도 좋을 것이다.

그렇다면 마라톤 완주가 인생에는 어떤 의미가 있을까? 마라톤을 완주했다고 인생도 쉽게 완주가 될까? 그렇지 않음을 우리는 너무나 잘 알고 있다. 몇 시간의 축제를 즐기고 돌아오면 또다시 힘겨운 일상이 나를 맞이한다. 마라톤의 고통이 일상의 힘듦을 이겨내는 예방주사 역할을 충실히 해 주면 좋겠지만 현실에서 마주하는 여러 고난은 그 해결이 단순하지가 않다.

삶은 끊임없이 우리를 찍어 누른다. 삶의 굴레는 우리를 철저히 구속하려 한다. 그 부자유에 우리는 어떻게 대처해야 할까? 그것이 우리의 안방을 차지하도록 내버려 두어야 할까? 안 된다. 살아있는 동안 우리는 우리를 억압하는 부자유와 끊임없이 투쟁해야 한다. 그러니 멈출 수가 없다. 늘 희망을 품고 달려야 한다. 인생은 생각보다 길다. 그 긴 시간을 어떤 모습으로 살아갈지 늘 생각해야 한다.

혹자는 평범한 사람이 성공적인 삶을 살고 싶다면 책을 쓰라고 말한다. 새삼 달리기와 글쓰기가 많이 닮았다고 생각한다. 단거리 달리기가 짧은 편지글이나 초대장 같은 것이라면 마라톤은 책을 쓰는 것과 연결 지을 수 있겠다. 나는 글을 쓰는 사람에게 달리기, 구체적으로는 마라톤을 완주해 보라고 권하고 싶다. 분명 그의 글이 더 잘 써질 것을 확신할 수 있다. 두 가지를 다하고 있는 나는 어떤 것이 더 어렵거나 힘들다고 평가를 하고 싶지는 않다. 그럴 수도 없다. 둘 다 장기 레이스이며, 고통이 수반되고 오랜 인내가 필요한 일이다. 아무나 쉽게 도전의 엄두를 낼 수 없다는 점, 그럼에도 평범한 누구나 가능하다는 점에서 일맥상통한다. 하지만 책도 건강이 받쳐주어야 탈고를 할 수 있다. 그러니 글 쓰는 이여! 마라톤에 관심을 한번 가져 보시라.

자신의 죽음을 세상 사람들이 어떻게 평가하는지 한 번쯤 보고 싶지 않은가! 거의 불가능하다는 것을 우리는 알고 있다. 그러나 이런 특이한 경험을 한 사람이 있다. 노벨상으로 유명한 알프레드 노벨이 바로 그 주인공이다. 노벨은 한때는 다이너마이트 발명으로 막대한 부를 축적한 사람이었다. 그가 죽었다는 뉴스가 전해졌을 때 사람들은 그를 혹평했다. 그러나 그건 오보였다. 세상 사람들의 혹평을 접한 노벨은 자신의 삶을 다시 돌아보게 되었고, 이제까지의 삶과는 180도 다른 삶을 추구하게 되었던 것이다.

우리나라에도 상황은 조금 다르지만 그러한 경험을 한 이가 있다. 바로 천상병 시인이다. 그는 '동백림사건'에 연루되어 긴 세월 동안 옥고를 치렀다. 그 후유증으로 몸은 만신창이가 되었고, 평생 가난한 삶을 살다 갔다. 그런 그의 시가 우울할 것 같지만 전혀 그렇지 않다. 맑고 영롱한, 삶에 대한 긍정의 시선을 담고 있는 시들이 많다. 그의 삶의 스토리를 아는 입장에서 보면 그의 시는 잔잔한 눈물을 자아낸다. 그는 자신의 대표 시 《귀천》에서 이 세상에서의 삶을 '소풍'이라고 표현했다. 그러면서 하늘나라에 가면 자신의 삶이 참 아름다웠다고 고백하겠단다. 이 시는 그가 죽기 얼마 전 병상에서 쓴 생애 마지막 시다. 삶의 마지막을 인식한 즈음에 세상에 대한 갈망과 욕심을 내려놓은 시인의 담담하면서도 높은 정신적 경지가 느껴진다.

나 또한 인생을 소풍처럼 살고 싶다. 하루하루가 이벤트일 수는 없으나 늘 축제의 즐거움으로 살아가고 싶은 것이다. 나이가 들어가면서 우리는 이벤트에 인색하다. 심지어는 가까운 사람의 생일파티조차 챙기기도 벅차다. 젊은이들은 고작 밸런타인데이나 빼빼로데이에 열광한다. 어른들은 이들의 행위를 기업의 마케팅 전략에 놀아나는 어리석은 행위로 치부한다. 그러나 비판만 하기에 앞서 우리 사회가 얼마나 건전한 이벤트에 목말라하는 사회인지 한 번쯤 생각해 보면 어떨까? 마라톤은 일상의 멋진 이벤트다. 중년들에게는 더없이 좋은 놀이다. 그것도 건강까지 챙기는 놀이. 마라톤을 뛰고 나면 육체는 피로하지만, 정신은 오히려 더 맑아진다. 나에게 마라톤은 소풍과도 같다. 소풍을 마친 다음 날에는 다소의 아쉬움이 있지만, 소풍을 잘 끝낸 여유와 편안함이 찾아온다.

우리는 흔히 다시 태어난다면, 혹은 인생을 다시 산다면 얼마나 좋을까? 하고 생각을 하지만 실제로 우리는 매일 매 순간 새롭게 살고 있다. 어제의 나는 오늘의 내가 아니듯 지금, 이 순간의 나도 1분만 지나면 새로운 나가 된다. 그러니 돌아오지 않는 시간에 애달파하면서 넋두리를 할 것이 아니라 날마다 새롭게 살 생각을 해야 할 것이다.

인생은 마라톤이 아니다. 인생에서는 예행연습이 근본적으로 불가능하다. 그러나 노벨과 천상병 시인이 죽음이란 모티프를 통해 자신의 삶을 조율할 기회를 얻었듯이 마라톤을 통해 우리도 삶의 좋은 예행연습을 해볼 수 있지 않을까? 힘든 이승에서의 삶을 소풍이라고 표현한 천상병 시인의 마음을 우리도 가져 봄 직하다. 삶을 즐겁게 마음먹으면 일상의 불편이나 고통도 달게 받을 수 있겠지. 당신도 마라토너가 되어 삶의 즐거운 소풍을 떠나보지 않으시려나.

4. 진정한 달리기로 돌아오기

'LA타임스'에 건강에 대한 글을 쓰고 있는 마를렌 시몬스라는 사람의 글이다.

"근육은 탄탄하다. 하지만 아침마다 일어날 때 허리가 아프다. 풀코스 마라톤 10회, 수백 번의 대회 참가, 수천 마일의 달리기와 내가 한때 누렸던 속도와 그 유연함⋯⋯. 나이는 속일 수 없나 보다. 지금은 마일당 7분 30초~8분대가 최고 속도이고, 10분 속도로 달리면 최상의 컨디션을 느낀다.

하지만 아무려면 어떤가?

나는 이러한 것으로부터 평화롭고, 그저 딸이 학교에서 3점을 더 받아오는 것에 스릴을 느끼고, 아들의 피아노 연주를 듣는 것이 보스턴 기록을 가지는 것보다 소중하다. 이 생활이 행복하다. 그저 이대로 부상 없이 살면서 달릴 수 있다는 사실에 감사할 뿐이다."

처음 달리기를 시작하고 재미를 붙일 때쯤이면 누구나 마라톤 완주에 관심이 가기 시작한다. 하프를 뛰고 성에 차지 않아 풀코스 도전에 출사표를 던지게 된다. 훈련에 훈련을 거듭하면서 첫 풀코스가 현실로 서서히 다가옴을 느낀다. 대회에 나가 생전 처음 느껴보는 듯한 육체적 고통을 접하고 포기하고 싶은 마음을 겨우겨우 다독여 골인을 하고 나면 스스로 보기에도 대견하고 세상 어떤 일이든지 해낼 수 있을 듯한 자신감으로 충만하게 된다. 이때부터 마라톤은 완주가 목표가 아니라 기록 향상에 대한 목표로 전환된다. 실제로 많은 선배 주자들이 말하기를 마라톤은 시작 후 3~4년 사이에 실력이 급격히 성장한다고 한다. 나의 경우에도 첫 풀코스 완주 후 만 1년 만에 1시간 정도의 기록을 단축했다. 훈련을 하면서 몸이 좋아지고 대회에서 기록이 조금씩 향상되는 기쁨은 이루 말할 수 없다. 그러나 이때부터 조심해야 한다. 자칫 기록에 집착하다 보면 달리기가 즐거운 작업이 아니라 고통이 될 수 있다.

사람들이 달리기를 시작한 이유가 각기 다르듯이 마라톤에 임하는 자세도 천차만별이다. 속도에 주안점을 두는 사람이 있는가 하면 5시간 전후의 여유 있는 속도로 달리는 자체를 즐기는 사람도 있다. 개중에는 마라톤 출전 횟수를 늘려가는 재미로 달리는 사람들도 있다.

그러나 대부분의 주자는 기록 향상에 목을 맨다. 특히 주력이 좀 괜찮다 싶은 이들은 SUB-3에 도전하기도 한다. 그리고 그 과정에서 많은 이들이 부상에 시달린다. 가장 흔하게 겪게 되는 족저근막염에서부터 무릎, 햄스트링 부상 등 각종 부상에 시달리다 보면 그렇게 좋아하던 달리기를 몇 년간 할 수 없게 된다. 내 주위에도 SUB-3를 한 후 주로에서 사라진 사람들이 여럿 있다.

달리기에 깊이 심취했던 사람일수록 더는 달리지 못하는 상황이 되면 삶의 균형을 잡지 못하고 방황하게 된다. 동호회 한 형님은 마라토너들은 언제나 부상의 위험 요소를 갖고 있는 만큼 달리지 못할 때를 대비해 마음 붙일 다른 것을 찾아 둘 것을 조언한다. 실제로 그 자신이 2년간 부상으로 마라톤을 할 수 없던 시절이 있었다. 그 시간 동안 그는 색소폰을 배웠고, 더 나이가 들 때를 대비해 요리 학원까지 다녔다. 현재 그의 색소폰 실력은 수준급이다. 종종 회원들을 위해 색소폰을 불어주는 그의 모습이 참으로 멋있게 보인다.

부상에서 회복된 마라토너들이 다시 주로에 섰을 때 예전의 기량을 회복하는 경우는 많지 않다. 그럼에도 그들의 마라톤 사랑은 변함없다. 사랑하는 마라톤과 떨어져 있어야 하는 아픔을 겪은 만큼 이전보다 더 소중하게 생각한다. 이때부터 이들의 달리기에 대한 생각도 달라진다. 어쩌면 그들은 이제 다시 달리기의 초심으로 돌아온 것인지도 모른다. 큰 꿈을 향해 넓은 세상으로 나갔던 자식이 나이가 들어 고향의 품으로 다시 돌아오듯 힘이 잔뜩 들어가 있던 달리기에서 힘을 뺀 달리기로 돌아온 것이다. 이들의 달리는 모습은 한결 여유롭고, 성숙해져 있다.

나이가 들면 자연히 육체적 능력이 젊을 때에 비해 감소하게 된다.

현명한 마라토너라면 더 이상 육체를 혹사하지 않을 것이다. 마라톤대회에서 만나는 이들은 달리는 자체로 행복해한다. 기를 쓰고 앞으로 나아가려 애쓰는 젊은 주자들 사이에서 노래를 부르며 그들을 격려해 주는가 하면, 주로에서 응원하는 봉사자들에게도 고마움의 표시를 하며 함께 어울린다. 진정 축제를 즐기는 모습이다.

잠시 나의 달리기를 돌아본다. 나는 아직 그런 경지에 도달하진 못했다. 그렇다고 현재의 나의 달리기가 나쁘냐 하면 그것은 아니다. 진화해 가는 과정이라고 본다. 나는 내 나름대로 현재 나의 달리기가 좋다. 나의 달리기는 아직 재미와 성장을 일구어 가는 과정이고, 성취를 위해 도전하는 단계다. 향상될 수 있는 모든 요소를 갈고 닦는다. 그러나 언젠가 나의 주력도 전성기를 찍으면 하락하게 될 것이다. 그때가 오더라도 그 순간의 상황에 맞게 대응하면 되는 것이다. 늘 지금, 이 순간이 중요하다. 현재에 충실하면 된다. 아무리 기록이 좋았고, 전적이 화려해도 이미 지나간 과거다. 과거의 추억이 아름답기는 하나 가장 소중하고 가치가 있는 것은 역시 현재다. 달리는 순간 헐떡이는 내 호흡과 쿵쿵거리는 심장의 고동을 들으며 현재에 내가 존재하고 있음을 느끼는 그 자체가 중요하다.

달리기를 통해 삶을 배우고 즐기기 위해서는 이기기 위한 달리기가 아닌 즐기는 달리기가 필요하다. 마라톤국가대표였던 이의수 선수 역시 '마라톤 인생 30년이 지난 지금에 와서야 그렇게 지겹게 느껴졌던 마라톤을 무척 사랑하게 되었다.'고 고백한다. 기록 향상을 위해 노력하는 것은 더 나은 주자로 발돋움하려는 마음의 바람직한 현상이라 할 수 있다. 그러나 목표에 연연하여 자신의 육체와 정신을 압박하고 고갈시키면 즐거운 놀이여야 할 달리기가 일이 되고 만다. 똑같은 시간 육체를 놀려도 일과 스포츠는 분명 다르다. 끝난 후의 심리적 안정이나 피로도도 현격히 차이가 난다. 즐거운 달리기도 '더 빨리' 병에 사로잡히는 순간 마음의 여유와 재미가 없어지고 부상에 노출될 확률이 그만큼 높아진다.

케이트 샘페리라는 사람이 이런 말을 했다.

"어머니가 되기 전에 나는 아이를 키우는 법에 대한 수백 가지 이론을 품고 있었다. 이제 일곱 아이를 둔 나는 오직 한 가지 이론만을 품고 있다. 아이를 사랑하라. 그 아이가 가장 큰 어려움에 처해 있을 때는 더욱 사랑하라."

중요한 것은 달리기에 대한 사랑이다. 달리기는 즐거워야 한다. 재미있어야 한다. 그리하려면 절제할 줄 알아야 한다. 그래야 오래도록 이 즐거운 소풍을 즐길 수가 있다. 아침 일찍 종종 올림픽공원을 혼자서 달릴 때가 있다. 가끔 한국체육대학교 학생들인 듯한 달리기 무리와 만난다. 코치의 독려에 달리고 있는 그들의 표정은 결코 밝지 않다. 무표정한 얼굴에 피로가 다소 섞인, 하나같이 열정이 사라진 모습들이다. 직업이나 의무에 따른 운동을 하니 당연하다는 생각을 한다. 우리나라 엘리트 체육의 한 단면을 보는 것 같아 안쓰럽다. 상대적으로 나는 취미로 하니 즐거울 수밖에……

그러나 단순 비교는 무리일 것이다. 그들의 꿈과 열정을 무시할 수 없으니……. 그들이 좋은 체육인으로 자라길 바랄 뿐이다.

사실 세상에는 달리기 말고도 재밌고 가치 있는 일이 많다. 그러니 내가 여러분에게 달리기가 좋다고 열변을 토한다고 해서 내 얘기를 모두 믿을 필요는 없다. 난 원래 열정을 바치는 것은 좋게 생각하나 하나만 최고라고, 그것만이 모든 것인 양 말하는 것은 별로 좋아하지 않는다. 정말……. 그러니 나도 그렇게 말하진 않겠다.

그러나, 최소한
건강한 몸을 갖고 싶다면!
새로운 삶의 희열을 원한다면!
전 인구의 극소수(마라톤 풀코스 완주자가 10만 명 정도 될까?)만이 체험하는 장거리 달리기, 마라톤에 도전해 볼 것을 권한다.

난 그것으로 족하다.
부디 주로에서 만나 인사 나눌 수 있기를…….

5. 삶의 직선과 곡선에서

대학 졸업 후 나는 주도적인 삶을 살아가려 노력했다. 사회가 만들어 놓은 시스템에 종속당하지 않겠다는 생각을 했고 나의 가치를 다른 누군가가 매기도록 내버려 두고 싶지 않았다. 전자전문지 기자 생활을 하던 어느 날 나는, 점심을 먹고 사무실로 향하던 많은 넥타이부대 행렬에 끼어 있었다. 순간 우리 안으로 들어가는 돼지가 생각났다. 답답했다. 자유로운 세상을 위해 탈출을 감행하고 싶었다. 그래서 생각한 것이 1인기업가였다. 당시에는 1인기업가에 대한 인식이 사회적으로 그리 넓지는 않았다. 나 또한 공병호 박사나 앨빈 토플러, 존 나이스비트, 다니엘 핑크 등의 책을 접하면서 프리에이전트나 1인기업가의 세계에 조금 눈을 떴을 뿐이었다.

어찌해서 모양새 좋게 1인기업가가 되었지만, 사회가 요구하는 시스템의 울타리를 벗어나니 먹을거리를 스스로 만들어 내는 일이 녹록지 않았다. 당시에는 공병호 박사의 '자기 분야를 확고히 하라'는 조언을 깊게 새기지 않았다. 그러니 그 길은 고단한 길이었고, 끊임없이 사회의 시스템과 비 시스템의 영역을 갈지자로 왔다 갔다 하는 삶의 연속이었다. 외면적으로는 완벽하게 나의 삶을 사는 것 같았으나 내면적으로는 시스템에 주눅 든 비굴한 삶이었던 것이다.

고개 한번 숙이면 쉽게 해결될 것이었다. 그러나 나는 다시 직장이라는 우리 속으로 돌아가기는 죽기보다 싫었다. 이미 야생의 자유를 알아버린 것이다. 1인기업가는 겨울이면 더 춥고 배고프다. 수년 전 방세도 몇 개월 밀리고, 가스도 끊어져 냉돌에서 겨울을 날 위기 상황이 닥쳐온 적이 있었다. 이불을 겹겹이 덮고도 몸을 도사리며 자느라 아침에 깨면 피로가 늘 가시지 않았다. 차라리 낮에는 밖에서 활동하고 밤에는 일을 하면 조금이나마 따뜻하게 보낼 수 있겠다는 생각에 모 기업의 보안요원으로 일하게 되었다. L그룹 놀이동산에서 야간 경비를 서는 일이었다.

함께 일하는 사람들의 환경은 열악했다. 그러나 그 속에서도 추운 날 힘내자며 따뜻한 캔커피를 나누는 소박함이 좋았고, 많지는 않았지만, 꼬박꼬박 나오는 월급에 감사했다. 외곽의 초소에서 밤새 추위와 싸워야 했지만, 모두가 잠든 새벽, 메모지에 글을 쓸 수 있을 때는 행복감마저 들기도 했다. 일이 끝나는 아침이면 근처 호수를 달리거나 직원용 헬스장에서 혼자 운동을 하는 것에 소박한 즐거움을 얻기도 했다.

그곳에서 나는 다양한 삶의 모습들을 목격했다. 놀이동산 영업이 끝난 야간에 들어와 새벽 혹은 아침까지 작업하는 많은 업체들, 넓은 공간을 매일 깨끗하게 정리하는 야간 청소담당자들, 조금이라도 따뜻한 곳을 찾아 건물 주변으로 몰려오는 노숙자들. 비록 상황이 다르고 삶의 동선 또한 차이가 있었지만, 그들 모두에게 삶은 절실한 그 무엇이었다. 그곳에서 난 환경에 의해 삶의 질이 결정된다는 사실을 깨달았다. 그곳에 오래 있을 수는 없었다. 변화를 모색해야 했다.

삶이 마음먹은 대로 되지 않는다고 하소연하는 사람이 많다. 그들의 바람처럼 삶이 무릎을 꿇고, 순종적이었으면 좋으련만 세상살이가 어디 그러하던가! 무엇이든 쉽게 이루어지기를 바라는 이는 삶이 직선이기를 원한다. 직선은 단순, 명쾌하다. 직선의 삶은 원하는 곳으로 곧장 가로질러 가는 것이다. 이 길에는 방황과 고뇌가 있을 수 없다. 오직 '어떻게 하면 빨리 갈 수 있을까?' 하는 효율성에 대한 고민만 있을 뿐이다.

우리는 직선의 삶에서 똑똑하고 유능함을 읽는다. 어린 학생이나 20대 청년들은 당연히 직선의 빠른 성취를 원하며, 부모들 또한 그러한 것이 바른 삶인 양 은연중에 강조하기도 한다. 젊은 날의 과분한 성공이 오히려 그들의 성장을 가로막고 삶을 다치게 하는 치명적인 악재가 될 수도 있음에도 말이다. 그러나 나 또한 빠른 성취에 목말라하고 조급해했던 2~30대의 지난날을 인정하지 않을 수 없다.

누구나 돌아가는 길을 선택하고 싶지는 않을 것이다. 방황과 어리석음의 냄새가 나는 곡선의 삶. 그것은 복잡하고 난해하며, 때론 아픈 가슴을 쥐어짜야 하는 눈물의 길이다. 피할 수만 있다면 피하고 싶은 길이다. 그러나 우리가 달려야 할 삶의 운동장을 살펴보자. 완전한 직선의 트랙도 아니지만 그렇다고 곡선의 트랙만으로 이루어진 것도 아니다. 그러니 어느 한쪽만을 선택해 달릴 수는 없다. 문제는 우리가 그러한 사실을 자주 잊어먹는다는 데 있다. 그런데 자세히 들여다보면 직선의 삶에도 수많은 짧은 곡선이 있듯이 곡선의 삶 또한 순간순간은 직선의 형태를 띠기도 한다.

달리기를 하면서 수많은 길을 달렸고, 오늘도 그것은 진행 중이다. 트레일런을 하면서 나는 길에는 직선과 곡선만 있는 것이 아니라 오르막과 내리막도 있다는 사실을 깨달았다. 오르막을 오르기는 무척 힘들다. 그러나 포기만 하지 않으면 언젠가는 정상에 서게 된다. 힘들어도 몸에 큰 탈은 없다. 그러나 내리막은 다르다. 쉽게 보이지만 방심하면 큰 사고를 당할 수도 있다. 우리의 인생에도 오르막과 내리막이 있다. 한창 성장하는 삶은 힘들어도 도달할 목표가 있으니 희망이 있다. 그러나 영원히 성장만 할 수는 없다. 내려갈 줄도 알아야 한다. 한두 번 내려감으로써 다시 오를 힘을 얻게 되는 법이다.

크게 보면 오르막과 내리막 또한 곡선의 길이다. 표면적으로 직선과 곡선의 다름은 목표에 도달하는 시간의 차이일 뿐이다. 그러나 그 속에는 전혀 다른 삶의 모습과 맛이 깃들어 있다. 직선의 삶은 끊임없는 속도의 경쟁에 내몰리어 항상 긴장 속에 하루하루를 살아가는 것이다. 효율성을 따지고 남보다 앞서기 위한 자신의 욕망에 충실한 삶이다. 남과의 비교 속에서 자신의 존재 이유를 찾는 자기기만의 삶이다. 반면 곡선의 삶에는 여유가 있다. 다소 느리고 옆길로 빠지기도 하지만 가고자 하는 목적지만 정확하다면 그 여정을 음미하고 즐길 수도 있다. 생각지 않았던 멋진 풍경을 만날 수도 있으며, 다양한 경험으로 인한 지혜의 창이 열리기도 한다. '아픔만큼 더 성숙해진다.'라는 유행가 가사처럼 곡선의 삶은 어쩌면 우리에게 더없이 큰 축복이 아닐 수 없다.

난 곡선의 삶이 주는 고통을 맛보았고, 그 고통 속에서 내가 점점 더 강해져 가는 것을 느꼈다. 그러면서 어느 순간 곡선 속에서 엮어지는 드라마를 사랑하게 되었다. 숨을 헐떡이며 가파른 산에 올라갈 때. 그 고통이 크면 클수록 내려가는 길에서의 희열이 크듯 곡선의 여유와 맛을 즐길 줄 아는 사람은 직선의 삶에도 진정 감사와 겸손을 표하게 될 것이다.

지금 내 앞에는 수많은 길이 예비되어 있다. 그 길이 직선이든 곡선이든 개의치 않고 즐기려 한다. 모든 길은 나를 성숙으로 이끄는 스승이 될 테니까. 그러나 굳이 나에게 직선과 곡선 중 하나를 선택하라고 한다면 난 기꺼이 곡선을 선택할 것이다.

6. 더 잘 달리고 싶다.

달리기를 오래 한 사람들은 모든 운동선수와 마찬가지로 좋은 자세를 갖추려 노력한다. 효율적이고 정제된 폼은 불필요한 에너지를 줄여 좋은 기록으로 이어지도록 하기 때문이다. 바른 자세는 건강의 유지는 물론 건실한 삶을 만드는 가장 기본적 요소다. 좋은 자세로 잘 달리는 사람은 일상에서도 모범적인 삶의 태도를 견지한다. 수많은 단련을 통해 형성된 역경지수는 삶의 여러 고난에도 유연하게 대처하며 견딜 수 있는 여유를 가져다준다. 또한, 매사 새로운 것을 받아들이고 시도하는 두려움을 없애주어 늘 적극적인 생활을 하도록 한다.

한 번이라도 마라톤 완주를 경험하게 되면 그 짜릿한 성취감을 잊을 수 없어 재차 도전하는 사람이 많다. 그 과정에서 자연히 포기하지 않고 자신의 목표를 달성하는 높은 성취 의욕을 갖추게 된다. 또한, 긴 거리를 달리는 사람 특유의 여유와 관대함까지 생겨난다. 이는 곧 좋은 대인관계를 유지하는 핵심 자질의 역할을 한다.

주자가 되는 순간 모든 사람은 더 잘 달리기 위해 노력한다. 달리기에 매력을 느끼는 순간, 누구나 적극적으로 다양한 정보를 찾아 나선다. 자신의 신체 변화에 민감해지는가 하면, 인체의 구조와 작동원리, 근육의 생성과 쓰임새, 음식이 몸에 어떻게 작용하는지 등등 거의 반전문가가 된다. 어떻게 하면 좀 더 잘 달릴 수 있을 것인가를 늘 강구하며 훈련에 돌입한다. 드디어 달리기가 그의 삶의 중요한 한자리를 차지하게 되는 것이다.

나는 매 대회를 교육의 기회로 삼고 배운다. 너무 일찍 속도를 높였다가 근육의 경련이나 산소 부족, 글리코겐의 고갈 등 여러 생리적 문제들을 만나기도 했고 다소 소극적으로 달리다가 만족스러운 레이스를 펼치지 못하기도 했다. 이 모든 체험은 다음의 레이스를 위한 좋은 교본이 되었다.

대부분의 달리기 전문가나 경험자들은 누구나 성실히 훈련에 임한다면 달리는 데 나이는 크게 상관이 없다고 말한다. 기록을 예를 들더라도 처음 달리기 시작한 때부터 10년 동안은 꾸준히 기록이 성장할 수 있다는 것이다. 특히 미 유타대학의 데니스 브렘블 박사팀의 연구에 의하면 사람은 64세에도 19세 젊은 청년과 똑같은 속도의 달리기를 할 수 있다고 한다. 이 이론대로라면 64세는 육체적으로 청년이라 불러도 좋을 것이다. 물론 달리기에 한정된 얘기가 될 수도 있겠지만······.

나는 늘 더 잘 달리고 싶다. 내가 잘 달리고 싶다고 하는 것은 비단 육체적인 실제 달리기, 그 자체만을 말하는 것은 아니다. 견고하고 부드러운 몸놀림과 긴 거리를 완주할 강한 심장을 위해서는 충실한 육체적 트레이닝이 있어야 한다. 이와 마찬가지로 삶의 주로에서도 잘 달리고 완주하기 위해서 무엇을 준비하고 훈련해야 할 것인지 늘 생각한다는 의미다.

우리는 예행연습도 없이 삶의 주로에 나섰다. 달리면서 생각하고 달리면서 길을 찾아 나간다. 간혹 이상한 길로 들어갔다가는 '이 길이 아닌가 봐' 하며 다시 돌아 나오기도 한다. 시인 로버트 프로스트는 《가지 않은 길》이라는 시에서 두 갈래의 길 중 남이 가지 않은, 그래서 풀이 더 무성한 길을 선택했다고 말했다. 그것은 남들이 간 길을 따라간 것이 아닌 자신이 새롭게 개척해 나갔다는 의미일 것이리라. 그러면서 가보지 못한 길에 대한 호기심과 미련을 솔직하게 얘기한다. 그리고 그는 만약에 다른 길을 갔더라도 마찬가지였을 거라고 결론 내린다. 만약 그러했다면 그땐 오히려 지금 걷고 있는 이 길을 궁금해하고 미련을 가졌을 거라는······.

그의 말처럼 우리는 늘 가보지 못한 길에 대해 아쉬움과 미련을 달고 산다. 모든 삶을 다 살아볼 수 없는 우리의 운명을 생각한다면 최소한 내가 선택한 삶에 대해 후회는 하지 말아야겠다. 설사 그것이 누군가의 영향에 의해 어쩔 수 없이 선택한 것이라 하더라도 내 선택을 믿고 앞으로 나가는 자세만이 우리가 해야 할 일일 것이다. 똑같은 삶이 존재할 수 없듯이 우리는 모두 자기 삶의 개척자다. 누구도 나의 길을 먼저 가본 사람은 없다. 그러니 내 길을 가는 지혜를 너무 다른 사람에게서 구하려고 할 필요는 없겠다.

잘 달린다는 것은 자신에게 맞는 적당한 속도를 낸다는 것을 뜻하기도 한다. 이것은 단순히 절제를 말하는 게 아니다. 매번 절제만 하는 달리기나 삶은 무난하기는 하지만 재미가 없다. 가끔은 내가 아닌 것처럼 살아볼 필요도 있겠다. 젊은이의 특권인 치기 어린 열정을 쏟아보아도 좋을 것이고, 자주만 아니라면 간혹 삶이 크게 탈 나지 않는 선에서는 바보처럼 행세를 해도 좋으리라.

늘 이기고 싶어 안달하는 사람은 여유가 없다. 옆도 돌아보지 않고 정신없이 달리다 보면 정작 자신이 왜 달리는지도 모르게 된다. 우리는 왜 달리는가? 즐겁기 때문이다. 내가 한 뼘 더 성장한 것을 느끼기 때문이다. 뭔가 좀 더 좋은 사람이 된 듯하기 때문이다. 그러나 너무 빨리 달리는 사람은 주변의 아름다운 풍경을 놓친다. 얼굴을 스치는 살가운 바람의 인사도 느끼지 못한다. 골인 지점에 들어와 보면 고통스럽게 발놀림을 했다는 사실만이 남을 뿐이다. 너무 느리게 달려도 마찬가지다. 자신의 페이스보다 느리면 달리는 일이 지루하고 권태롭게 된다. 적절한 긴장이 사라진 달리기는 더는 희열의 대상이 아니다.

잘 달리기 위해서는 자신의 페이스를 알아야 한다. 그리고 그 속도가 편안하고 익숙해질 때까지 몸과 마음을 단련해야 한다. 익숙해졌다고 생각이 들면 그 자리에 멈춰 서지 말고 한 수준 높은 다음 단계를 설정해야 한다. 그리고 역시 거기에 맞게 자신을 끌어올려야 한다. 우리의 달리기는 한순간도 멈춰서는 안 된다. 우리의 몸은 쓰지 않고 고요히 모셔 두라고 있는 게 아니다.

인간의 뇌에는 뉴런이라고 하는 약 1,000억 개의 신경세포 조직이 있다. 태어난 후 3세까지 뉴런은 한 개에 15,000개 정도의 시냅스를 갖는다고 한다. 그런데 시냅스는 15세가 되면 이미 절반 정도로 줄어든다. 뉴런과 뉴런 간의 교신이 가능하도록 하는 연결망인 시냅스는 쓰지 않으면 도태된다. 그러나 반대로 우리가 특정 행위를 반복하게 되면 그쪽의 시냅스가 강화되어 그 행위를 더 잘할 수 있게 된다. 쉽게 말해 우리 몸은 쓰면 쓸수록 닳는 게 아니라 발달하는 것이다.

늘 변화하는 우리의 몸! 이 녀석을 잘 관리해야겠다. 원하는 활동을 하는 데 최소한 몸이 걸림돌은 되지 않도록 말이다. 그래서 달린다. 외부의 잡다한 일들에서 오는 스트레스를 견디고, 새롭고 진취적인 욕구를 불러오기 위해서 늘 달리려 한다. 그런데 현재 맘껏 달릴 수 있으니 이 얼마나 감사한가!

7. 나만의 방식으로
살아갈 용기

어제 나는 마라톤 풀코스를 뛰었다. 그러나 사실 나는 매일 매일 레이스를 펼치고 있다. 그것도 당장에 끝나지 않을, 그리고 언제 끝날지도 알 수 없는 레이스. 바로 삶이라는 최고의 레이스다. 당신 역시 당신의 삶의 레이스가 있다. 우리의 레이스는 서로 경쟁하는 것이 아니다. 그것은 누가 정의 내릴 수 있는 사안도 아니다. 그러니 어느 누군가가 이렇게 혹은 저렇게 달려야 한다고 해서 그 사람의 얘기에 굳이 따를 필요도 없다.

간혹 박지성이나 이영표 같은 축구 선수들이 인터뷰할 때면 '우리의 경기를 해야 한다.'라는 말을 곧잘 한다. 과연 우리의 경기를 한다는 것은 무엇을 뜻하는 것일까? 짐작했겠지만 상대 팀의 전략과 전술에

휘말리지 않고 자신들이 그동안 준비해 왔고 훈련했던 방식 그대로 충실히, 다시 말하면 자신의 흐름으로 경기를 이끌어야 한다는 의미다. 그렇게만 한다면 경기에 비록 졌다고 하더라도 진 것이 아니라는 것이다. 이것은 삶에서도 마찬가지이다. 타인이 만들어 놓은 시스템에 기계적으로 맞춰 가느라 자신을 닦달하는 어리석은 사람이 많다. 그들에게 진정 필요한 것은 나만의 방식으로 살아갈 용기다. 용기는 단순히 어떤 현상에 대응하기 위한 행동이나 감정을 말하는 것이 아니라 한 인간이 삶에 대해 갖는 근원적 태도를 가리킨다.

마라톤을 뛰는 주자들의 모습은 대체로 같다. 몸을 꼿꼿이 세우고 팔을 가볍게 흔들며 다리는 끊임없이 앞으로 내디딘다. 너무나 단순하다. 그 단순한 행위를 하면서 42.195km나 되는 거리를 달려간다. 그들은 크게 차이가 없어 보이며, 그들이 스쳐 지나가는 거리는 늘 똑같게 느껴진다. 그러나 당신은 잘못 보았다. 비록 그들은 같은 모습을 하고 같은 거리를 달리고 있지만, 각자가 모두 다른 길을 달리고 있는 것이다. 그들의 몸동작은 한결같아 보이지만 거리가 쌓여갈수록 움직임에 미묘한 변화가 있다. 멀리서 보면 평화롭게 보이는 그들이지만 가까이 가서 보면 펄떡이는 치열함이 있다.

주자는 자신에게 집중하는 힘이 잘 훈련되어 있다. 그들에게 달리는 순간은 자신에게 집중하기 가장 좋은 때다. 그들은 유쾌하지만, 때론 무척 진지하다. 본격 달리기에 들어가면 경건함이 온몸을 감싼다. 그들은 자신의 달리기에 교만하거나 억지를 부리거나 나태하지 않다. 그들은 늘 새로운 도전을 즐긴다. 그들의 육체가, 정신이 더 단단해지는 길이 있다면 눈이 말똥말똥해진다. 그들은 기본적으로 익숙한 것과 결별할 준비가 되어 있는 사람들이다. 모든 것을 처음 본 것처럼 대한다. 달리기가 있어 그들의 삶은 권태롭지 않다. 그들은 시인의 눈으로 사물을 바라볼 줄도 안다. 그래서 남들이 평범하게 보는 대상에서도 비범함을 알아차릴 수는 안목이 있다.

주자들은 타인의 조언에 귀를 기울이되 자신의 달리기를 훼손하지 않는다. 오래 달린 사람들일수록 그들만의 달리기 철학이 있다. 매사 그들은 여유 있고 대범하다. 그들은 달리면서 명상과 관조하는 원리를 얻는다. 그들은 계산하는 사람이 아니다. 잡다하고 복잡하게 머리를 굴리지 않는다. 달리는 그 순간만큼은 나를 있는 그대로, 부족하면 부족한 대로 받아들인다. 그러나 일상의 우리는 어떠한가? 더 나은 목표, 더 나은 삶의 질을 위해 자신을 닦아 세우고, 억압하면서 피로하게 만들고 있지 않은가?

달리기는 분명 육체를 쓰는 운동이다. 그런데 우리는 이를 통해 영적 성장을 얻는다. 많은 주자가 달리는 순간, 육체적 굴레가 정신의 자유를 억압할 수 없음을 알게 된다. 달리는 그들 모두는 자신의 진정한 가능성에 눈뜨게 되는 것이다. 이 희열에 도달하면 대부분은 달리기를 멈출 수가 없게 된다.

40여 년의 인생을 살아오면서 나름 힘든 고비가 많았다. 나뿐만 아니라 누구에게라도 물어보면 수십, 수백 권의 소설을 써도 모자랄 만큼의 애환이 있었노라고 얘기할 것이다. 인간의 삶을 결정하는 것은 과연 무엇일까? 여러 인자가 있겠지만 가장 큰 요소라면 자신의 생각과 행동, 습관일 것이다. 현재 나의 삶의 모습은 내 생각과 행동의 결과물이라고 나는 단언할 수 있다.

평소 큰 의지가 되고 가끔 변명의 아지트가 되어 주는 말이 있다. '인생은 새옹지마'라는 말이다. '인생무상'이라는 말과 함께 삶에서 금과옥조처럼 여기고 있는 문구다. 삶의 나락의 골짜기에서 허우적대고 있을 때, 막다른 골목에 이른 것 같아 답답할 때, 가도 가도 끝이 보이지 않아 지치고 낙담할 때 우리는 어떤 자세를 가져야 할까? 이럴 때 나는 늘 새옹지마, 인생무상을 되뇐다.

내가 또 중요하게 생각하는 덕목은 정직이다. 정직의 가치는 자기 자신에게 적용할 때 가장 큰 빛을 발휘한다. 현재 자신의 상황, 자신의 모습을 온전히 그대로 인정하는 것이다. 헛된 욕망에 사로잡혀 자신의 현 모습을 인정하지 않으면 마음의 괴로움에서 벗어날 수 없다. 나의 어떠한 모습도 인정하고 나면 수치심도 열등감도 사라진다. 드디어 희망의, 도전의 용기가 생기는 것이다. 이것이 바로 나만의 방식으로 살아갈 용기다. 혹 외국에 나가 치열하게 잘 사는 사람들이 있다. 바로 체면이나 허례허식에 물들지 않고 자신의 현재에 솔직해졌기 때문이리라!

주자들은 정직하다. 그들은 기본적으로 편법이 통하지 않는다는 사실을 안다. 정직한 사람은 자신에게 당당하기에 삶도 용기 있게 헤쳐 나간다. 달리기를 한 후 나는 내 몸과 마음이 느끼는 즐거움에 더욱 민감해졌다. 세상의 잡다한 일이나 평가에는 둔감해지고 나 자신에게 오히려 더 집중하게 되었다. 내가 나를 평가하는 것이 더 중요해졌다.

나는 젊은이들이 자신에게 좀 더 정직하기를 바란다. 그래서 어려움에 굴하지 않고 당당히 일어서는 마음을 키웠으면 좋겠다. '우물가에서 숭늉 찾기'처럼 조급하게 서두른다고 일이 성사되지 않음을 알았으면 한다. 그러나 나의 2~30대를 돌아보면 이것이 젊은이들에게 역시 쉽지 않음을 안다. 그럼에도 그네들에게 얘기해 주고 싶은 말이 있다. 어떤 직업이나 일, 사람을 만나더라도 외면하지 말고 진하게 느껴보라는 것. 그 만남에는 분명 배움의 값진 보석이 있을 테니 그것을 찾아 자신을 성숙시키는 밑거름으로 삼으라는 것이다. 실수를 기꺼이 받아들일 실험정신으로 충만한 사람이라면 자기의 방식으로 삶을 살아갈 용기를 내기에 어렵지 않을 것이다.

삶은 참 신비롭고도 재미있다.
삶은 스스로 끝났다고 포기하지 않는 이상 늘 희망이 있다.
그러니 현재 힘겹고 고달픈 처지에 놓인 그대들!
힘내시라.

역전의 발판은 언제나 마련된다.

8. The 좋은 상태를 위하여

터키 시인 나짐 히크메트(Nazim Hikmet/1902~1963)는 그의 시 《진정한 여행》에서 '무엇을 해야 할지 더 이상 알 수 없을 때 비로소 진실로 무엇인가를 할 수 있으며, 어느 길로 가야 할지 더는 알 수 없을 때 그때가 비로소 진정한 여행의 시작'이라고 노래했다.

요즘 나는 내가 누구인지보다 어떻게 인생을 살아갈지에 대해 생각한다. 일상의 모든 경험과 활동들에서 얻은 지식과 깨달음이 나를 성장시키고 있다. 그래서 나에게 주어지는 어떠한 상황도 피해가지 않고 겸허히 받아들이려 한다. 나의 하루는 어떻게 하면 더 좋은 상태가 될지 고심하고, 또 앞으로의 삶의 방향을 생각하는 시간으로 채워진다.

나는 늘 절정에 머무르고 싶다. 아직은 젊기에 치열함을 갖고 살아가고 싶다. 밋밋한, 색깔이 없는 삶은 싫다. 뜨겁거나 혹은 차가운 삶이어야 한다. 위험이 따르지 않는 삶은 매력이 없다. 치열하게 달리고 치열하게 느껴야 한다.

건강은 건강할 때 챙기라는 말이 있다. 가벼운 감기라도 겪어보면 정상적인 몸 상태가 얼마나 소중하고 감사한 일인지 깨닫게 된다. 그러나 곧 잊어버리는 게 문제이지만……

《주역》에서 유래된 말 중에 '일월영측(日月盈昃)'이란 것이 있다. '중천에 있는 한낮의 해도 곧 서쪽으로 기울고 꽉 찬 보름달도 이지러지기 쉽다.'라는 뜻이다. 나는 이것을 채우고 비움의 순환으로 이해한다. 세상 모든 것은 늘 변화한다. 우리네 인생도 마찬가지다. 변화를 당연하게 생각하면 그 변화를 온전히 받아들일 수 있다. 가득하면 비어있을 때를 생각해야 하듯이, 비워진 가운데에서도 그 속에 담길 충만함을 생각할 수 있어야 한다. 달리기는 나를 비우는 행위다. 많이 비울수록 다시 많이 채워진다. 다른 어떤 문명의 편리를 동원하지 않는다. 오직 나의 신체적인 힘과 물리적인 자연환경의 영향만 받을 뿐이다. 달리는 하나의 행위를 통해 얻는 성취감, 만족감, 충만감, 행복감은 크다. 그러나 이러한 설명만으로는 부족하다. 달리기에는 뭔가 더 나은 내가 되는, 진정한 승리를 맛보는 느낌이 있다.

달리기는 전신운동이다. 그러나 보통은 다리나 발만 놀리는 하체를 강화하는 운동이라고 생각한다. 달리는 동안 우리 몸은 뇌, 어깨, 팔, 심장, 근육, 허리, 무릎, 다리 등의 유기적인 협조체제에 들어간다. 그래서 지속적인 달리기를 경험한 사람은 누구나 자신의 몸이 이전과 다르게 변화했다는 사실을 바로 느낄 수 있다.

달리기는 단순한 운동 그 이상이다. 육체적 건강은 기본이다. 달리기를 오래도록 즐기는 이들에게 달리는 이유를 물어보면 건강 때문이라는 대답이 돌아오는 경우는 그리 많지 않다. 나 또한 마찬가지다. 돈이 많은 사람에게는 어떤 일을 하는 데 돈이 큰 고려사항이 아니듯 건강한 이들에게는 건강 자체는 큰 관심거리가 아니다. 건강을 과신해서는 안 되겠지만 이들은 그 이상의 것을 추구하고 있다. 아무리 생각해도 달리기, 특히 마라톤은 정신의 문제와 더 가깝다.

몸은 정직하다. 들어온 만큼 출력을 낸다. 받아들인 이상의 것을 욕심내는 마음과는 다르다. 그러니 달리기에서 헛된 기대는 매번 실패로 끝난다. 달릴 때는 항상 더 높은 목표를 설정한다. 그러나 종반으로 갈수록 도달하지 못함을 안다. 그러나 괜찮다. 거기에 너무 스트레스를 받을 필요가 없다. 다음에 잘하면 되니까. 경기 자체를 즐기는 것만으로 감사할 일이다.

달리기에서 터득한 정직함은 일상의 일을 함에도 많은 영향을 준다. 허황된 욕심을 부리지 않고 차근차근 준비해 나가는 힘을 갖게 한다. 마라토너는 쉽게 동요하거나 좌절하지 않는다. 일상의 일에서도 차분하게 사태를 관망하고 단계적으로 일을 모색해 나갈 여유와 끈기가 있다. 대인관계에서도 좋은 관계를 유지한다. 스트레스를 덜 받으니 정신도 건강하다.

인간의 삶은 유한하다. 그러나 우리는 살아가는 동안에도 한계를 짓고 있다. 그 한계는 주로 우리의 몸이 아니라 마음에서 기인한 것이다. 100세 이상을 사는 사람을 보라. 그들의 장수 비결을 보면 그들의 삶에 대한 태도, 믿음, 생활양식이 얼마나 중요한지 알 수가 있다. 나이가 들어가면서 사람은 기본적으로 세상을 좁게 살려 한다. 만날 똑같은 사람만 만나고, 익숙한 곳만 찾아간다. 새로운 것에 도전하기보다는 자신이 잘하는 것에만 움직이려 한다. 한마디로 위험을 회피하는 삶을 살려 하는 것이다.

달리기를 하면서 다양한 사람을 만난다. 그들은 방송국 PD, 자동차 영업사원, 의사, 대학생, 주부 등이다. 삶의 배경도, 철학도, 생활방식도 모두 다르다. 단 하나의 공통점이 있다면 달리는 행위를 무척 좋아한다는 것이다. '묻지 마 관광'처럼 하나의 공통분모만으로 이렇게 친해질 수 있다는 것은 실로 유쾌한 일이다. 우리는 그 사람의 달리는 모습과 훈련에 임하는 자세만으로 그 사람의 삶의 다른 영역까지 어느 정도 파악할 수 있다. 물론 평가하려는 것은 아니니 오해는 마시길. 좋게 말하면 다름을 인정하고 있는 그대로 보고자 함이다.

여러 사람과의 만남은 분명 내 삶의 영역을 넓히는 일이다. 어떤 사람은 세상을 넓게 보려면 여행을 하라고 한다. 여행에서 우리는 무엇을 보는가?

아름다운 풍경? 맛난 음식? 멋진 건물?

진정으로 우리가 여행지에서 만나고 싶어 하는 것은 사람이 아닐까? 우리와 다른 지리, 문화 아래 터전을 잡고 살아가는 그들을 만남으로써 결국 그 속에서 나를 찾으려는 것이 여행의 진정한 묘미와 가치일 것이다. 이런 면에서 보면 달리기는 여행이나 다름없다. 우리는 수많은 달리기 마니아들을 만남으로써 그들의 달리는 모습과 나의 모습을 비교, 대조하며 결국 나를 다듬어 완성해 나간다. 타인은 나를 발견하고 확인, 또 성장시키는 참 좋은 존재다.

디지털 노마드 시대다. 우리 민족의 DNA에는 저 광활한 대륙을 달리던 유목민의 피가 흐르고 있다고 많은 이들이 얘기한다. 그래서인가? 언제부터인지 내 속에도 노마드 근성이 한가득 자리하고 있어 수시로 불쑥불쑥 솟아 나오려고 함을 느낀다. 쉽게 말하면 역마살이다. 살이라고 하면 왠지 좋지 않은 느낌을 주지만 그래도 나는 내 속에 역마살이 있다는 사실이 무척 기쁘다. 한 곳에 매여 있기를 싫어하는, 그야말로 자유 영혼을 꿈꾸는 기질은 날이 갈수록 심해지고 있다. 내가 마라톤을 좋아하는 가장 큰 이유도 바로 내 속에 있는 이 역마살을 살려주기 때문이다. 어느 좁은 한 공간에서 일이 치러지는 것이 아니라 달리면서 다양한 지역을 다녀볼 수 있다는 사실. 그것도 어떤 문명의 기계적 도움 없이 내가 가진 원초적 두 발과 심장으로 말이다.

달리기가 단순한 육체적 행위가 아님을 앞에서 여러 차례 얘기했다. 달리기는 분명 영혼의 성숙에 관여한다. 그러나 영혼을 성숙하게 해주는 일이 비단 달리기만은 아닐 것이다. 나는 아직도 하고 싶은 일들이 많다. 달리기에 버금가는 재미를 발견하면 거기에 빠질지도 모르겠다. 그렇다고 달리는 행위를 소홀히 하거나 포기하지는 않을 것이다. 왜냐하면, 달리기는 육체적, 정신적 강인함은 물론, 여행의 즐거움까지 주는 멋진 놀이이기 때문이다. 여기에 내가 현재보다 더 좋은 상태가 되도록 영혼까지 고양해주니 이만한 일이 좀처럼 있겠는가?

그러니 오늘보다 더 좋은 상태가 되기 위한 나의 달리기 여행은 계속될 것이다.

달리기! 더 없이 인간적인

루소는 《참회록》에서 "내가 하려는 일은 일찍이 전례가 없는 일이며 앞으로도 흉내 내는 사람이 없을 것이다. 그것은 사실 사람 하나를 발가벗겨 세상 사람들에게 전시하는 일이다. 그리고 그 인간은 바로 나 자신이다."라고 했다.

책 쓰기 마라톤을 마쳤다. 마라톤 레이스에 오르면 늘 처음 생각했던 것과 다른 레이스가 펼쳐지듯 이 책 또한 처음 구상했을 때와는 많은 부분이 달라졌다.

나는 이 책에서 달리기를 예찬하려고 했지만, 글은 어째 인간에 대한 예찬으로 귀결된 느낌이다. 아니 어쩌면 처음부터 달리기는 얼굴마담이었을 뿐 인간에 대한 신뢰와 사랑을 얘기하고 싶었는지도 모른다.

글을 쓰면서 가장 어려웠던 점은 더 잘 쓰려는 욕망을 누르는 것이었다. 끊임없이 올라오는 이야기와 구성, 표현의 아이디어들을 밤새 끼적여 놓으면 아침엔 새로운 마음이 찾아와 바꾸라고, 이것이 더 좋지 않겠냐고, 유혹을 해 오곤 했다. 달릴 때의 오버페이스의 유혹처럼 글을 쓰면서도 더 화려하게 장식하고 싶은 욕망에 끊임없이 시달려야 했다.

부족하지만 열심히 쓰려고 노력했다.
독자 여러분이 이 책을 읽으며 즐거운 레이스를 펼쳤기를 바란다. 혹여 중간에 멈추었다고 해도 괜찮다. 그것 또한 감사하다.

나의 달리기는 여전히 서툴다.
글이 이렇게 서툰 것처럼.

그러나 이것만은 확실하다.
달리기는 나에게 이벤트가 아니라 삶 자체라는 것.

나는 이 책에서 달리기에 대한 무한한 사랑을 피력했다.
사람들이 문명의 이기인 자동차를 타고 달리는 것에는 좀처럼 희열을 느끼지 못하면서 두 다리로 달리는 마라톤에는 열광하는 이유는 무엇일까?

대답은 아주 간단하다.
바로 과학의 힘을 빌리지 않은, 인간 자신이 주체로 섰기 때문일 것이다. 현대인들이 인간으로서 건강하고 당당한 삶을 누리려면 기계에 대한 의존을 줄여야 한다. 기계에 의존하면 할수록 우리의 삶은 점점 더 초라해진다.

달리기의 가치는 인간을 인간답게 해 주는 데 있다.

간혹 쉽게 달리는 사람을 본다. 아니, 쉽게 달리는 것처럼 보인다는 것이 더 정확한 표현일 것이다. 나도 독자들이 이 글을 쉽게 쓴 것처럼 느껴주었으면 좋겠다. 그리고 이 책에서 내가 한 얘기들을 다 믿지는 말기 바란다. 단 하나의 진실만은 빼고.

쉽게 달릴 수 있다는 것.
당신도 쉽게 달릴 수 있다는 것.
그래서 보통의 인간인 당신이 특별한 영웅이 될 수 있다는 것.

당신의 쉬운 달리기를 응원한다.